U0750874

大英图书馆

·侦探小说黄金时代经典作品集·

飞行疑案

THE 12.30 FROM CROYDON

［爱尔兰］弗里曼·威尔斯·克罗夫茨　著

张天宇　译

中国青年出版社

序 言

————

　　《飞行疑案》是知名侦探小说作家弗里曼·威尔斯·克罗夫茨的一部标志性作品，它既显示出了在两次世界大战之间"侦探小说黄金时代"作品的发展变化，也体现出克罗夫茨本人作为传统推理派侦探小说作家的转变。

　　本书的标题直接道出了案件的发生，一小波家庭成员从约克郡驾车出发，至克罗伊登再乘飞机飞往法国的博韦，但当飞机着陆时，家庭成员之一——富有的制造商安德鲁·克劳瑟已经死亡。

　　故事快速闪回到4周前，场景转回约克郡。我们见到了克劳瑟的侄子——查尔斯·斯温伯恩，由于大萧条他正面临破产。常有人说，"侦探小说黄金时代"的作品使人们能暂时忽略20世纪30年代残酷的生活现实，尽管这些书的确给了读者逃避现实的机会，但实际上这段经济危机正是侦探小说中犯罪的催化剂，它迫使普通男女选择谋杀作为极端的解决办法。查尔斯·斯温伯恩也是如此，由于他爱慕的女人尤娜·梅勒唯利是图的本性，查尔斯对资金需求变得更加迫切，摆脱困境的方法似乎"显而易见"：

查尔斯思来想去，这是多奇怪的事啊！无用和碍事之人总能活下去，而有价值和进步的人却早早死去！安德鲁·克劳瑟就是这样，他活着让自己痛苦，对周围人来说也是累赘。为什么他就能幸免于难，而世界上那些也许正在完成伟大工作的人却英年早逝？这似乎不太对头。为了自己，也为了其他所有人，可能安德鲁死了会更好。

查尔斯想出一个巧妙的计划除掉安德鲁·克劳瑟，故事最精彩的部分正是查尔斯对其周密计划的实施。但法兰奇督察的登场向他表明：正义也许会迟到，但永远不会缺勤。

这是弗里曼·威尔斯·克罗夫茨（1879～1957）出版的第15部小说，是继《豕背山奇案》之后，又一部侦探小说的杰出范例。小说的成功使克罗夫茨得以从工程行业退休，从其出生地爱尔兰搬到吉尔福德，全心投入写作。他与阿加莎·克里斯蒂、多萝西·L.塞耶斯、G.K.切斯特顿等人一同成为"侦探俱乐部"的创始成员，这部作品便是他被同行认可的标志。

不过正如塞耶斯在她对这本书的热忱评论中提到

的——一位小说家的成功有时会使其进退维谷：

克罗夫茨（也包括其他侦探小说作家）面对的最大困扰，莫过于反复写同一类型的书了。出版社和读者都鼓励他这样做，因为这样他们就能知道可以期待的是什么。然而接下来，读者们又会反过来攻击这位可怜的作家，抱怨说他的书内容全都大同小异，他已经江郎才尽了。我想这位作家大概也和读者们一样对自己的书感到厌倦，但又不愿放弃使其获得丰厚稿酬的风格，面对一切工作重新开始的重重困难，他的确缺乏勇气。

塞耶斯还提到，克罗夫茨"近来显示出了不安定的迹象"，在1932年出版的《突然死亡》中，他似乎已经"在摸索一种新配方了"。在那本书中，他的冒险尝试无疑受到了当时出现的犯罪心理小说的启发。早在20世纪20年代，注重描写凶手的思维方式和阴谋策划的小说已经出现——著名的范例包括A.P.赫伯特的《河畔小屋》和C.S.福雷斯特的《延期付款》等。不过，真正的突破来自侦探俱乐部的创始人安东尼·伯克莱·考克斯以"法兰西斯·艾尔斯"为笔名在1930年出版的《杀意》。这部小说不仅深受好评，也获得了商业上的成功，艾尔斯也因此很快得到了一众有才华的弟子，包括犯罪类题材的新秀C.E.武利亚米和理查德·哈尔。

众多知名侦探小说作家受到了艾尔斯的启发，比如安妮·梅雷迪斯（露西·马勒森的一个笔名，其常用笔名为安东尼·吉尔伯特）的《凶手肖像》、G.D.H.柯尔和玛格丽特·柯尔共著的《一位老水手的结局》。克罗夫茨也认为是时候在侦探小说中尝试一些不一样的东西了，尽管他不像艾尔斯那样深入地刻画人物，但对细节的描写一丝不苟。

塞耶斯评论《飞行疑案》是"一本好书，尽管这位老手在创作新型题材时多少显出一些不自信……不过作为一部精彩的小说，它是极为成功的，祝贺克罗夫茨先生的这次尝试"。受此鼓励，克罗夫茨很快写出了另一本风格相同的小说《南安普敦溺湾之谜》，之后更是大胆尝试。我们在大英图书馆这个"侦探小说黄金时代经典作品集"中看到的《动物园谜案》《豕背山奇案》《英吉利海峡之谜》以及本书《飞行疑案》——共同展现出了弗里曼·威尔斯·克罗夫茨作为一位侦探小说作家的卓越才华和雄心壮志。

马丁·爱德华兹

英国警衔说明

由于"侦探小说黄金时代"系列小说的故事发生地主要在英国，书中机警睿智的侦探也以英国警察为主，所以在读者阅读本书之前我们先对英国的旧时警衔和称呼做一些简略介绍，以便读者更好地理解小说背景。

英国的旧时警衔主要分为5等（从高到低）：

警察总监（Chief Constable）；

警司（Superintendent）／总警司（Chief Superintendent）；

督察（Inspector）／总督察（Chief Inspector）；

警长（Sergeant）；

警员（Constable）。

伦敦以外地区的警署还有以下几种职级（从高到低）：警察局长（Chief Constable）、警察局副局长（Deputy Chief Constable）、助理警察局长（Assistant Chief Constable）。

另外，对于担任刑事调查部门或其他某些特别部门职务的警务人员，一般会在他们的职级之前加有"侦探（Detectives）"前缀，本书中译为"警探"。此类警务人员由于职责性质特殊，所以一般不穿制服，而着便衣执行任务。

在警务人员的升迁或训练等临时过程中，他们的职级还会加有"实习（Trainee）""临时（Temporary）""代理（Acting）"的前缀。

目　录

第一章

安德鲁离地旅行

萝丝·默里随父亲、祖父及其仆人到达维多利亚的机场时，兴奋不已。她即将迎来人生中第一次飞行体验！

其实，一系列突发事件从昨晚就开始接踵而来。当时一个可怕的消息传来，她母亲在巴黎被一辆出租车撞到，伤得很严重。得到消息时，萝丝正住在约克郡瑟斯克小镇的同学家。就在快要进入梦乡时，布莱斯顿夫人轻手轻脚地进来，叫她起床穿衣，说她父亲来找她了。尽管父亲这么晚来让她略感惊讶，可萝丝还是照做了。她来到楼下客厅，发现父亲是一个人来的。他努力地朝萝丝微笑，但她一眼就看出，他其实极为难过。见女儿下来，他立刻说明了发生的一切。萝丝特别喜欢父亲这一点：他一直将她当成年人看待，有事总会如实相告。可怜的妈妈在巴黎遭遇车祸，他和祖父都要到那里去看望她。父亲夜间前来，正是要问萝丝是否愿意与他们一同前往。

萝丝表示愿意。起先，想到母亲可能正在承受车祸带来的痛苦，她是极为难过的，但紧接着，令她兴奋的事接连到来，难过的心情也就被抛到九霄云外了。

他们先是由父亲开车趁着夜色一路飞驰回家，萝丝坐在副驾驶座。到家后，她于凌晨2:30再次起床——之前从未在这个点起来过；餐厅里，咖啡和三明治已经准备好了，吃喝完毕，他们又驱车来到约克。萝丝很不喜欢那个车站，如此大的地方只有寥寥数人，还冷得让人瑟瑟发抖，尽管如此，她还是差点睡着了。好在火车很快进站，她被安排在一间极为舒适的小包厢里，在一张名副其实的床上，她又美美地睡了一觉。父亲叫醒她时，他们已经抵达了伦敦。待萝丝穿好衣服，一行人便马不停蹄地赶去酒店吃早餐。待祖父稍事休息，大家才又驱车穿过伦敦市区来到机场：她就要起飞啦！

飞行之旅让她无比激动，飞行结束后等待她的可能是难过，可是现在她满脑子想的只有起飞。也难怪，她的心智不可能像父亲和祖父那样成熟，毕竟她才10岁。

父亲彼得·默里，40岁左右，中等身高，身材偏瘦，有点驼背，脾气不太好。他总是一脸忧虑，好像根本不相信好心会有好报。他酷爱务农，与埃尔茜·克劳瑟结婚时，夫妻二人便买下了那座他已垂涎多年的小型农庄。奥特顿农庄离岳父安德鲁·克劳瑟住的寇德匹克拜不远，它有一座古老的农庄建筑，虽然面积不大，但足够迷人，还有一个很棒的小院和几间外屋以及40公顷的良田。农庄被彼得管理得井井有条，他也算是干出了名堂，然而大萧条来了，彼得和与合作的农场经营者都陷入了困境。彼得有一儿一女，儿子休13岁了，也去同学家做客了，女儿正是萝丝。

彼得妻子埃尔茜的父亲——安德鲁·克劳瑟，退休前是一位制造商，也是个有钱人。偌大的年纪是他给人的第一印象。他也的确是一位老年人了，然而看上去，他比65岁的年龄还要苍老。头发已经花白，面容憔悴，满是皱纹。有段时间他都不刮胡子了，现在下巴和唇上有一层薄须。他的模样总会让彼得想起《威尼斯商人》中的那个商人，鹰钩鼻子，佝偻着的身子以及紧握着的爪形手指，可以想象一下他蹲在炉火旁，伸出那双瘦削的手烤火的样子。要知道在五年前，安德鲁给人的感觉都还是外表俊朗、神采奕奕，但后来的一场大病令他元气大伤，差点就要了他的命。他最终还是挺过来了，但从病房里走出来，健康状况已经大不如前。彼得曾质疑过他加入此次旅行是否明智，但埃尔茜是安德鲁·克劳瑟唯一的女儿，确切地说，她似乎是他真正喜欢的唯一一个活人，所以他坚持要去。知道安德鲁的心脏脆弱，于是彼得打电话给他岳父的医生，让他给岳父做了专门检查，看看他的身体状况是否适合长途旅行。对此，格雷戈里医生表示没有问题。截至目前，老人没显示出任何疲态，这令彼得颇为满意，但他看岳父的眼神依然充满关切。

一行人的最后一位成员约翰·威瑟亚柏是安德鲁·克劳瑟的总护理兼管家，他是个中等身高的瘦子，阴沉的脸上总是一副忧郁的表情。他作为一名资深男护士，在安德鲁恢复期间来到他身边。威瑟亚柏没有注意到：*安德鲁已经恢复得很好，不需要护士了*。因此他继续以男护理的身份留下了。彼得不愿意选这样的人当护理，但他总能胜任自己的工作，让雇主满意。

彼得·默里急切地盼望到达机场，因为他已经安排好让一封包含他妻子身体状况最新消息的电报拍到机场，在他们穿城而过时他就已经心急如焚。没等出租车停稳，他已按捺不住自己焦急的心情，跳下车冲进了候机大厅。

他一下子就不见了踪影，与此同时，两个穿着整洁的蓝色制服的搬运工走了过来。

"你们预订位置了吗？"其中一人问道。

威瑟亚柏解释说，他们在前一天晚上已经订到了座位。于是两个搬运工抓起行李，将其轻轻丢进了服务处墙上的一个洞里，这使萝丝产生了浓厚的兴趣。她能看到行李箱缓缓远去，经过水平阶梯延伸开来的金属滚轮，神奇地降到了地下深处。还没等她来得及向外公指出这一现象，彼得再次出现了，手里挥舞着一张浅黄色纸片。

"情况没我们想得那么糟。"他大喊着走了过来，"看这个！今早已有好转，认定为浅表损伤。感谢上帝！真是好消息，克劳瑟先生！太棒了，对不对，萝丝？"他太兴奋了，差点就忘了向出租车司机付钱。"好消息，好消息！"当他们穿过小路进入服务处时他一直重复着，"我们要在4个小时之内见到她了！她本来差点被害死！"

其余三人也多多少少感觉如释重负，一行人进入了候机大厅，等候室地方很大，有着时髦的设计和舒适的设施。在一侧是个柜台，几个精明的年轻人坐在后面办公，其余的地方摆着长沙发，供乘客们在此等候。安德鲁·克劳瑟坐到沙发上休息，而彼得和萝丝径直走向柜台。

"您的票呢，先生？"

"在你们这儿。"彼得解释道，"我昨晚打电话预订了座位，留的名字是彼得·默里先生。"

经查，票已经就绪，然后彼得按照要求递交了一行人的护照。"你们将在克罗伊登拿回护照。"一个精明的年轻人解释道。接着他指向一旁："请你们拿着自己的手提包，站到秤上。"

他们及时称了重。萝丝想知道每个人的体重，但因为航空公司公告中有规定，于是这件涉及个人隐私的事被遮上了一层神秘面纱，那些数字就只能留存在登记员的脑子里了。他们每个人都被发放了一张地图和一本有关飞行知识的小册子，没过多久就听有人喊道："请所有去巴黎的人做好准备！"怀着不同程度的热情和冷漠，所有人开始向大门走去。门外，开往克罗伊登的客车已经在那里等候了，待所有人上了车，它便缓缓启动了。

他们早上离开约克时天气还很好，但天空很快变得阴沉，现在已是阴雨连绵。尽管萝丝还保持着极度兴奋，但漫长的潮湿道路以及路边的昏暗建筑多少也减弱了她的热情。这段旅程着实让人不快，尽管快到克罗伊登时情况有所好转，雨停了，但天上还是阴云密布，雨水随时可能再次落下。

终于到机场了！在临街的大楼后面，萝丝可以看到几座棚式建筑，一座高高的方形塔楼和一片绿色的空地，并且她瞥见了飞机。他们经过一扇窄门，停在了一座大楼门内的停车处，所有人都下了车。乘客们成群结队地经过走廊，进入一座大厅。在那里，乘客们拿回了护照，并在工作人员的带领下经过第二扇门，来到停机坪上。

激动人心的时刻终于到来了！乘客们排成一小队，移步到了距大楼30多米远的水泥地面上，而萝丝的双眼一直没从那个大家伙身上移开过。真是个庞然大物！肯定也很笨重，萝丝心想，她盯着纵横交错的支撑杆，它们连接着机翼和微弯的长条机身。这根本不像一只大鸟，而是她见过的别的什么东西，是什么呢？她终于想起来了：是蜻蜓！这只大蜻蜓有一个特别的长脑袋，从翅膀凸出来，像极了一个大鼻子。那4块隆起是它的发动机，一边两个分列在机翼两侧的前缘，每个发动机的螺旋桨都在其前部旋转。机头上印着飞机的名字：H，E，N，G，I，S，T；亨吉斯特。亨吉斯特和霍萨；萝丝听说过他们，尽管她并不清楚他们是干什么的。

可惜真的没时间仔细观察这架奇怪的飞机了。机翼和机尾间，边上的舱门已经打开，一段短梯与之连接。还没等萝丝弄清自己在什么地方，她已跟随父亲登上了台阶，一步跨过门口，便进入了座舱。

这简直就像她上学坐惯了的公共汽车，每排4个座位，中间一条窄过道。她坐在舱门前的靠边位置，挨着自己的父亲，她身旁有一扇窗，但此时并不能看到外面，因为窗户被打开的舱门挡住了，她就只能环顾舱内了。

她外公坐的位置恰好在她正前方，挨着他的是威瑟亚柏。舱内共有18个座位，不一会儿人就坐满了。萝丝知道，更多的人通过另一扇门进入了机翼前部的座舱，她猜想，前方隔墙上的那扇门就是通往那里的。

所有乘客都把手提包放到小窗上方的行李架上，拿出报纸和杂志坐下了，似乎根本没人觉得马上要起飞了有什么稀奇的。他们怎么*能*这样？萝丝觉得这不可思议，但她转念一想，他们以前肯定都乘机飞行过。

现在她身后的舱门被关上了，萝丝突然发现窗前的障碍物不见了，她终于可以看到外面了。视野里的主要景物就是下机翼，从如此近的距离观察，它可真大。下机翼经由那些交错的巨大支撑杆与上机翼相连，她只有蹲下身扭着脖子才能看到那里。其他支撑杆与下方的起落轮相连，轮子上的充气轮胎比她整个身体还要大得多。

轮子两边都有巨大的木楔，现在有人过来把它们移开了，接着一个身穿整洁蓝色制服的工作人员向飞机上的人发了个信号，发动机发出的轰鸣声立刻嘈杂了许多，一直忽隐忽现的螺旋桨现在变成了圆乎乎的一片，看不清了。萝丝突然看到地面开始移动，他们起飞了！

巨大的起落轮上沾了块泥，萝丝着迷地看着它一圈圈旋转。飞机向右拐了个弯，机场大楼和一小撮看客突然间被甩到了后面，从视野中消失了。他们很快就离开了水泥地面，开到了草地上。飞机运行得毫不费力：萝丝能够感觉到它在像汽车一样移动，但却感觉不到颠簸。飞机在机场中央减速并转弯，是为了迎着风的方向起飞，父亲解释道。突然间发动机发出巨大的轰鸣声，那种感觉仿佛是有一只大手抓住飞机向上提。速度提高得太快了，萝丝感觉自己就像被按在座位里，动弹不得。她比刚才还要痴迷地观察着轮子上的泥块，只见它转得越来越快，越来越快。

他们现在正以特快列车的速度穿过空地，轮子转得飞快，萝丝几乎已经看不到泥块了。她兴奋地紧握着拳头，屏住呼吸仔细观察。突然间奇迹发生了。

没感到任何异常，她看到巨大的轮子下出现了一段几厘米的空隙！空隙越来越大，逐渐变成了几十厘米，一米，好几米，他们飞起来了！

"啊！"萝丝喘息着，兴奋中还略带一丝畏惧。

"我们现在起飞了。"彼得略显多余地说道。但是萝丝基本没听到父亲说的话，她光顾着向下看克罗伊登了。在她看来，不是他们在上升，而是地面在以难以名状的方式快速下沉。下方两三百米处的克罗伊登远比他们从伦敦城里来时看到的景象美得多，这里能看到丘陵和山谷起起伏伏，道路蜿蜒盘曲，房子之间还有星星点点的绿色，相比之下，她在客车里只能看到街道和商店。

萝丝的心突然间提到了嗓子眼，她吓得一下子抓住了前面座位的靠背。"亨吉斯特"号可怕地突然下降，如同一艘大船的船尾在退潮时离开水面。那感觉就像电梯的缆绳断裂，它瞬即又停住了，好像落到了电梯井底，之后的一段时间，它很不平稳，突然地上升和下降，那速度比萝丝坐过最快的电梯还要快。飞机没有倾斜和翻滚，但是它水平地上升和下降让萝丝非常讨厌。不过这并没有持续很久，"亨吉斯特"号很快就再次平稳了下来。

　　眼见一缕轻软的水汽飘过，几乎同时，他们进入雾中。萝丝依旧能看清巨大的机翼和起落轮，但地面已经消失了，眼前就只有珍珠灰色的迷雾了。

　　"下雾了，爸爸。"萝丝觉得再也看不到下面的景色了，失望地说道。

　　"这是云，亲爱的。"彼得·默里回答道，"我们已经飞进云里了！你觉得这怎么样？"他探身向前："您情况如何，克劳瑟先生？飞行让您不适了吗？"

　　"我很享受飞行。"老人转过身，"这是我有生以来第一次乘飞机旅行，我很喜欢这种感觉，要不我们就只能坐汽车了。"

　　"是的，飞机现在已经相当平稳，噪声也不太大了。人们乘坐早期的飞机时，必须往耳朵里塞棉花，就算那样还会被震得半聋，现在比那时有了惊人的进步。"

　　"他们说不会比火车吵的，其实都不怎么吵嘛。"

　　萝丝从她外公的行为举止猜测，这次飞行，他和自己一样兴奋，只是他表达的方式更为安静。飞机上的确不吵，她那样想着，其实发动机稳定运转的巨大响声一直都有。但她想了一会儿，觉得一个人如果习惯了，也就听不到那个声音了。

　　"看到那几个小表盘了吗？"她父亲指着前面问道。

三块像表一样的东西被并排装在通往其他客舱的门旁边的墙上。有一块就是表，其他两块她就看不懂了。

"它们会显示我们的高度和速度。"彼得继续说道，"你看，我们在975米的高空，以193千米/时的速度飞行，是特快列车速度的两倍。您看到那个了吗，克劳瑟先生？"接着他把看到的信息又重复了一遍。

萝丝觉得这些都非常令人兴奋，但她还是希望飞机能穿出云层。她想看到大海，但似乎并不能如愿。不过，没等她觉得无聊，又有别的事分散了她的注意。服务员过来询问他们是否要吃午餐。

他们都享用了午餐。前面椅背上的小折板被放下来当成桌子用，探出来的小圆环——就像台球桌上放防滑粉的盘子——用来放玻璃杯。他们尽情享用了午餐的四道菜和餐后咖啡，一切都非常美味。萝丝享受着用餐的每一分钟，尤其这会儿除了机翼及其附属吊轮和珍珠灰的迷雾，透过小窗别的还是什么都看不到。

午餐还没吃完，萝丝就注意到迷雾的样子发生了变化，这让她不能理解，不过她的父亲做出了解释：飞机已经飞出了云层，正在晴空中飞行。不过他们还是看不到陆地和太阳，云层在他们的上方和下方延伸开来。渐渐地飞机上升到下面云层的正上方，下方的景象令人难忘。它看起来很坚硬，像一片起伏多丘的平原，不过这些小丘有着破边的棉絮般的柔软边缘。它在目之所及处延伸开来，小山丘比其间的谷地颜色要浅很多。不过，飞机上方的云层平滑又连绵不断，正如在地面上看到的雨天天空。

此刻，前方变得越来越亮，他们看到飞机已经接近了上方云层的边缘。下方云层上有一条明显的亮线，太阳发出了夺目的光芒，飞机向着太阳飞去。上方，天空此时已变得湛蓝；下方，广袤平原上的小丘越发白亮，其间的谷地相比之下便越发昏暗。

"现在我们到哪里了？"彼得·默里向来更换餐盘的服务员问道。

"英吉利海峡上方，先生。"

萝丝有点失望。自从听说要乘机飞行，她就盼望着俯瞰英格兰，然而，她从上面看到的只有云层，不免有些扫兴。

萝丝很快注意到，下方云层的一大片区域颜色变深了，她无精打采地看了那里一会儿。接着，她意识到了看到的是什么，突然间激动起来。

"爸爸，快看，快看！"她兴奋地喊道，"快看，是陆地！"

她说对了。那里，在他们下方的1000米，正是法兰西的土地。彼得向前探身看去，老克劳瑟先生显然也被吸引住了，就连忧郁的威瑟亚柏也勉强表现出了一些兴趣。

他们望见的风景着实迷人，陆地被分割成不规则的方形小块，如同歪放着的小张邮票，染着深浅不一的绿色、棕色和红色。羽毛般的绿色区域显然是树林，向所有方向延伸的网格线是道路、小巷和河流，一些笔直和平滑弯曲的线显然是公路或铁道，一只头部飘着细白条的浅黑色虫子表明它是一列火车。房屋呈小长方形，村庄让他们想起了常用来表现无生命城市的浮雕模型。看似火柴头大小的黄色小环，起初难住了萝丝，后来她肯定那些是干草堆。有几片田地的外观更让人匪夷所思，田地上的小圆点装饰一般地整齐排列着，就像过时的连指手套上缝的装饰小珠。

"爸爸，那些是什么呀？"她指着那些小圆点问道。

彼得·默里也不确定，但他认为那是放在田里还没施用的成堆肥料。

风景中最吸引人的却是景物的影子，所有物体的影子都向北延伸。影子本身就说明物体具有高度，每座建筑，每道篱笆，每段路堤都有影子，稀疏的树丛因其羽毛状模糊的影子而格外醒目。

他们从客舱另一侧向后看能看到大海，那就像是灰暗的蓝色平原。

"那里。"一直在研究他手里地图的彼得·默里说道，"是索姆河的入海口。还有那里。"他回到萝丝这边的小窗指道，"那条深色笔直的线是从加来和布伦到巴黎的北部铁路线。那边的城镇是阿布维尔。"

萝丝向下望去，一切都令她非常兴奋，吃惊不已。原来那个怪模怪样的地方就是法兰西！想到所有那些房子间的古怪的狭小空间就是真正的街道，还有街道上的人们，真是小得看不到！这就像从高楼楼顶看一堆蚂蚁。

"爸爸，那个白圈是什么呀？"当下方的空地中央出现了一个有字的圆圈，她立刻问道。

"普瓦。"彼得回答，又研究起了他的地图，"这是个飞机场，如果我们飞低点，你就能看到机场的名字了。飞行员就是这样知道要在哪里降落的。"

萝丝还在寻思爸爸说的话，这时她注意到有小缕的云在下方形成。起先是稀疏的小团，但云团很快就变得很大，紧密地聚集到一起，只能从缝隙中瞥见陆地了。很快连这些缝隙也消失不见了，他们往下看又只能看到浓云了。真遗憾，萝丝心想，下面的景色多美呀。

她饶有兴趣地注意到，她外公睡着了。他靠在座位边上，头抵着客舱壁。睡着了！她诧异地想着。真想不到有人会在这种激动人心的旅途中睡觉！不过老年人都这样，他们很容易感到疲惫。她父亲也在同时注意到了这件事。

"他在打盹吗？"他问威瑟亚柏。

"是的，先生。他在午餐后通常都会睡一会儿，所以我想这是习惯成自然吧。"

"午睡对他没任何坏处。"

"对，先生。对于他这样年纪和健康状况的人来说，这是好事。"

就在这时，服务员过来了。

"我们要在博韦降落了。"他告诉所有人，他并没有解释原因，不过周围有人小声说巴黎有雾。

萝丝几乎立刻感觉到飞机如同一部舒适的电梯平稳下降。发动机依旧和之前一样嗡嗡作响，但云层却在快速上升，下降的过程是如此平缓，使人感觉不到任何不适。发动机已经减速，萝丝甚至能看到螺旋桨叶的抖动。接着他们落入云中，飞机再次被不透明的白色包围，透过小窗又只能看到机翼和起落轮了。

飞机穿过云层持续下落，发动机不止一次启动和关闭。他们突然看到了地面，彼得估计飞机现在离地面已经很近了，应该不到百米高了。发动机再次发出轰鸣，飞机保持在这个高度飞越田野。

原以为飞机随时可能降落，现在看来飞行似乎永远不会结束了。不过萝丝终于还是看到了他们的目的地，又一大片有白圈的空地，这次的白圈真的非常大，圈里还写着"博韦"两个大字。他们依然保持在刚才的高度，就要到机场上空了。飞机此时似乎想要着陆了，做了几个令人心惊的俯冲，紧接着机身倾斜了，机翼与地面呈45°，飞机绕大圈缓慢盘旋。突然飞机平稳地快速下降了，地面朝他们急冲而来，他们离地只有15米了，12米，9米，3米。

地面迅速掠过，只有此时萝丝才见识到了飞机惊人的真实速度，地面简直就像在向后猛冲，这比她乘坐过的任何火车都要快。

当飞机飞到机场边缘，离地差不多也就一米了，巨大的起落轮几乎立刻接触到了地面，像在克罗伊登时那样开始转动，速度快得萝丝几乎都看不到轮子上的泥块了。他们落地了，连最轻微的震动和感觉都没有就着陆了！其实飞机在草地上逐渐减速滑行时就没有那么平稳了，它相当缓慢地移至机场大楼——旅行结束了。

"好啦，萝丝，你觉得这次旅行怎么样？"她父亲起身开始翻找他的旅行包和外套时询问道。

"啊，爸爸，真是太棒了！"她大声说道，"太棒了！回去我也想坐飞机。"

"但愿可以。"他答道，"你能拿好外套吗？"

她站起来，拿到了外套，看到乘客们都在做同样的事。她外公还在睡觉，威瑟亚柏弯腰去看他，然后他慌忙起身和她父亲说了些什么。

"什么？"他看了老人一眼，尖声答道。他立刻转向萝丝，语速很快地说道："萝丝，你快出去！现在要快点了，别让所有人都等你。"

萝丝大为吃惊，她父亲通常不这样说话，更何况她也没让任何人等过。她看到他脸色异乎寻常地难看，心想别争辩了，还是马上出去吧。他帮她下了飞机。

"在那边等着我。"他继续道，"我不会太久的。"接着他快速爬回到飞机上。

但他实际上花了很长一段时间，在他再次出现前，其他乘客就都下飞机离开了。这次他一脸严肃。

"我很遗憾地告诉你，你外公病倒了。"他说，"我们得把他抬出飞机，你去服务处，在那里等我们。"

直到后来，萝丝才知道，安德鲁·克劳瑟在飞机落地时就已经死了。

第二章

查尔斯考虑筹措资金

　　大约在安德鲁·克劳瑟悲剧空中旅行的四周前，在寇德匹克拜的克劳瑟电动机工厂总部，他的侄子查尔斯·斯温伯恩坐在皮面的椅子里，心不在焉地盯着对面墙上一幅索普工程公司的挂历，房间多少有些昏暗。印刷体的卡片顶端工整地写着"8月"，上方是一幅活灵活现的复制品，用明亮的实色和墨黑的阴影描绘了一架巨大的起重机将一节庞然大物般的火车头举在一艘巨型大船悬崖似的船舷上方的画面。但这一壮举并未引起查尔斯·斯温伯恩的注意，因为它就是这样设计的，理应如此。首先，他已经看了将近8个月，真是每天都看，其次，他有更紧迫的事要考虑。

　　从男人脸上焦虑的表情可以判断，事情肯定很严重。他正值壮年：事实上他刚过完35岁生日。忧愁尚未在他苍白的鸭蛋脸上留下痕迹，满头乌黑也没有一根白发。在略窄的大脑门下面，他的双眼闪烁着智慧的光芒，谨慎地审视着这个世界。这些部位都很好看，鼻子也是如此。但他脸的下半部分就逊色多了，嘴不够厚实，下巴又太窄。这张脸着实展现出一种智力和意志薄弱的奇特结合。

查尔斯·斯温伯恩面露焦虑是有原因的，他有理由露出更凝重的表情，因为在仔细思考一个非常可怕的问题。他拼命地想找到一种让自己平安无事，还能导致他叔叔安德鲁·克劳瑟死亡的方法。

谋杀他的叔叔！近来他喜欢上了这个想法。慢慢地，他发现自身所处的绝望境况迫使他得出了可怕的结论，如果他叔叔不丧命，自己就要没命了。

两周前，他的心中还没出现犯罪的想法；两周前，他甚至还没想到这个解决他难题的可怕方法。那时和现在一样，他同样是一脸焦虑地坐在办公室，但那时的焦虑出自一个有荣誉感的守法的人。

和现在一样，那时他也有充分的理由忧虑。查尔斯·斯温伯恩正遭受一项极为普遍的控告，普遍到用"传染病"这个词形容也不为过。总之就是他手头拮据，几个月以来情况一直每况愈下，而现在他眼看真要破产了。

他是这座工厂的唯一拥有者，现在正坐在里面的一间私人办公室。他生产小型电动机，用于驱动从电喇叭和留声机到小型机床这样的低功率机器。在继承父亲的生意时，生意虽小却很红火。现在，生意的规模依然很小，但当时的繁荣已经不在。随着大萧条的到来，订单逐渐减少，查尔斯的收益也在减少，直到发现一周下来其实亏本了，困难时期算是真正来临了。起先他还能用自己的私人存款弥补赤字，但随着情况持续恶化，他发现自己已无力继续支撑生意。他的私人财富已几乎荡然无存，在银行还有负债，如果情况不能改善，就只能关门大吉了。

他突然起身，从口袋掏出一串钥匙，打开了办公室角落的一个保险柜。两扇高窗装在这个房间恰好合适，它们正对着查尔斯的办公桌，上面摆放着罩灯、电话和柳条编织的信件篮。壁炉旁摆着一把厚皮面的扶手椅，查尔斯有许多无精打采的时光都在这里度过，重要客户也会坐在这里。地位较低的访客就会被安排坐在桌前的小椅子上了。家具是不错，但是油漆已经褪色，墙壁也需要重贴墙纸了。

查尔斯从保险柜拿出一本黑色皮革面的上锁账簿，放在他面前的办公桌上，用一把小钥匙打开了它。这是他的秘密账簿，连他的机要秘书和经理对它的存在都毫不知情。里面记录的要命的情况现在令他焦头烂额，他的员工知道生意不景气，但只有他自己清楚实际情况有多严重。

查尔斯研究了一会儿账簿里的数字，然后被一阵敲门声打断了。他不声不响地把账簿放进抽屉，假装在入神地阅读刚才放在账簿下面的报纸，接着才喊出"进来"二字。一个身穿破旧黑衣的年长瘦男人，踉跄地走到桌前，蜡黄的脸上满是沮丧。

"什么事，盖恩斯？"查尔斯设法收起沮丧的表情，面带笑容地说道。

詹姆斯·盖恩斯是查尔斯的首席办事员，名义上是他的机要秘书、会计和办公室总经理，实际上是他的办公室勤杂工和管家。查尔斯表面上什么事都和他商量，但其实所有重要的生意都是他自己处理的。盖恩斯忠心耿耿，日常工作完成得井井有条，但是他没什么主意，不能委以重任。对于正常业务范围外的事，他虽然很顺从查尔斯，不过显然持悲观态度。就工龄来说，他工作的时间和这些机器一样老，称得上是元老级员工。他当了10年的职员，然后查尔斯的父亲一时糊涂，提拔他为总经理，从那时起他便担任此职，已有23年。

"什么事，盖恩斯？"查尔斯又说了一遍。

盖恩斯用左手指尖慢悠悠地搓着右手手掌，他经常重复的这种怪癖很招查尔斯烦。

"我想知道，先生，布伦特·马格努斯有限责任公司近来和您联系过吗？"

"我昨天和布伦特先生共进了午餐。"

盖恩斯还在搓着手。"啊,那就没事了。"他丧气地接道。

"也许,"查尔斯建议,"你可以告诉我你在说什么吗?"查尔斯一直觉得,和盖恩斯在一起时,他的思想道德水平是最高的。

"不过是我遇到蒂姆·班克斯了。"——这人是布伦特·马格努斯有限责任公司的主管,"我有事去了趟银行,为了弗利特的那张支票。这事您是知道的,是吧先生?"

"我知道。然后呢?"

"我在回来的路上遇到了蒂姆·班克斯,他正要进银行,停下我们聊了一会儿。"

"后来呢?看在上帝的分儿上,伙计,接着说啊!"

盖恩斯又开始搓手了。"他问布伦特先生是否联系过我们,我说,据我所知还没有。他说,那很快就会联系了。我问是什么事,他不说,一开始不愿意说。但是我向他施压,他还是给了我暗示。'提醒你一下,'他说,'我只是在暗示你,在布伦特先生联系你之前,你什么都不知道。'"

"什么暗示?"查尔斯耐心地追问道。

"我们失去了合同。"盖恩斯难过地摇着头。

"什么!"查尔斯大喊道,"不至于吧!班克斯确定吗?"

"他似乎很确定。"

查尔斯突然打了个手势。"真该死，盖恩斯，这真是个坏消息！"

盖恩斯绝望地摇了摇头。

"那我们的投标怎么办？"查尔斯继续说道，"1710英镑！天哪，盖恩斯，现在这个时候失去一份1700英镑的合同，我们可承受不了。那份合同本来可以帮我们一个大忙。"

查尔斯霍然起身，在屋里踱起步来。这个消息无疑让人始料未及，感到不悦。布伦特·马格努斯有限责任公司是一家雇用了大批员工的声名显赫的玩具制造公司。制造玩具用的都是小型机器，靠一套精密的传动轴装置运转，驱动轴装置消耗的电量几乎和机器自身消耗得一样多。于是董事们决定换掉这套传动轴，给每台机器单独配一个电动机。他们登广告招标买这种电动机，因为查尔斯工厂制造的最大的电机正好够大，所以他投了标。他最后把价格降到了6便士，希望能竞标成功。

这确实是个打击，查尔斯无法完全掩盖这一事实。他很快不再踱步了，再次坐回到椅子上。"坐会儿吧，盖恩斯。"他指了指那把小椅子，"我们必须把这事商量好。"

盖恩斯战战兢兢地坐在椅子边缘，等待即将发生的事。困难摆在眼前，应对困难是查尔斯的职责，而他，盖恩斯的职责就是予以协助，照吩咐去做。他没想过提建议，幸运的是没人找他，因为他也提不出什么，其实他甚至不明白有什么可商量的。订单没了是很可惜，但也没什么能做的了。

不过，查尔斯有了别的打算。

"盖恩斯，恐怕，"他开口了，"这件事勾起了一个我考虑了一段时间，不太愿意提的问题。霍恩比和萨特这两个职员，谁更好？"

盖恩斯慢悠悠地搓手。"霍恩比和萨特？"他重复道，"这个嘛，两个小伙子都不错的，正如近来入职的小伙子们一样。"

"我问你谁更好。"

"霍恩比更擅长管账，他记的账很有条理，也不出错，就算出错也不是很多；不过，要说到处理任何棘手的事，萨特是最好的人选。如果您要往镇上捎口信，就派萨特去。"

查尔斯明白他必须认真对待这件事："我之所以问你，是因为恐怕你必须解雇其中一个。"

盖恩斯十分震惊，他惊愕地看着自己的老板。"解雇其中一个吗，先生？这并不容易，因为有太多工作必须要做。"他简直不能相信查尔斯是认真的。这里一直都有打字员、办公室勤杂工和两个职员，做出这样根本性的人员变动，将完全改变既定的日常工作。

"我知道这并不容易，"查尔斯继续说道，"我不愿意去考虑解雇他们中任何一个，因为我知道他们人都不错，但是我们恐怕已经自身难保了。像现在这样，我们根本无力维持，必须在某些地方节省开支。你也清楚，每家公司都和我一样在这样做。"

这个老男人竟然在颤抖。查尔斯想起他的忠心耿耿，不再计较那些讨厌的小动作，感觉有点对不起他。

"我们只得如此，詹姆斯，"他体贴地说道，"你现在就去想想如何用一个职员完成好工作。现在信件比原来少了，利林斯通小姐能帮着管账，马克斯顿那小子也可以多干点活儿。想想那两个你想留下谁，让另一个走人。时间太短我怕他接受不了，你可以通知他一个月后离职。"

查尔斯是个体贴下属的老板，不愿让一个为他效力干得不错的人去沿街乞讨。但是日益减少的业务无疑使他得出这样的结论；他的办公室人员过剩。这种想法已经持续了一段时间，但布伦特·马格努斯项目的承包失败彻底使问题尖锐化。

查尔斯毫不质疑盖恩斯所述的真实性，他一直害怕那件心心念念的事发生，也知道那个机要秘书蒂莫西·班克斯是个极可靠的人。

盖恩斯离开了办公室，担忧的神情再次回到查尔斯的脸上。在员工面前隐藏自己的烦恼，转而以笑脸示人是很累的，他还必须一直这样。他之所以对克劳瑟工厂不景气的情况讳莫如深，是因为有自己的特殊原因，一个无法抗拒的，使所有人都信服的原因。因为查尔斯·斯温伯恩恋爱了，无可救药地恋爱了。他清楚，尤娜·梅勒不会嫁给一个穷人。

梅勒上校6个月前搬到寇德匹克拜，一周后查尔斯和尤娜在高尔夫球场相遇。二人都打得很好，他们后来又见了几面。查尔斯对她是一见钟情，在那之前他几乎没有过感情经历，如今却不可救药地陷入了疯狂的状态。尤娜一下子就看出了他的想法，而且还嘲笑他。不过这并没有使他冷静下来，反而越发激起了他的热情，至此，迎娶这位撩人心扉的年轻女子成了他生活的唯一目的。经历数周的受挫后，他觉得已经开始有所进展了，近来更是对此深信不疑。但他也清楚，哪怕显露一点资金困难的迹象，更不用说企业破产了，都会让她变得像月亮般遥不可及。

查尔斯在办公桌后低头丧气地呆坐了一会儿，然后他略一耸肩站起身来，锁起账簿，拿起帽子走了出去。

虽说一个名叫麦克弗森的苏格兰大块头名义上担任工厂经理和工程师，但查尔斯才是他真正的老板。他对工厂很有兴趣，把它当成自己的孩子，同样这也是他资金的来源，他很喜欢来此闲逛，顺便考察这里的情况。每当工作闲暇之余，人们都会发现他"去了工场"；当他在办公室思虑过重痛苦不堪时，同样会来此避难，眼下就是这种情况。

他穿过仓库，朝仓库管理员点了点头，扫了一眼货架上摆满的电线、铸件、螺栓、接线柱和各种备件，以及在另一处根据尺寸大小和线圈种类码放的电机成品。查尔斯非常得意他的仓库，他引进的连续编卡指示系统，能让人一眼就看出每种库存的准确数量。看到一切物品码放整齐，他也很高兴，夸奖仓库管理员地面扫得干净，货架收拾得整齐。

他从仓库出来，往狭小的铸造车间里瞅了一眼，和唯一的模型技工说了一两句话，信步穿过工厂空地，来到绕线车间。电枢和磁极在这里被绕上线圈。查尔斯颇为漫无目的地停在一台小型机器前，站在那儿看它运转。

它正用头发丝粗细的铜线盘绕线圈。纤细的铜线离开线轴，经过绝缘液浸泡，在一股热空气流中干燥后，被盘绕在线圈上，机器所做的这一切就好像人在操作。线圈连续转动成层的过程令查尔斯着迷，他总是会停下观看机器工作。

"好长时间以前接替了那个多尔顿该死的工作，"一个带有浓重苏格兰口音的声音响了起来，"这是台漂亮的小机器。"

"我可以站着看一整天，桑迪。"查尔斯承认道。

"我就那么看过。"苏格兰人干巴巴地回应道。

"我想在生产得过多前看看继电器的装配和测试。"查尔斯继续道，接着他们便开始讨论技术性问题了。

在通过不定期航行的货船机舱出游，到过大多数沿海城市后，亚历山大·麦克弗森突然爱上并迎娶了一位格拉斯哥姑娘。因为迫切需要安顿下来，他用身上最后的积蓄登了广告。克劳瑟电动机工厂由于当时没有工程师，向相同的媒介求助，结果麦克弗森成了工厂经理和工程师，这使得他和查尔斯·斯温伯恩都取得了长久的利益。

"这话仅限于你我之间，桑迪，"查尔斯终于说了，"我有点坏消息，听说我们失去了布伦特·马格努斯那个活儿。"

工程师愣住了。"活儿丢了？"他摇着大脑袋，吃惊地重复道，"这可不太好，查尔斯先生，不太好。现在这个时候失去那样一份活计我们可承受不起，我猜这事您很确定？"

"嗯，是蒂姆·班克斯告诉盖恩斯的，这人向来很可靠。我还没接到正式通知。"

"哦，对，班克斯说的肯定就是了。天哪，对此我很遗憾，我还指望靠那个活儿来维持那台大插床运行呢。"

"我指望靠它维持的不只是那台插床，"查尔斯答道，

"我们只能精简了，桑迪。"

"精简？"

"精简人手。很遗憾，不过没别的办法了。"

工程师点头："我担心会这样。是的，我料到这种情况了。可我没有想解雇的人，他们这群人都很好。"

"我知道他们很好，也都很可怜，我比你更不想这样，但是我们自身都难保了。"

他们离开绕线车间，在厂房间的空地上来回踱步。

"倒是有别的办法，降低工资。"查尔斯补充道。

"没好处。没什么活儿，我们只能解雇一些人，布伦特·马格努斯那个活儿本来能救他们的。"

"嗯，好好想想，然后告诉我你的打算，我们必须能省则省。"

查尔斯第一次发觉自己还在厂房巡视会很招人烦。明知他的一些雇员几天后就会失去工作，还去看他们，接受他们的问候，他真做不到。他满足地看了一眼机械车间和装配车间，怀着沉重的心情回到了自己的办公室。一封来自布伦特·马格努斯有限责任公司的信刚好送来：

我们非常遗憾地通知您，在昨天的董事会上，由于您的报价远远高于最低价，董事们不能接受您对我们计划的工厂改造的投标。

查尔斯叹了口气，把信塞进信件篮。事已至此，就这样吧。

他感到一筹莫展，有意任由自己奢侈地做几分钟白日梦，顿时，满脑子想的都是尤娜·梅勒。他梦到了一个总是对他很温柔，乐意见他的尤娜，一个接受了他的尤娜，一个嫁给了他的尤娜！如饥似渴地想象着尤娜在他的家中，那简直就是人间天堂！他能想象自己回到家中，那感觉就像一个口渴难耐、疲惫不堪的旅行者终于来到了一片始终求而不得的沙漠中的绿洲。尤娜……

他很快被一阵响声拉回了现实。敲门声响起，麦克弗森走了进来，小心翼翼地关上身后的门，走到桌前，自顾自地坐了下来。

"我重新考虑了一下，查尔斯先生。"他一本正经地说，"有一样东西能让我们免于解雇任何人，相信之前也和您提过。如果您能筹措一点资金，买下那两三台机器，我们就会打败帕金森的那帮家伙。现在我们的成本和他们差不多，如果有那台插床和两台车床，我们就能压低价格。"

这是老问题了。几个月以来，麦克弗森一直主张将现在的三台机器换成最新型的。查尔斯原则上同意了，但没采取任何行动，他找不到资金来源。

"说得有道理，桑迪，"他接着说道，"你觉得谁现在会给这样一家工厂投资？我完全清楚那些机器有什么用，但是我们买不了。”

“机器不会花太多钱的，”工程师坚持道，“插床两三百英镑，就说两台车床600英镑，一共不到1000英镑，包括安装和其他一切费用。”

“无论如何，我还是怀疑这些机器是否会让我们得到布伦特·马格努斯的那个活儿。”

苏格兰人向一边扭头以表达带着怜悯的鄙视。“不会吗？”他尖刻地反驳。“况且，”他补充道，“那不是现在唯一的活儿。如果我们的成本低一点，会有大把的活儿。”

“你可以相信我，桑迪，如果能买我肯定会买，但我认为毫无可能。”

工程师还在期待。“当然了，”他终于说了出来，“这不是我的生意，但你就不考虑一下自己投点钱吗？1000英镑对你这样的人来说算什么？”

查尔斯皱眉蹙额。不久之前，有那么一段时间，这样的评论无可非议。但除了查尔斯和他的银行经理人，无论麦克弗森或其他任何人都不知道，为了让生意继续下去，查尔斯已经花掉多少个1000英镑了，以及还剩了多少。他摇了摇头。

“我投的钱已经够多了，”他表明了态度，“不行了，桑迪，除了我说的，没别的办法了。再想想你能不用谁，就让他们走吧。"他顿了一下，继续说道："为什么你如此确定，如果有了那些机器，我们就没问题了？"

苏格兰人第一次显出了满意，他把手插进口袋，抽出了一沓记录。

"我来就是给你看这个的，"他说，"看这儿，这是我们投标赫尔那个活儿的具体明细，总共1275英镑，而帕金森公司是以1250英镑中的标。但我们如果有了那些机器，总钱数就会变成1190英镑。看到没？情况就大不相同了。"

查尔斯有了兴趣，两个人的头在办公桌上方凑近了。他们谈了半个小时，然后查尔斯用一种完全不同的语调，说他会进一步考虑。

就在此时，一点钟的号角响了。麦克弗森点了点头离开了，查尔斯锁上保险柜，戴上帽子，跟随工人们走出了围墙。

第三章

查尔斯提出融资

克劳瑟电动机工厂于 20 世纪初由查尔斯的叔叔创立。安德鲁·克劳瑟那时是个精明能干的年轻小伙，在一家电气用品商店当售货员，他为店内的橱窗设计了一个动态广告，商店的董事们非常喜欢这个想法，准他假去做这种广告牌。安德鲁很快做好了，但当他想买一台 62 瓦的电动机使电动机运转时，却买不到。他敏锐的头脑立刻看到了商机，他确信小型电机有潜在需求，毫不怀疑市场份额能变得十分可观。通过调查有前景的发展方向，结果证明了他的想法，他决定放弃当时的工作，创办一家小工厂。为了获取必要的技术知识，他以微薄的薪水在一个电气工厂干了 3 年。接着，他开始解决主要困难——没有资金，这比他预期得要容易。亨利·斯温伯恩一两年前娶了安德鲁的姐姐，亨利相当欣赏他内弟的工程学能力。当得知了安德鲁的计划，他宣布打算加入并注入了他的全部资金，总计不到1000英镑，但也足够了。两个年轻人在约克的棚屋区租了一间旧厂房，装配了最少数量的机器，大部分还是二手的，然后就开工了。安德鲁是个机械天才，但不擅于经商，而亨利精于计算，还是个优秀的推销员。他们的生意蒸蒸日上，设备和员工缓慢而稳步增加。很快他们额外又租了几间厂房，购买了更多的机器，员工也增加到了12人。然后战争就来了，起初看来似乎是工厂要关门，两个老板要去参军为国王效力，但就在那时，战争办公室发现他们需要大量用于特定领域都信号装置的小型电机，找了一圈发现克劳瑟公司正好能满足他们的需要。此后4年他们一直没缺过活儿，安德鲁和亨利最大的困难是要找足够的设备和劳动力以完成订单。他们放弃了约克的厂房，接管了寇德匹克拜的一座工厂，经过一些改造，满足了他们的需要。

在战后的经济繁荣期他们继续创造着大笔财富。繁荣期过后，安德鲁觉得他已经做了够多的工作了，想在死前去看看这个世界，因此他带着属于他的全部19万英镑资金，从公司退休了。他在工厂附近买了一所名为"城壕"的老房子，环游了世界，然后安顿了下来，培养了许多爱好作为消遣，包括摄影和对蔬菜种植的一些相当业余的尝试。

亨利·斯温伯恩继续经营工厂，他的独子查尔斯已经在帮忙了。查尔斯受到过良好的教育，在利兹大学取得了科学学位。1927年，亨利去世了，于是查尔斯继承了财产。斯温伯恩夫人几年前也去世了，由于查尔斯是独生子，他发现自己在这个世界上孑然一身。他买下一所小房子，找了一对夫妇照料他，自己全身心地投入生意经营之中。在他的管理下，生意一直相当兴隆，直到全球经济大萧条到来了。现在，正如前面所说，查尔斯面临破产。

离开工厂，查尔斯沿马尔顿路来到盖尔河，小镇正是临河而建的。他的心思暂时从生意上解脱出来，又被他一直以来的心念——尤娜·梅勒充满了。他更喜欢走沿河岸的那条路，因为那里通常都很僻静，他可以更容易地沉浸在自己的白日梦中。抛开心念，他不禁下意识地欣赏起呈现在眼前的乡村风光，这也是他经常能看到的，今天，在8月强烈阳光的照耀下，景色显得格外迷人。狭窄而平静的小河蜿蜒地穿过旷野，稍远处映入眼帘的是河边的一片树林，穿过树林，教区教堂刻有花形浮雕的尖塔看起来只有伸出的手指大小。树林右侧是镇上错乱排列的房屋，其后东北方向，土地不规则地向上延伸直至更高处的沼地。

查尔斯沿河穿过树林，来到教堂前，走过整洁的路面，他发现自己来到了商业街。寇德匹克拜是一座有大约8000居民的洁净宜居的小镇，位于瑟斯克、伊辛沃尔德、赫尔姆斯利三处围成的三角形中。匹克拜城堡是小镇最引以为豪的荣耀，这片12世纪的覆盖在镇西石崖顶上的废墟，由于其结构特殊，成了四远驰名的考古学家朝圣地。此外小镇每年有一次羊市，彼时街道都会变成等待检阅羊群的灰色河流。镇上有一所伊丽莎白女王住过的房子，还有一家在《末日审判书》还在编撰时就有了的旅馆。

查尔斯·斯温伯恩的目的地就在商业街上——寇德匹克拜俱乐部。镇上的男性企业精英们会在这里用午餐，查尔斯走进休息室时，先到的五六个人和他打了招呼，包括布伦特·马格努斯有限责任公司的布伦特、银行经理人维瑟罗、律师克罗斯比、大店铺主斯廷普森和休斯。斯廷普森正滔滔不绝地讲着一些财务上的事。

"8%听上去还凑合，"他说，"但当你记起他们去年分红15%时，情况就不同了。"

"哪家公司分红减半了，斯廷普森？"查尔斯加入话题问道。

"本德-楚赛特公司。刚宣布了分红——8%。"

"他们算是好公司了，"维瑟罗说，"谁能告诉我哪家公司的收益是不低于50%的吗？"

查尔斯本就惊魂未定，这又受到一次打击：他仅剩的钱大部分都投在了本德-楚赛特公司！尽管现在他投入的资本确实算是很少的了，实际的资金损失微乎其微，但在他几近绝望的现状下，聚沙成塔。

"真是个巨大的打击，"他尽可能漫不经心地说道，"我也有一些股份。"银行经理人维瑟罗知道他有股份，所有人里只有他一定不会觉得查尔斯尴尬，更不必说他当前持有的财产比透露的损失还要糟糕了。

"我也有，真不幸，"克罗斯比说，"我本以为本德-楚赛特公司算是东北部资金最充实的公司了。"

"他们的资金够充实了，"斯廷普森反驳道，"他们今年投入的储备金比去年大约多了1.7万。仔细想想，我认为这已经不错了。"

就在克罗斯比答话时，查尔斯感觉手臂被碰了一下，布伦特示意他去一个角落。

"我说，老伙计，"他开始低声说道，"我刚刚寄信给你了。"他显得很尴尬，不安地顿了一下。

查尔斯表现得仿佛一切尽在掌握中，他笑了笑。"我收到信了。"他干巴巴地确认道。

布伦特点点头："我想说的是，斯温伯恩，我们对此都相当遗憾，相当为难，不过在很大程度上来说，你们投标的价格不是最低的。我们从本心愿意让你们中标，咱们的关系一直很融洽，而且我们本也愿意把这项工作留给镇上，诸如此类吧，但由于资金的确不宽裕，我们也别无选择。"

"你们肯定也是没办法，老伙计。没关系，我不会假装不遗憾，的确很遗憾，接手这项工作本来很容易的，这会成为一个很好的教训。麦克弗森为了几台新机器快把我烦死了，现在他肯定能得到它们了。要是有它们，我们本来更有机会拿下这个活儿。"

布伦特显得如释重负。"你能这样想太好了，"他说，"幸亏这事不会对你们造成任何重大影响。"

"我可没这样说，"查尔斯笑了笑，"但我也不认为这会使我们破产。"

不过这确实也是查尔斯心中所想，还能在午餐桌上泰然自若谈笑风生，也显示出了他的自制力。关注过本德-楚赛特公司的分红，话题转到了生意上，没过一会儿，还是渐渐过渡到了他们的保留话题板球上。斯廷普森等人这个周六要去利兹看约克郡在球场上横扫肯特郡，故而他提起了这个话题，每当他们讨论起上流社会的体育活动，简直就像一群小学生。

用罢午餐，众位男士纷纷来到吸烟室，在那里，等貌美的女服务员给每个人依次上完咖啡，众人三三两两分开，开始了更加私密的交谈。和银行经理人维瑟罗正在讨论政治问题的查尔斯，把他带到一个角落。

"我正打算今天下午登门拜访你，"等政府的罪行都被说尽了，查尔斯说道，"我想说的事只会花一点时间，如果现在就说，也许可以节省我们两个的时间。"

"见到你真高兴，"维瑟罗答道，"方便的话，请务必现在就说。"

查尔斯深深地吸了一口雪茄。"我得在工厂投入三台新机器，"他说，"我考虑了一段时间，感觉现在似乎不是投入的最佳时机，就把这事搁置了。但是我发现我错了，几个月前我就该做这个决定。"

"我觉得你的设备相当先进了。"

"是不错了，不过不足以改变现状。维瑟罗，我要对你说的话仅限于你我知道。我们投标了布伦特·马格努斯有限责任公司的改造工作，我刚听说我们没中标，这就是因为我们没有那三台机器，要是有它们，我们的投标价本可以远低于中标价格。"

维瑟罗礼节性地表示了遗憾。

"这是我自己的过错，没什么好抱怨的，"查尔斯继续说道，"帕金森公司有非常先进的设备，他们理应中标。但有了这些机器我们就能打败帕金森，我们的成本可以更低。"

"你有一群不错的雇员，不是吗？"

"绝对是最棒的，有他们我可以和国内其他任何一家公司抗衡。"

"投标的事我很遗憾，别说是你，我也愿意看到资金留在镇上。"

查尔斯点头:"我当然也很遗憾,但我真正担心的不是这个,因为正如我所说,我看出我们哪里出了问题,可以及时纠正错误,但这也把我拉回到正题上,维瑟罗。如果你对我说的表示满意,我希望能从你那里得到买这些机器的资金。"

维瑟罗表情严肃,在给出答复前,他小心翼翼地把烟草装进烟斗,达到满意后,抬起了头。

"你知道的,斯温伯恩,我是多么愿意为你效劳,但事实上你已经过度透支了。"

查尔斯又点了点头:"这我知道,当然了,我不是要你做办不到的事。我可以很容易地筹到资金,具体来说,变卖几套先父的藏画。但你也能理解,不到万不得已,我不想这样做。"

不知道维瑟罗嘴里咕哝了什么。"机器总共要多少钱?"他随即问道。

"差不多1000英镑,大约800的机器钱,还有一两百的安装费用。"

"还不是那么无可救药,我以为这事要的钱会多很多。"

"啊,不会,只有三台机器——两台车床和一台插床。其余的设备已经够好了,事实上,那三台旧机器性能良好，但它们没有最新的省时装置，而目前这种装置至关重要。"

银行经理人又顿了顿："还有——嗯——用什么做担保呢？"

查尔斯耸了耸肩："和现在的透支款一样，整座工厂都给你作为抵押品，包括这几台新机器，它们跑不了。"

不知怎的，维瑟罗似乎并没有被这席话说服，不过他还是立即给出了答复："我会提请给董事们，你也清楚，这种事要由他们做最终决定，我会尽可能详尽地和他们讲清楚，一有结果就通知你。你愿不愿意写封信，这样我可以拿给他们看？"

查尔斯耸耸肩："如果你觉得信能更有帮助，我就写。否则的话，这事交给你办我完全放心。"

"好，我会竭尽所能，"他狡黠地笑了笑，"问题在于每个人都想要相同的东西。"

"我想这也很正常。"查尔斯承认，话题也转到了其他频道。

查尔斯尽可能地保持表情严肃和举止自然，但他对于刚才会面的结果不抱任何幻想，他的请求会以最和气、最不伤人的方式被拒绝，但终究还是会被拒绝。查尔斯想知道维瑟罗是否猜到了他内心真正的想法：得到那笔资金，而不是那些机器。查尔斯想用那笔资金继续维持：维持到要么他结婚，要么尤娜·梅勒拒绝他过于决绝，让婚姻的希望荡然无存。

查尔斯不会停下来思考自己的欺诈行为涉嫌违法，脑子里只有一个念头，他想得到尤娜。如果赢得了尤娜的芳心，他也会得到她的钱，尽管那不是他真正想要的。如果失去她，那其他的一切都无所谓了，他也就不在乎自己的成败了。

不过，他还没有被击垮，北县银行并不是他力挽狂澜的唯一选择，他环顾房间已经四下无人了。是的，博斯托克已经离开了，他要等一小会儿，然后去找他。

安东尼·博斯托克在寇德匹克拜充当了许多角色，他首先是一位股票经纪人，但他给这门生意加入了许多隐性的，似乎更加赚钱的业务。他其实还是一名代办人，任何人想办一些特别的事都会找博斯托克。他待人和气，精明能干，守口如瓶，大家感觉把事情交给他很安全，如果能够强迫他泄密，毫无疑问，镇上会有许多人不能幸免。

在博斯托克的兼营业务中，查尔斯目前最感兴趣的是放债，博斯托克被誉为"仅凭一张借条"就愿意帮助所有人的人。查尔斯当然知道这个"所有人"有明确的限定范围，但他觉得自己理应是社会精英的一员。

离开俱乐部，他从商业街来到大街上，在镇公所转弯，进入一条窄巷，走过几栋楼就是博斯托克的公司，查尔斯推开了门。

博斯托克是个有点油腔滑调的矮胖男人，他热情地欢迎了查尔斯。

"我本想午饭后和你谈一谈，"查尔斯开口了，"但等我找你时你已经走了。生意怎么样？"

博斯托克表示情况会糟糕，尽管从他的表情上看，似乎事实并非如此。"本德-楚赛特公司红利的骤降会给我带来大麻烦，"他继续说道，"里面有我相当多的股份，我的意思是，对我来说相当多。"

"我也有一些，"查尔斯回答说，"幸好不是很多，但在目前情况下，聚沙成塔，而这也引出了我前来拜访的原因。"

"不管是什么事，你来了我就很高兴，抽不抽烟？"他递过来一盒雪茄。

"抽支烟就行了，谢谢。"

博斯托克拿出另一个烟盒，二人都点着了烟。"好啦，很荣幸为你效劳，斯温伯恩，我能为你做些什么？"

查尔斯不耐烦地笑了笑："你认为呢，博斯托克？当然是钱了！我需要一些钱。"

博斯托克也笑了。"现在这个世界有的是钱，"他说，"要是都归我们该有多好，你要用钱做什么？"

"要买几台机器。"接着查尔斯把他对维瑟罗说的话重复了一遍，博斯托克并不感兴趣。

"你认为这些机器能让你打败竞争对手，但是告诉我，斯温伯恩，你敢说一定会有很多活儿吗？要我看问题在这儿，没活儿可干！"

查尔斯冷笑。"你真是积极乐观，"他反驳道，"如果真一点活儿没有，我们借贷什么都不重要了，反正都要一起倒闭。不，我觉得这点你错了，博斯托克，活儿一定会有的，尽管可能不会太多。"

"说得对是对，但不敢面对现实可没什么好处，你我都清楚，缺少订单是普遍问题。"

"我非常清楚，但那不该是我不买那些设备的理由。"

"当然不是，而且我也希望你买。但是说真的，斯温伯恩，"他略显尴尬地顿了顿，"我最愿意帮的人就是你，但我不清楚我的财务状况是否允许我借给你你说的那个数字。我没告诉你，但我的确受到了非常严重的打击，不只是因为本德-楚赛特公司的事，还有一些其他的问题。比如，瑞典火柴公司有我好多钱，还有皇家邮电蒸汽邮包公司，当然了，战争贷款转换更是让一切雪上加霜。你打算用你的工厂做抵押？"

"我是这么想的。"

"那意味着你真要抵押你的工厂了。它已经被用作抵押了吗？"

"没有，银行有少量透支，用它做的担保，但那不过是小事一桩。"

博斯托克点点头："我说不好，斯温伯恩，我恐怕有点负担不起。你什么时候要答复？"

"啊，我也说不好。也不用特别着急，不过方便的话越快越好。"

"我会立刻研究这件事，"博斯托克的回答明显轻松了许多，"我要具体查查我的财政状况，看是否能帮得了你，明早我一定通知你。"

"那真是太好了，感谢你，博斯托克。"

"正如我所说的，"这位股票经纪人继续说道，"能够与你见面应该是最令我高兴的事了。你周六不去看比赛吗？"

这次会面被画上了一个完满的句号，查尔斯告辞离开。又白费劲了！他不用等到明天早晨也知道博斯托克的答复是什么。再次被回绝！查尔斯感到非常伤心，这对他的打击不亚于当面被直截了当地一口回绝。

不过，他还有一个选择，最后一个，绝对的最后一个选择了，但如果处理得当，也是最有希望的选择，另外，如果搞砸了，也是最危险的一个选择。

还剩下他的安德鲁叔叔。

正如前面所说，安德鲁·克劳瑟在繁荣期过后，拿着一笔大约19万英镑的巨款从工厂退休了。他还住在当时买的那所叫作"城壕"的房子里，由于他生活节俭，不爱张扬，他现在一定仍然非常富有。

而且在老人死后，这笔巨款有一半都会给查尔斯。安德鲁·克劳瑟不止一次和他说过，他把查尔斯和自己的女儿埃尔茜·默里列为共同继承人。查尔斯确信他能指望他叔叔的死让他得到六七万英镑，这是在正常情况下。

但是查尔斯无法保证一切都会正常，不得不考虑他叔叔十分古怪的性格。倒不是说老人家刻薄，但他对钱的价值有一番十分崇高的见解，肯定不会把他的钱留给他认为"配不上"的人。而在安德鲁的人生哲学里，经营不善就可以证明"配不上"。

从他对叔叔性格的判断，以及老人的实际言语中，查尔斯清楚，如果工厂经营不善，钱会分毫不剩全都归他堂姐。安德鲁白手起家，将公司经营得红红火火，如果了解到查尔斯证明自己没有能力经营工厂，肯定不会可怜他。

对查尔斯来说，去找安德鲁求他预支一小部分早晚会属于自己的资产本来很简单，在这种情况下，这样一个小小的请求老人可能都不会注意。但查尔斯清楚，不问清整体情况安德鲁是不会同意的，而这对查尔斯前途的影响可能无法估量。

因此，一切取决于他和这位老先生打交道的方式了。

如果查尔斯能把事情讲得非常圆满，也许他不费口舌就能
得到想要的东西；的确还有另外一种可能，会面不仅以一
个拒绝结束，也会让他失去继承权，当然了，绝对还包括
失去尤娜。

　　正是由于这个原因，查尔斯到目前为止一直没去找他
叔叔，但是现在，他觉得如果维瑟罗和博斯托克都拒绝
他，那就一定要冒这个险了。

第四章

查尔斯主张结婚

生活中经常出现巧合，这不，查尔斯刚做出去找他叔叔的决定，第一个遇到的就是他的共同继承人埃尔茜·默里的丈夫。

在某种意义上，也可以说他遇到了他的共同继承人，因为埃尔茜和彼得是一对恩爱夫妻，查尔斯清楚，埃尔茜将来可能得到的钱都会由她丈夫支配。

尽管彼得最初把农庄经营得很成功，但查尔斯知道，后来几年利润大幅下降，这甚至是在英国农业大萧条开始之前。事实上，现在大家普遍认为彼得处境艰难。不过到目前为止，这并没有明显的外在体现，二人也未谈论过此事。

查尔斯和堂姐的丈夫不总见面，实际上两个人不"相互吸引"。在查尔斯看来，彼得心胸狭窄，不愿与人交往，只关心他自己和他的那点事；而彼得认为查尔斯不够严肃，和自己没有相同的爱好。二人之间并无嫌隙，不过也无深交。

这次是查尔斯从博斯托克那里离开回工厂，他进烟草店买香烟，迎面遇到刚好正要出来的彼得。

"喂，彼得，"查尔斯和他打了个招呼，"很久没见到你了，一切都好啊？"

彼得有点显老，看起来相当疲惫。他沮丧地摇摇头："不太好，查尔斯，一切都不太好。你怎么样？"

"啊，一直凑合着呗。"查尔斯进了商店，彼得转身跟了过来，显然想聊一聊，"遇到什么麻烦了？"查尔斯继续道。

直到查尔斯买完东西，他们离开商店，彼得才用忧伤的声音回答道："我不得不开除汤普森。"

"汤普森？你的司机，耕夫，花匠，勤杂工和家务总管？什么原因，我觉得汤普森是你最得力的助手。"

"长期以来的确是这样，原因正在于此：再也承担不起他的工资了"

查尔斯转过身来："上帝保佑，情况这么严重吗？"

彼得绝望地说："情况要多糟有多糟，以我的名誉担保，查尔斯，我不知道该怎样做了。"

"对此我很遗憾，彼得。"

"今年的情况比以往更加糟糕。今年是大丰收，几乎所有作物的产量都高于往年，但东西卖不掉，卖给市场的价格并不能盈利，我不清楚我们还会遭遇什么。"

"这简直太糟糕了。"

"你应该庆幸一点没沾土地生意。你也知道，多年来都有传言，说政府一直打算接管土地。"他摇了摇头，"他们会修改政策，直到国内的农场主一个不剩。"

"工业同样糟糕，"查尔斯回应道，"为什么这么说呢，我刚听说本德-楚赛特公司分红减半了。"

彼得瞪大眼睛看着他："你不是开玩笑吧！你没遭受打击吧？"

"受到了，幸运的是不严重，里面有我的股份，但不太多。"

"啊，那还能接受。你那生意一定是座小金矿，可我的处境就太艰难了，"他向四外看了一下，压低了声音说道，"我决心要使用非常手段，去找我岳父想办法。"

查尔斯努力隐藏自己的懊恼。这根本不符合他的计划，如果彼得向安德鲁·克劳瑟请求帮助，很可能会粉碎自己以相同方式求助的机会。他琢磨着是否能让彼得打消念头。

"你不会从安德鲁叔叔那里得到许多钱的。"他试探道。

"我看没什么不可以的。当然这是看在埃尔茜的面上，而且我不需要很多，只需要一点以后早晚会属于她的钱。"

"为什么不让埃尔茜去找他？"

彼得犹豫了。"我还真没告诉埃尔茜情况有多糟，"他回答道，"我都承受不了，更不想让她劳心伤神。"

查尔斯摇头道；"我要是你，肯定不会去找安德鲁叔叔。"

"我看没什么不可以的，他顶多就是拒绝。"

"这你就错了，彼得，"查尔斯严厉地回应道，"如果你那样打算，会酿成极大的错误。你我都承受不起让老人生气的后果，因为你让他生气就等于是埃尔茜让他生气。他已经告诉我们，她和我会成为他的共同继承人，但这不是玛代波斯人的法律不可更改，他有可能改变想法。"

"他决不会那样做的。"

"不会吗？他会毫不犹豫地立刻改变主意。想想看：你也知道他关于能力的诸如此类的理念。这么说吧，假如你去告诉他你的农庄经营不善，他会有什么反应？"

彼得没回答，显然这样的形势分析还没有击垮他。自己的话起了作用，查尔斯非常满意，他决定再接再厉。

"当然你或许能让他满意，但毕竟有风险。他多半会断定：'这家伙连他自己的生意都照顾不好，肯定不能让他再赔上我的钱。'是否会这样我不知道，但我如果处在你的位置，只会把去找叔叔作为万不得已的办法。"

"可我要告诉你，已经万不得已了。"

"啊，彼得，当前情况可能并非那样糟糕，你就不能以埃尔茜继承遗产的希望为担保得到一笔贷款吗？"

"你以为我是个彻头彻尾的傻瓜吗？一开始我就尝试过这样做，行不通。"

查尔斯没提，他也知道这样行不通，因为他做过同样的尝试。"你就不能卖掉农庄，靠所得资金先过一阵子省吃俭用的生活，等困难时期过去吗？那位老人家又不可能长生不老。"

"计划是不错，"彼得承认，"一个完美的计划——前提是你找出个买家。查尔斯，我和你说，要是我能，连北极都会卖掉。"

"好吧，你比我还明白。不过，如果我在你的位置，我肯定会非常谨慎地接触安德鲁叔叔。"

查尔斯觉得他已经说得够多了，于是改变了话题。在刚才的对话中，他并未被他对彼得的伪善和刻薄情绪影响。他认为彼得就是个笨蛋，要是让他去找自己的叔叔，肯定会引起叔叔的反感，把他们二人的机会都破坏了。他相信自己能更机智地应对这位老人，而且如果他成功了，自己和彼得都会受益。如果安德鲁预先给了他钱，就没有理由拒绝通融资金给遇到了相似问题的彼得。

有那么一会儿查尔斯打算联合彼得，可他发现那是个错误。首先，彼得不会认同他查尔斯处理这件事能比他更加成功；其次，即便是对彼得，承认自己处境艰难也是不明智的。尽管他相信，彼得决不会主动背叛自己的信任，但无心泄露信息非常容易，保密的最好方法就是只让自己知道。

"我们快到工厂了，"查尔斯最后说道，"到办公室喝一杯，我们想想是否还有别的出路。"

彼得停下看了一眼手表，查尔斯正等待着他肯定的答复。"不行，"他说，"我去不了，我约了克罗斯比，马上要去和他见面。好啦，查尔斯，很高兴遇见你，什么时候能看到你和我们一起出去？"

"啊，说不好，近期我就不去了。代我向埃尔茜和孩子们问好。"

他们挥手道别，查尔斯大步走向自己的工厂，彼得则反身折回镇中心。

查尔斯寻思，他小心翼翼给彼得泼的冷水到底多大程度上打消了他找安德鲁·克里斯寻求帮助的念头？他们相遇对彼此来说都是好事，运气够好的话，他查尔斯应该能捷足先登，如果他都说服不了安德鲁，他相信世上就没人能够成功了。

查尔斯特别想现在就去"城壕"，让他的命运接受考验。但稍加思考就会明白，这样做绝对是疯了，更何况安德鲁不喜欢草率行事，如此匆忙证明他如饥似渴，这是安德鲁最讨厌的。安德鲁会更加起疑，更不容易被说服，不行，这件事必须充分准备。但准备工作现在就可以开始了。

刚到办公室他就给"城壕"打了电话，他立刻听出了他叔叔男仆的阴郁声音。

"下午好，威瑟亚柏，克劳瑟先生今天还好吗？"

看来安德鲁的健康状况一如往常，他正在书房看书，威瑟亚柏确定他现在方便说话，可以帮查尔斯转接。

片刻之后，查尔斯听到了他叔叔有气无力的声音，彼此寒暄了几句。

"我想找个时间和您谈一些生意上的小事，"查尔斯随即继续说道，"我打电话正是想问您什么时间方便。没什么急事，我不过是想保证日程安排避开我们确定的时间。"

这番话达到了查尔斯预期的效果。

"我没什么事，"听筒里传来了安德鲁的声音，"你也知道，我没什么约会。你什么时间合适？"

"我下周来不了，"查尔斯继续说道，"但我明天恰好会在约克吃午餐，如果您时间合适的话，我可以在回来时顺道拜访。"

第二天下午安德鲁有空。据查尔斯所知，他们会在

4:30用下午茶，肯定希望他会在那个时间之前去。

到目前为止，一切顺利。查尔斯稍微松了一口气，就又开始处理文件了，在他外出用餐的这段时间，已经积攒不少了。

查尔斯生命中的一件大事会在当天傍晚发生，随着下午的时光缓缓流逝，他变得越发不安和兴奋。他已经三天没见过尤娜了，不过他们傍晚就会相见。二人都会受邀参加克罗勒女伯爵的慈善舞会，这是上流社会的年度头等大事，舞会将于克罗勒城堡举行，那里距寇德匹克拜约8公里。尤娜会怎样向他问好呢？上次见面时，他觉得她有一点点冷漠——比平时冷漠，可她也没有从心眼里不高兴过。今晚他将知道自己所处的位置。

其实，查尔斯打算干脆就在当晚让他的命运接受考验，他想知道还有什么事能比他正承受的怀疑的痛苦更加糟糕。最好能知道，哪怕了解到的是最终的失败。

没一会儿他就意识到自己错了，明确的拒绝会糟糕一千倍。他现在就是靠希望活着，如果希望破灭，便将迎来终结——一切事物的终结，生命本身的终结。没有尤娜，他不会愿意继续活下去。

但如果尤娜在他身边……

他完成了日常的工作，下班的汽笛刚响起来，他便动身回家了。来去工厂的这一小段路程查尔斯通常都会步

行，因为相信这样的锻炼可以帮他保持健康。步行回家好
不惬意！一路向北，向沼地延伸。没一会儿就过了盖尔
谷，然后，向着小河方向转90°，蜿蜒穿过一片茂密的松
桦林，植被被橡树和榆树取代，就来到了谷坡上。

查尔斯独自住在他的小庄园里，由上年纪的罗林斯夫
妇照料他的生活。房子恰到好处地建在半山腰上，房前的
树木稀疏，寇德匹克拜南部的美景：石山、城堡废墟和在
肥沃的起伏平原那边的约克，这一切尽收眼底。在房子北
部和东部，一大片名副其实的森林使庄园免受寒风侵袭，
森林后面空旷无人的高沼地绚丽绝伦。查尔斯很喜欢他这
所房子及其周围环境、景色以及经他精心照料和辛勤劳作
建成的花圃。要是此处的寂寥能因尤娜·梅勒的到来而消
除，这里将变成人间天堂。

晚餐过后，他一边准备舞会礼服，一边任由他的想象
力恣意驰骋。如果尤娜同意了，他要做的第一件事是什
么？那还用说，拟订计划给这所房子装上一对翅膀。事实
上这还远远不够。包括正房在内，一半的地方都不错，不
过门厅、楼梯和写字间就有些寒酸了。为此，给房子扩建
一个更加敞亮的门厅和两三间崭新的房间会使这个地方完
美无缺。

查尔斯还在考虑要做的事，在想到其中一件时，他
浑身颤抖起来。和尤娜结婚。天堂！不考虑任何别的东

西，这已然是人间天堂！但确实还会有更多别的东西。会有金钱：他现在的困境将不复存在。尤娜和他——他内心的扬扬自得之感已经难以名状了——尤娜和他会在房屋改造实施期间出国，离开大雾和东风，到埃及或塞浦路斯或其他有温暖阳光的安逸之地。因为如果要改造房子，肯定要在冬天动工，这样他们就可以在春天归来，万事万物在春天都处于绝佳状态，此时回到这所完美无缺的房子，尽享其无与伦比的环境；同样也回到了他和尤娜都深爱的国家……

如若不然呢？

不然的话，等待他的就会是希望破灭，绝望，甚至死亡。没有尤娜，他为什么还想要活着？活着也就没有意义，没有奋斗的目标了。就算破产了，又有什么关系呢？他会迅速了结这件事：假装失眠，在医生那里开一些安眠药，一次性把药都喝掉，然后安然入眠，这样一切就都结束了，一切都会变得轻而易举。

查尔斯的举动一反常态，尤其在他要去见尤娜前从未这样做过。他给自己倒了一杯烈性白兰地，一口喝了下去。这杯酒使他重新振作了精神，那些可怕的想法也消失了。等他到车库发动了辛宾汽车，他再一次冷静、镇定了下来，抖擞精神准备好迎接即将到来的庆典。

我们不必特别关注查尔斯在克罗勒女伯爵的慈善舞会

上所做的事，慈善舞会总是大同小异，这次也不例外。但查尔斯和尤娜·梅勒的会面与后来发生的可怕事件紧密相关，故此有些事不得不提。

他为了比她先到而去得很早，还特意待在能观察到接踵而至的宾客的地方，焦急地等待着，甚至连白兰地都不能使他完全镇定下来。她应该不会出现了！天有不测风云，事情不可能注定发生，任何事都不可能有十足的把握，直到你真正把它掌握在自己手中——通常也掌握不了。

查尔斯发现，自己对不止一位熟人的问候是支支吾吾回答的，完全不知道自己在说些什么。但是他并不在意，这些讨厌的人们有什么要紧的？要是他们径直走过去不理会他该多好啊！

新到的客人现在已经越来越少了，但还没有她到来的迹象。查尔斯觉得不能再这样干等下去了，他像是痉挛了一般地走来走去，尽量避开熟人，对于那些实在躲不开的，草草地握手了事。

不久，她来了。

当看到她上楼梯时，查尔斯的心都快蹦出来了！至少天堂的大门现在要打开了！

但查尔斯依然在人间，在人间时命运女神有个使人痛苦的癖好，用一只手授予你的东西，用另一只手收回。在这件事中就是如此。尤娜的确出现了，但不是和她父亲梅勒上校一起来的，尽管他经常陪她来像现在这样更为正式的场合。当查尔斯看见她身旁是脑袋梳得锃亮、塌额头兔口的弗雷迪·艾勒姆时，他瞪大了双眼。

尽管目前查尔斯还看不出他有任何可取之处，但他完全清楚，他多了解弗雷迪这个危险的竞争对手。尽管弗雷迪游手好闲，但他还不能算是一个不良青年。他性情温和，彬彬有礼，天生善于交际。女主人们都非常愿意见到他，因为他擅于活跃气氛，让沉闷的派对得以进行下去，尤其他还非常富有。

查尔斯一度感觉非常心烦，然后尤娜看到了他并朝他微笑，弗雷迪则假装没有看到。

实际上，尤娜能让任何男人血脉偾张。她个子很高，身材比例完美无缺，一头优雅的金发呈现出自然的波浪。她的头发让她无比自豪，但也会让毫无偏见的旁观者略带遗憾地叹息，今天头发被剪成了新式发型。她的容貌很美，但并不出众，不过她紧实的小嘴和浅蓝色的眼睛还是显示出了她的品格和智慧。她举止高雅，优美绝伦，当到达楼梯口走进房间时，大家都转头望向这位美人。

查尔斯对舞会中的其他人视而不见，在她向克罗勒夫人鞠躬时，视线一直不离她身边。

"你好啊，查尔斯，"她冷淡地和他打了个招呼，"你认识弗雷迪·艾勒姆的，是不是？"

查尔斯被迫将目光暂时停在了那个可怜虫身上。这个傲慢无礼的家伙在尤娜身边自鸣得意地笑着，仿佛他得到了她的关注！如果愿望能杀人，弗雷迪这时恐怕已经被抬去参加葬礼了。

"尤娜，我以为你会和上校一起来，我想，他没有不舒服吧？"

"是有点不舒服，他突然感觉有些乏力，应该是着凉了。幸运的是弗雷迪来了，不然我还真不好办了。"

"你怎么能这样，尤娜，何况还有电话？我会送你回去，请一定要让我送。弗雷迪为人大度，肯定愿意分享这光荣的使命，对吗，弗雷迪？"

"除非她这样说了。"弗雷迪嘲弄地向查尔斯一笑。

尤娜看起来很不高兴，查尔斯给话题做了过渡，"我们可以组成一个车队。"他表明了态度，然后转向了请求跳舞这个更为严肃的话题。

他们跳了舞，然后他劝说她出去到暖房中的一处僻静角落坐坐，她没有拒绝。就在他们走向转弯处的时候，他清楚记得，一个小插曲彻底击溃了查尔斯的防线，让他把顾虑抛到了九霄云外。

当他们在一个摆放着大量幼植盆栽的花架转弯时，尤娜趔趄了一下，但并没有摔倒的危险。之前经过的人碰掉了一个花盆，她正是被这个花盆绊到了。她重新站好了，或者说本可以立刻重新站好的。

然而，查尔斯看到她失足，箭一般地冲上前去想要救她，但他没料到后果。当他碰到她时，似乎有一股电流传遍他全身，就像从溃坝泄出的洪水淹没了邻近的村庄，他被彻底击溃了。他没有了时间和空间的概念，除了她此刻的存在，他忘记了一切。她一瞬间撞进了他的怀里，他用深情的吻盖住了她的脸。

当回过神来，他的心猛地一跳。她并没有抵抗，也没有生气，闭着眼睛躺在他怀里。他稳稳地抱着她，片刻之后，她睁开了眼睛，羞怯地一笑。

"你经常这样得手吗？"她问道，"放开我。"

"决不，"查尔斯一本正经地说道，"只要我还活着，就决不会放开你。"

"那你只能抱着我回家了。"

"我会这么做的。"

"别说傻话了，查尔斯。有人要来了，放开我。"

"让他们来吧。"

"放开我！"她的声音变得蛮横起来，"我是认真的，我不想在自己不愿意的时候被无礼对待。"

他慢慢地放开了她，然后拉她坐到了原先要坐的地方。接着，仿佛障碍被移除了，他所有的爱恋和渴望被一股脑地倾诉出来。从看到她的第一眼起，他就爱上了她，此后他的爱意与日俱增。对他来说，唯一重要的就是她的爱，如果她不愿意嫁给他，他就不想继续活下去了。他的命运会如何？他不能在现在的痛苦疑问中继续生活下去了。

尤娜冷静而理性的判断给他的感情浇了一盆冷水。是的，她相当喜欢查尔斯，不过她不清楚自己是否真的爱他，她对他的爱当然还没到他的那个程度。至于最终是否有可能会嫁给他，她也不知道。不，她不会假装自己爱上了别人，她真正爱的是她的自由。

就在他们坐下来更加理性地讨论问题时，聊到了事实证明对查尔斯至关重要的话题上。

"这样说似乎令人厌恶，"尤娜直言不讳，"但我现在还是要告诉你，我决不会嫁给一个穷人。这不完全是自私和唯利是图，没有了那些我已经习以为常的东西，我肯定不会幸福，我的丈夫也不会幸福。嫁到一个缺东少西、要忍饥受冻的地方，对我们二人来说都意味着不幸，那简直愚蠢透顶，我是不会那样做的。"

"亲爱的尤娜，就我而言，不会出现那样的问题。我并不富有，但我也不穷。如果你嫁给我，你会拥有那些你已经习以为常了的东西。"

　　尽管他再三恳求，她还是不同意订婚，不过他相信这事并非毫无希望。

　　但是那天夜里，或者确切地说是第二天清晨，当他在床上辗转反侧时，他明白了一件事：毫无疑问，他在这个世界上能够幸福的唯一机会，就是必须得到足够的钱维持现在的生活。

第五章

查尔斯逐渐绝望

查尔斯对他叔叔说第二天在约克吃午餐是实话，正午后不久他便开着车子去了那座历史悠久的城市。这是一个晴朗的夏日，阳光使绚丽多彩的乡村景色越发耀眼夺目。北风习习，既吹走了炎热又净化了空气，使远近的风景显得清晰而轮廓分明，像是一片重叠的浮雕。陷入沉思的查尔斯车开得很慢，他只有这次错过了这迷人的风景，但轮胎在柏油路上的咕噜声在他听来是如此和谐悦耳。

虽然要去做客，但查尔斯根本没想商会午餐宴会的事，在公共场合发言早就习以为常了，尽管没准备，但确信到时候有充足的话题可说，他更加关心的是自己的私事。这会儿他心里想的不是尤娜，而是即将到来的与叔叔的会面。毫无疑问，这次会面无关系重大，他必须万分小心不能搞砸。

多倒霉啊，他想，和这个老家伙打交道还得需要机智圆滑。要是能到安德鲁那儿向他摊牌，直接和他说自己想要什么，那该多轻松啊！但这样做的结果是灾难性的，安德鲁已经被疾病扭曲了心智，现在他生活在自己的内心世界里，与世隔绝，他已经很难，或者说已经跟不上当前世界的变化了。

午宴如查尔斯料想得那样顺利结束了，3点时他已经再次启程。40分钟后，他的车已经停在了他叔叔家的门口。

"城壕"是一座很有特色的建筑，它很古老了，但并不像其房产证明显示得那样破败不堪。和查尔斯的房子一样，它近百年来俯瞰着同样起伏连绵的风景，尽管查尔斯的那所地势更高，视野更好。"城壕"的门面看起来坚固而大气，没有装饰花边浮雕、檐板、直棂窗，但房子的结构比例匀称、轮廓分明、典雅庄重，房屋的石料经过风吹雨打，颜色已变得柔和，与房子周围树木的枝叶相得益彰。这所房子给人一种闲适宁静的感觉，不禁使人想到这是一处退隐之所。至于它为什么叫"城壕"，没有人知道，它没有也从未有过这样的附加组成，但其实什么名字都一样，所以安德鲁·克劳瑟接手时并没有在这方面做出改变。房前，在房子和道路之间是一大片修剪整齐的草坪，一棵棵矗立的山毛榉就像伟岸的哨兵正安静地警戒；屋后，看不到道路的地方，是安德鲁自己用来消遣的菜园。

不过，这座小庄园最引以为傲的地方是它的小湖，更确切地说是半湖，因为另外一半属于安德鲁的邻居。这真是相当大的一片水域，面积约20万平方米，它的独特魅力在于其湖岸边的树木和6座林木茂盛的湖中岛。成年的榉树、橡树、榆树绕湖而生，低处的树枝垂入水中。湖里肯定放了很多鱼，尽管没人在"城壕"钓鱼，但这里有座船屋，里面有几艘小船。

威瑟亚柏应了门。

"啊，威瑟亚柏，"查尔斯盯着这个不苟言笑的男人的脸说道，"真是个美好的下午。"

威瑟亚柏表示赞同，不过内心明显持保留意见。

"克劳瑟先生今天怎么样？"查尔斯继续道。

"相当好，先生。他一直在躺着，不过刚才已经起来了。"

查尔斯跟着这个男人走进门厅。门厅宽敞大气，空间安排匀称，楼梯简约而端庄。房屋经过安德鲁严谨地装修，成效喜人。

安德鲁的书房在二楼，威瑟亚柏带查尔斯上了楼。他走路悄无声息，蹑手蹑脚，查尔斯对此很是不爽。作为下意识的抗议，查尔斯脚步踩得很重，说话声音爽朗，不过威瑟亚柏并没有"反击"，查尔斯的"口头努力"也就不了了之了。

　　查尔斯被带进的书房面积并不大，墙壁镶板是黑橡木的，房间有两扇窗户，其中一扇窗前摆着一张写字台，安德鲁喜欢假装自己还在工作，虽然事实并非如此。此外，家具简约而舒适，地毯厚实得仿佛苔藓一般，真皮包裹的宽大椅子弹性很好，墙上寥寥的几幅画作价值连城。

　　这所房子的主人坐在其中一把扶手椅中。在查尔斯看来，与上次见面时相比他更加虚弱了，这才过去了几周，安德鲁显然衰老得非常快。和大多数衰弱病人一样，他的健康状况也有起伏，他有时能尽情享受驾驶乐趣，把车开到寇德匹克拜，甚至开到伦敦，可其他时候，他只会闷闷不乐地坐在房间里，既不出门也不见客。看来不凑巧，他今天的状态就不是很好。

　　"来啦，查尔斯，我的侄子，"他一边用尖细刺耳的声音说着，一边有气无力地抬起胳膊想要握手，"对一个老头子来说这真是未料到的幸运，不过我相信你来肯定有正当的理由。"

　　"并不像您想得那样糟糕，叔叔，"查尔斯握着他的手，满脸笑容地说道，"您今天身体怎么样？"

　　"你下午一路来到这里，不是为了问我这事的，"老人用略带抱怨的语气回答道，"你承认我说得没错吧？"

　　"我承认，"查尔斯表示认可，咧嘴笑道，"我之前告诉您，我因为一点生意上的事想见您，我此行也正是为此。但这并不是说我不想知道您现在的情况。"

"料你也一定想知道，受到无私的体贴永远是一件令人高兴的事。好了，查尔斯，到底有什么事？"

"您还是没告诉我您现在的情况。"查尔斯脸上一直带着微笑，坚持道。

"没错，没错，你没问威瑟亚柏吗？"

查尔斯不客气地笑出了声："威瑟亚柏是我非常敬重的人，但连您都无法命令他走漏消息，我更不可能从一个守秘密的人嘴里探听到信息了。"

"好吧好吧，如果你一定要知道的话，我的健康状况非常好。既然我们聊到了健康问题，你自己的身体如何？"

"啊，我吗？我身体很好，谢谢您！我刚从约克的商会午餐宴会回来，许多人都在询问您的情况。"

"但愿你缓解了他们的担忧。"

"我说我会在回来的路上拜访您，迪格比、霍尔特、格兰杰等人让我给您带好。"

"我被深深感动了，几乎所有人肯定都托你带好了。"

"巴斯威克的那个老头也去了，和往常一样，他又喝醉出了洋相。"查尔斯继续讲着宴会见闻。

安德鲁听得津津有味，正如查尔斯希望的那样。他认识那些年长的商会成员，当初常和他们共进午餐。查尔斯同样希望，他能忘掉那些怀疑，略带伤感地聊聊往事。但是他很快又回到了现实。

"可你还没告诉我你的来意，查尔斯侄子，"他继续说道，"不是为了谈论你在约克的午餐的，对吗？"

"对，"查尔斯承认，"您说得对，确实不是。我要说的事更多涉及我个人，也没那么有意思，是有关生意的事，叔叔，很抱歉是坏消息。"

此时，安德鲁在仔细听着，他并没有做出回应，却用一种半是狡猾半是糊涂的表情坐等下文。

"我要很遗憾地说，"查尔斯继续道，"我和周围几乎所有的人都面临相同的处境，都是开支增加利润减少。我猜您听说了本德-楚赛特公司分红的事吧？"

"听说了，本德可不傻，他们都搞了些什么？"

查尔斯决定充分利用这件事。"就像您说的，本德当然不傻，"他表示赞同，"但不管是本德还是楚塞特或是公司其他人都不能自救了。这一切不怪别的，怪只怪大萧条。"

"你满脑子也都是这种大萧条的想法吗？"安德鲁声音发颤，"我可以告诉你，我的孩子，在正确的道路上勤奋工作，把全部精力投入生意当中，这样定会生意兴隆，而懈怠注定失败，以前是这样，将来还会是这样。我猜本德现在正在打网球或是高尔夫，并没有把他的生意放在心上。"

"不，我真觉得在这点上您错了，叔叔。本德和楚塞特是一对勤奋工作的搭档，事实上每家公司都面临相同的处境。看看报纸您就会发现，各方收入是怎样减少的。"

老人孩子似的咯咯笑了起来。"这只是因为现在没人工作了，"他坚持道，"不管是平日、周末还是其他任何时候，中午才到厂上班。哎呀，我做生意的时候，每天早晨6点就到工厂工作了，几乎很少在晚上七八点前回家。你做到我那样了吗，查尔斯侄子？"

"恐怕没有，叔叔，"查尔斯和气地回应道，"如您所说，现在没有人工作那么多个小时了，但我们工作时的确也都勤奋努力。"

"娱乐消遣，"安德鲁犹如做梦一般继续说着，"这似乎是目前唯一重要的事，动身去澳大利亚，谁都知道到哪里去娱乐消遣，而不是待在家里安心工作，然后如果分红减少了还会奇怪。"

查尔斯尽其所能做出了最好的回复，但老人由着性子避重就轻地岔开话题，而且没打算停下来。于是查尔斯再次掌控了局面，详细解释他的难处。

"现在，正如您看到的情况，叔叔，"他继续道，"我向生意里投了许多我自己的钱。大多数人都相信大萧条就要结束了，如果公司能坚持得再久一点，就会安然度过这个时期了。这是我尽力要做的事，我的手下精明强干，如果能支持下去，我不想解雇任何一名员工。所以我投入了个人资金来保证一切正常运营，现在我想做得更多，"然后他提到了那些新机器，"我想购入这些机器，这样一切就都是最新的了，正好可以达成您主张的宗旨：与时俱进。"

"这个想法真是值得称赞。"老人喃喃说道，"但想必有点晚了吧？在花掉买机器的钱之前购入机器不是更好吗？"这段话让安德鲁如梦方醒，他变得警觉，已经起了疑心。

"或许是更明智，"查尔斯承认，"不过恐怕不会有任何区别。真的到了这种地步，如果不能得到更多资金维持运营，我就只能关门了。"

老人似乎极为痛苦，他直言不讳："我从未如此失望过。我将毕生精力献给了这座工厂，现在你来告诉我你辜负了它。真是当头一棒！哎呀，侄子，其实这事如果不提，很快就过去了。起码你还能来把这个扫兴的消息告诉我，你真是太好了。"

查尔斯心里咒骂着。这正是他一直担心的，如果安德鲁拒绝了他，他就彻底完蛋了。他露出一抹苦笑。

他说："恐怕事情并不像您想的那样扫兴。在这样极为特殊和非同寻常的情况下，我其实是来向您寻求帮助的。"

机警怀疑的表情出现在安德鲁·克劳瑟的脸上，他声音颤抖地说："我猜是想得到我的建议？恐怕已经很长时间没人问过我了，老头子已经被束之高阁很久了。"

"我需要您的建议，叔叔，"查尔斯好脾气地说道，"但我希望您还能让我得到一些其他的东西。如有可能的话，我其实希望您可以借给我点钱。"

老人孩子似的点了点头："好主意，真是个好主意。你把生意搞砸了，想让我为你的错误买单。查尔斯侄子，这真是个聪明的想法，你理应取得成功。"

查尔斯好不容易才控制住了自己的情绪，和颜悦色地回应道："不完全像您说的那样不堪。您没向我承诺过的钱我一分都不想要，容我解释。"

老人不怀好意地咯咯笑道："你想不劳而获，对吗？我们都想这样，查尔斯侄子，我们都想不劳而获，但不是经常能得到。"

查尔斯强迫自己微笑，耐心地解释自己的打算。

"你是个杰出的商人，查尔斯侄子，你已经证明了这点。所以你想除掉我老头子，对吗？"他狡猾地邪笑道，"要是这个糟老头子不再碍事了，你就能得到一切了。"

查尔斯真生气了，抗议道："哎，叔叔，我觉得这样说不合适。我说的话没一个字有那种意思，您也清楚事实不是您说的那样。"

安德鲁似乎很惊讶，他承认道："也许不是，也许不是，但是我怎么就应该承担你的开支？你能告诉我吗？"

"我没那个意思，叔叔，或者至少，只是用您已经答应我的钱来解决，我需要的小额资金不会对您造成任何影响。"

"毫无疑问，你说得非常对，但你并没有回答我的问题，是不是？"

"是，"查尔斯坦白回答，"您说得很对，我是还没回答。当然没有理由要您承担我的开支，只不过我是您的侄子，也许您不愿意帮外人，但作为我叔叔，您多少会帮我一点吧。"

安德鲁摇头："感情和生意，查尔斯侄子，它们不能混为一谈。"

"那还有工厂，您建立的工厂，把它办得如此成功，您愿意做点事阻止它走下坡路吗？"

"我的确阻止它走下坡路了——在它还属于我时。但现在不是我的了。"

"可那些员工呢？他们都是好人，大多数人您都很了解，您愿意做点事让他们不失去工作吗？来吧，叔叔，我的请求不过是小事一桩。"

查尔斯极其失望，他觉察到老人已经累了，这少有的谈话令他心烦意乱，他似乎突然间精疲力尽，整个身体松垮无力地瘫倒到椅子上。查尔斯刚要说话，这时一阵剧烈抽搐带来的错愕感打断了他。安德鲁咕哝着："威瑟亚柏！"

查尔斯按了电铃。门开了，快得让人起疑，仆人阴沉的脸出现了。

"克劳瑟先生，"查尔斯迅速说道，"恐怕他情况不太好，你看看他这是怎么回事？"

威瑟亚柏瞥了一眼他的雇主，接着走到老人椅子附近的桌子前，往玻璃杯里倒了点药端到老人嘴唇边。安德鲁喝了药，立刻恢复了正常。

"你以为你就要拿到钱了吧？"他嘲笑道，"这次还不行，糟老头子还有一口气儿。"

"我承认您吓了我一跳，"查尔斯回答道，"如果我和您的谈话让您累着了，我向您道歉。"

"啊，根本没有，根本没有，我对无私的拜访一向心存感激。喝了药就行了，威瑟亚柏，查尔斯先生想谈生意上的事。"

"不了，"查尔斯说着站起身来，这时威瑟亚柏已经悄然消失了，"我该说的已经都说了，您会再考虑考虑这件事的，对吧叔叔？这是我第一次求您帮忙，如果您有可能帮我的话，这会是最后一次。虽然不是为了我自己，为了雇员们和工厂，我也求求您了。"

老人耸耸肩。药物似乎给了他人为的刺激，他看起来比之前要健康一些，苍白的脸也有了些光彩。

"感情用事，查尔斯侄子，完全是感情用事。我完全了解这种情况，我因为资金问题不止一次，而是很多次陷入困境。我依靠朋友了吗？我靠的是我自己，这也是你必须要做的。感情用事不会帮你付那笔钱，我是靠努力工作成功的。照我说的做，你一定会念我的好。"

药力似乎消失了，安德鲁重重地坐回椅子，仿佛又精疲力尽了。

"来我这儿让我知道你的进展情况。"他咕哝着按下了椅子扶手上的电铃。威瑟亚柏安静地现出身形，他继续说道："我累了，我想要睡会儿觉，给查尔斯先生备茶，告诉波利费克斯夫人他来了。"他再次伸出他那爪形的手："再见，查尔斯侄子，让我知道你的进展。"

跟着威瑟亚柏从房间出来，查尔斯大失所望，他热切期盼的能让他摆脱困境的现成方法让他失望了。老人采取的正是他一直担心会有的态度，查尔斯不能完全怪他，要怪也得怪他上了年纪还疾病缠身。

尽管大为失望，但查尔斯并没有完全失去信心。对他叔叔来说，让他做自己看不惯的事的想法来得太突然了，反对一切新生事物肯定是安德鲁的本能反应。不过，如果他仔细考虑了当前局面，他的反对态度有可能会减弱。

查尔斯立刻想明白了一件事，表现出任何一点恼怒的情绪都将成为致命的错误。因此他控制住了自己的情绪，告诉威瑟亚柏他愿意喝茶，并且希望波利费克斯夫人能够见他。

佩内洛普·波利费克斯是安德鲁的妹妹，是一个不太成功的伦敦股票经纪人的遗孀。她丈夫死时没给她留下什么，安德鲁给她和她女儿玛戈提供了一个家，条件是为他打理家务。协议顺利执行，波利费克斯夫人高效地完成了约定中她该做的事。安德鲁住在他自己的套间里，不用被家庭事务困扰，换句话说这所房子实质上就是波利费克斯夫人的。有了安德鲁给她的家务管理津贴和她自己的钱，她可谓是相当富有，还会无视安德鲁的存在去招待她的朋友。

威瑟亚柏带他下了楼，突然打开一扇门。"查尔斯·斯温伯恩先生。"他用忧郁的语调缓慢庄重地说道。查尔斯走进了房间。

和门厅一样，房间宽敞结构匀称，屋子被三扇几乎从天花板到达地面的窗户照亮，地板和墙壁镶板都是橡木的。一位保养很好、衣着考究，年龄在50 ~ 60岁之间的妇人斜倚在一把安乐椅中。尽管她的外表和楼上那位受人尊敬的病人形成强烈对比，但灰色眼睛中的眼神和面部表情表明了他们的关系。波利费克斯夫人或许能使人想起安德鲁患病前的样子，一个人兼具了精于世故、头脑冷静、足智多谋、精明强干的优点。查尔斯走进屋里，她眼睛离开书，抬起了头。

"您好，佩内洛普姑妈，"查尔斯说道，"我很久没见过您了。"

"我想这不是我的错，查尔斯，"她笑着答道，"你最近怎么样？"她没有起身，而是伸出了她精心护理的手，查尔斯恭敬地上前握手。

"对，恐怕是我的错，"他坐到椅子上，承认道，"最近相当忙，现在日子不好过了。"

"我猜你和其他人的感觉一样？"

"我深有体会，您也知道，没人能够幸免，所有人都面临相同的处境。"

"我知道，我的分红下滑得相当严重，"她优雅地耸耸肩，"不过，如果是我们所有人一起破产，这样还会比较欣慰。你刚才在楼上陪你叔叔？"

"没错，我有段时间没见过他了。"

"你觉得他现在身体怎么样？"

查尔斯犹豫了片刻："恐怕情况不是太好，事实上他吓了我一跳，疾病突然发作，我以为他要彻底不行了。他刚好叫来了威瑟亚柏，威瑟亚柏给他喝了点药才见好。"

"他发病更加频繁了。我觉察到了他身体的变化，肯定比冬天时更加虚弱了，不管是身体上还是精神上。"

"我也这样认为，他似乎更抓不住东西了。"

"他最近情绪非常不好，我觉得是他的消化不良造成的。"

查尔斯皱了皱眉，直言道："非常讨厌的毛病，足以让任何人情绪沮丧，我深知那种感觉。"

"你呢，查尔斯？以你的年纪，不可能受到消化不良的困扰啊，你怎么了？"

"啊，我也不清楚，我猜是因为缺乏锻炼吧。叔叔以前肯定不常被这种问题困扰的吧？我好像不记得有这回事。"

"不对，他这样已经好多年了，不过最近才变得如此严重，然后有人给他推荐了一些能帮到他的药。"

"我一定要弄清那是什么药。"

"就是一种现在到处都在做广告的专利药，医生不知道他用了这种药，否则肯定会很生气。你叔叔每顿饭后都会按时吃一片药，说这药对他很有效。"

"那些带专利的东西经常是暂时管用，但之后一般都会付出代价。玛戈去哪儿了？"

"去打网球了，没见到你她肯定会很遗憾的。"

　　玛戈·波利费克斯是查尔斯的表妹，波利费克斯夫人的独生女，是一位拥有奢华品位的年轻女子，今年大约24岁。她讨厌寇德匹克拜，很瞧不起这儿的居民和社交圈。玛戈想在伦敦生活，但令她伤心的是，愿望一直没能实现，这让她耿耿于怀。也因此，她在本地并非尽人皆知，但这个年轻女子讲话诙谐尖刻，往往能活跃宴会气氛，因此女主人们乐于让她去她们的宴会。

　　查尔斯没在"城壕"待很久，由于有心事，闲聊对他来说是件耗费心力的事。就在发动汽车时，过去半个小时他果断抛在脑后的精神负担再次降临到他身上。由于刚刚经历的这一巨大挫折，他感觉自己已经绝望了，不知道该何去何从，在他看来已经没有一线希望了。

第六章

查尔斯遭遇诱惑

那天晚饭后，查尔斯再次想起了自己的绝望处境。他从未完全摆脱这种想法，而现在平静下来，开始以近乎绝望的心境深思熟虑，寻找摆脱困境的方法，哪怕只是权宜之计。

很快就要面临紧要关头了。离开办公室前他又看了一遍他的秘密账簿，他被迫意识到，除非两周内能弄到钱，否则他将没有现款付给员工。

查尔斯知道他应该立刻关门，那些员工应该提前整整一周时间接到通知，如果他再耽搁一周就不行了。

即将面临最终结局，但结局导致的后果，他却不能接受。失去工厂——可以；失去地位，解雇他自己，或许还一贫如洗——也可以。所有这些他都能接受，但是失去尤娜是接受不了的，可如果下不了决心，这样犹豫不决下去，尤娜一定会离开他。只要活着就有希望，只要他的金融生活还没有结束，他就不愿迈出如此万劫不复的一步。

他又想到了和安德鲁·克劳瑟的会面，还是有摆脱现状的办法的，只要能劝老人回心转意，就没有办法对他叔叔施压了吗？

查尔斯感觉自己极度痛恨这个老人。今天见面时就好像是他为了要钱一直在频繁地纠缠老人似的，这绝对是他第一次恳求老人帮忙。结果，就是这第一次，他就像是小学生在要求放假似的被拒绝了！这真是让人难以接受。

不仅如此，安德鲁的态度更是糟糕透顶，讥笑讽刺以及愚蠢的怀疑，查尔斯讨厌那些以讽刺别人为乐的人。最后，还有安德鲁那个让人完全无法原谅的说法，如果他死了他侄子会很高兴。整件事对他来说都太不公平了。

不过，查尔斯冷冷地想，这最后一点到底真的那么不公平吗？他内心深处就没盼过老人死吗？当然盼过。别人处在他的位置不会这样想吗？

查尔斯思来想去，这是多奇怪的事啊！无用和碍事之人总能活下去，而有价值和进步的人却早早死去！安德鲁·克劳瑟就是这样，他活着让自己痛苦，对他周围人来说是累赘。为什么他就能幸免于难，而世界上那些也许正在完成伟大工作的人却英年早逝？这似乎不太对头。为了他自己，也为了其他所有人，要是安德鲁死了可能会更好。

此时一个可怕的想法占据了查尔斯的内心。*为什么安德鲁不该死？*

有那么一会儿，查尔斯几乎没有意识到自己想的是什么，接着这个想法再次清晰地出现在脑海中：为什么安德鲁不该死？他老了，肯定很快就会死了。为什么不是现在？

查尔斯突然意识到了刚才真正想的是什么，他对此感到恶心，立刻设法摒弃这可怕的想法。可怕而丑陋的想法的确会强行进入人们的大脑，唯一要做的就是尽快赶走它，不是说这个想法真的能产生影响，只是说将它从现实中抛得越远，这种想法就越不会受到重视了。

但假如安德鲁真的死了，嗯，要是这真的发生了，会有多么大的差别啊！他今天的那次疾病发作，肯定是*心脏*的事。假如他再有一次那样的发作，而药没能让他恢复过来，安德鲁·克劳瑟就死了？对查尔斯·斯温伯恩来说，这不意味着什么吗？

查尔斯不由自主地任由自己的想象力详细地憧憬着未来：四五天之内就会宣读遗嘱，而一旦遗嘱的条款公之于众，他的困境就不复存在了。维瑟罗会毫不犹豫地提升他的透支额度，博斯托克会立刻有能力给他贷款，工厂能保住了，存款会大幅增加，尤娜会嫁给他！

就像是被什么可怕的东西吓到了，查尔斯突然愣住了。这样绝对不行，即使是玩笑，也一定不能抱有这样的想法。当然，不是说现在这样会有任何危险，尽管如此，他也必须忘掉这个想法……

但查尔斯·斯温伯恩没有忘掉这个想法。尤娜！尤娜和工厂。未曾对他的女人和财产付出任何实质性的努力，就要认输，就任由这资金问题击垮他吗？抑或，他会为他想要的——保住工厂和迎娶尤娜——而奋斗吗？

迎娶尤娜！一想到这事他无比兴奋。这样一件事不是比世上其他任何事都更有价值吗？*任何事*——甚至……

但是，不不不！这件事他连想都不应该想，肯定还有其他什么办法，某种能影响安德鲁的办法。他姑妈也许愿意或者有能力帮助他？又或者是玛戈？甚至埃尔茜？老人很看重玛戈和埃尔茜，他不愿为查尔斯做的事可不可能愿意为她们做？

那天夜里，查尔斯辗转反侧地思考着他的问题，当然了，还有别的解决办法：一个可怕的选择，尽管没有刚才想的事情那样可怕。这会不会是直接结束一切的最简单的方法呢？——悄然结束自己的生命。自杀！自杀难道不是他的问题的解决方法吗？

查尔斯没有道德方面的顾虑，他不相信来世，对他来说，肉体的死亡就是一切的尽头。如果选择这么做，他会认为他有权利结束自己的生命。他会选择这样做吗？

　　然后他发现他不再惧怕任何事了。不再怕了！任何事都不再怕了！从理论上讲，在敬而远之的情况下，自杀的想法不再令他反感了，却依旧令他害怕，他还是想活下去。

　　最后查尔斯打了瞌睡，不过没得到真正的休息，就又无精打采心存不悦地醒了。他平白无故地牵出自己的马，早饭前到田野上一路飞驰；又平白无故地洗了个冷水澡，用力地擦遍全身。他无法摆脱那个已经在他脑海中找到了立足之处的可怕想法。

　　查尔斯那天唯一能做的就是保持温和的态度和一张笑脸。直到最糟糕的事情真正到来前——如果真会到来的话——没有人必须得知道即将面对的结局。面对不可避免的事情时什么也不要做，这样也许还存在出现不可预见情况的可能。

　　在他继续全力应对目前问题的同时，心里已经逐渐明确了下一步的行动。要再去"城壕"一趟，以更有力的言辞为这件事恳求安德鲁·克劳瑟。自己会给安德鲁看秘密账簿，让他明白，对我查尔斯来说，这是一件要么得到帮助要么自杀的事。

　　于是他给安德鲁打了电话，老人心情很好，话语中并无奚落，说他很愿意见查尔斯，还问他第二天是否愿意去吃午饭。

这件事似乎让查尔斯受到了极大的鼓舞，那天晚上他的思维正常了许多，也不再沉迷于有关他自己或他叔叔死亡的想法了。晚上睡得很安稳，第二天醒来精神状态也更好了。不到一点，他就把车开到了"城壕"门前，已经几乎说服自己，目前的困境终结在望了。

安德鲁·克劳瑟会在天气好的日子下楼吃饭，对查尔斯来说，被带进客厅时看到他叔叔在那里似乎是事情有希望的预兆。安德鲁相当高兴地和他打了招呼，但他姑妈和玛戈立刻过来了，于是并没有秘密谈话的机会。

这顿午餐是一次家庭聚会——只有四人出席。总体来说这顿饭吃得并不开心。安德鲁无疑变化很大，他并不接着话题说，而是不时地做出毫不相关的评论，显然遵循的是他内心一连串漫无边际的想法。波利费克斯夫人不过是在搪塞敷衍，显然也有自己的心事，已经厌烦了在这里作陪。除非有陌生人在场，否则玛戈很少强颜欢笑，在这种场合下她不会掩饰对寇德匹克拜，尤其对她叔叔一家人一贯的反感。查尔斯自己也达不到平常的状态，内心充满焦虑，不过注意到午餐已经临近尾声时，他终于松了口气。

波利费克斯夫人和女儿适时地离席了，留下查尔斯和他叔叔面对面地坐在桌前，一会儿他们就会上楼去书房，然后查尔斯生命中的又一个关键时刻即将来临。

但在他们起身前出现了一个小插曲，事情本身微不足道，但事实证明，它对查尔斯来说远比接下来的谈话和之前发生在他身上的任何事都重要得多。

就在他们要起身上楼前，安德鲁·克劳瑟从他的西服背心口袋里拿出一个小玻璃瓶，拧开瓶盖，抖到桌布上四五粒白色的小药丸。这显然是倒多了，他立起瓶子，只留下一粒药丸，把剩下的倒了回去，然后拧上瓶盖，把药瓶放回口袋，最后吞下了留在外面的药丸。

查尔斯对这一系列的动作并不怎么感兴趣，尽管他心不在焉地看着老人，并没有对此做出评论。他能从药瓶上的名字看出，这些药丸是一种治疗消化不良的知名专利药，显然这就是上次来时他姑妈提到的那种药。

安德鲁按响了手边的电铃，威瑟亚柏出现了，老人在他的帮助下上楼回到书房，查尔斯跟在后面。威瑟亚柏退了出去，重要的谈话开始了。

查尔斯首先重复了上次见面时他说过的话，接着他表示想让叔叔看一下有关问题的具体数字，这样或许他就会明白事态的严重性了，他拿出账簿做了详细说明，最后，他恳请能够提前支取他的遗产，并充分地说明了情况，在他看来自己的话无懈可击，说话时感觉充满了信心，这次叔叔应该会答应他的请求了。

然而安德鲁·克劳瑟并不打算这么做，因此，当这一切终于到来时，一阵更大的打击袭上心头。老人闪烁其词，幼稚地咕哝说如果查尔斯工作更加努力，就能从他的懒惰竞争者那里抢到订单。他并不能从自己习以为常的想法中走出来，换个不同的角度，设身处地地思考。

绝望中，查尔斯打出了最后的王牌。"这么说吧，叔叔，"他用近乎绝望的声音说道，"我必须告诉您，如果您不能预支给我一部分钱，那就意味着毁灭——完全而彻底的毁灭。无法付给员工工资，我必须关闭工厂，我会和那些失去工作身无分文的人一样。我已经想好了，不会接受这样的结局。我已经打定了主意，与其蒙羞受辱、身败名裂、破产倒闭，不如自杀来得痛快。我恳请您救救工厂，救救员工们，救救我的命。您不为我考虑，至少也要考虑一下家族的声誉。"

安德鲁似乎终于被打动了，他不安地在椅子上扭了扭身，一种犹豫不决的表情出现在脸上，查尔斯充分利用这一有利时机。

他担心地说道："至今，没有一个克劳瑟或斯温伯恩家的人违过约，到目前为止，克劳瑟电动机工厂的负责人一直言出必行，这种契约精神一直受到尊重。叔叔，要是公司名誉扫地，您不可能会睡得安稳。尽管我也许要负主要责任，您也脱不了干系。您的名誉，家族的声誉都会受到玷污。而您可以轻易地拯救它们。"

在查尔斯看来好像有点不可思议，这席话似乎命中了要害，而前面那些，在他看来更加有力的理由，让他叔叔根本无动于衷。安德鲁的态度越发犹豫不决，终于，他颤抖着问查尔斯要多少钱。

查尔斯表示需要 5000 英镑，这绝对是能派上用场的最小数额了。

但提到的这一数额彻底惹恼了安德鲁，他解释道，他一直以为他最多会要 500 英镑。5000！查尔斯已经失去理智了吗？

查尔斯演算算术来说明这 5000 英镑的构成，但安德鲁已经不再精于算术，况且他已经烦了，没有任何事能说服他提供这样一大笔钱了。

最终，在连续的争论过后，他的确做出了让步。他会当场给查尔斯一张 1000 英镑的支票，钱不会从以后查尔斯依照遗嘱继承的钱中扣除，他不想因为这样的情况使他的遗嘱复杂化。这 1000 英镑就当成特殊情况下的一份免费礼物，但无论如何都不会再有。

查尔斯明白，至少在此刻，这是他能得到的全部了。在任何情况下，这也是真金白银的 1000 英镑。这笔钱救不了他，但会使厄运之日延期，而且这 1000 英镑有可能并不如安德鲁所说是"最后一次"。

极度焦虑暂时得到了缓解，查尔斯感谢了他叔叔，表示在当前形势下，这笔钱可以说是雪中送炭。半个小时后，他驱车离开了"城壕"，刚好在营业结束时间前进了银行——为了存入这笔钱。

就在他进门要往柜台走时，他遇到了斯廷普森，那个在俱乐部说本德-楚赛特公司分红减少的人。斯廷普森是一个爱惹是生非的小个子男人，专喜欢发号施令，迷恋自己的声音，从不会错过任何争论的机会。查尔斯知道自己又要被迫听他夸夸其谈了。

但斯廷普森并没有停下。他没有走上前来说一些不切实际的话，像预想的那样愤慨地否定某件事，而是犹豫了一下，显然想避开查尔斯的眼神，自言自语地说着日子原来还没那么糟，似乎要继续往前走。

这一举动完全不加掩饰，尽管心事重重，查尔斯还是注意到了，这使他感觉到意外和气愤，他转过身。

他朗声说道："嗨，斯廷普森，俱乐部今天有什么有趣的事吗？"

小个子男人不由自主地停下脚步。"你今天没去那里吗，斯温伯恩？"他喃喃地说道。

"我和叔叔一起吃的午餐。"

"克劳瑟先生？他身体怎么样？"

"依旧不太好，恐怕身体开始走下坡路了。"

"他现在年纪一定很大了。好啦，失陪了，斯温伯恩——爱德华兹正在办公室等我。"

小个子男人的表现已经很得体了，但是显然让人不悦，离开时他并没有和查尔斯有眼神交流。查尔斯既困惑又生气，不过，他还是控制住了自己的情绪，向柜台走去。

"下午好，汉德科克，"他和出纳员打了个招呼，"真是美好的一天。"

"对极了，斯温伯恩，美中不足就是太热了。"

查尔斯怀疑自己是否太敏感了，银行职员和斯廷普森的态度是不是都有点不自然？这家伙显然感觉不自在，查尔斯发现他在看查尔斯出示的支票时明显很焦虑。

但当他粗略地看过后，表情立即恢复了正常，态度也明显改变了。他如释重负地笑了笑，问查尔斯觉得下周六的比赛结果会是如何。与此同时，查尔斯感觉看到他在和自己身后的某人打手势。查尔斯从容地调整了一下坐姿，往身后瞥了一眼。维瑟罗在那里，显然他刚到。

"今天午餐没见到你。"维瑟罗停在柜台前说道。查尔斯解释了原因。

"我有段时间没见过克劳瑟先生了，他现在怎么样？"

查尔斯进一步予以解释。

"你想把这个存到往来账户吗，斯温伯恩先生？"银行职员打断了他们的谈话。

"麻烦你了，存到往来账户。"查尔斯转向经理，变得更加开诚布公。"我终于不需要那笔贷款了，维瑟罗，"他从容地说道，"我和老人达成了协议。他会帮我渡过难关，暂时先给我1000英镑，与此同时，我们正在商量完整协议的细节。"

谎言不攻自破，这一幕的言外之意再清楚不过，查尔斯已经不会再得到任何现金了。出纳员一直害怕会闹得不愉快，维瑟罗提前过来给下属打圆场，结果查尔斯是来存钱而不是为了取钱的，这令情况大不相同。显然两人都很吃惊，既高兴又觉得出乎意料。不过，维瑟罗还是用别的事岔开了话题。

"你已经安排好了我很高兴，"他有点过于漫不经心地说道，"我相信你会安排好。我之前就想见你，想让你能花点时间，给我讲讲这个市政救援工作的生意，我们中午聊的就是这个。是现在就去我办公室，还是再找个你更方便的时间？"

尽管查尔斯敢发誓，走到柜台时，银行经理的脑子里都还没想过那个救援工作，但他还是欣然同意了。不过，他们商量这事只是走个形式，没过多久查尔斯就告辞了。

刚才真是好险，查尔斯发动汽车时这样想着。对于处在他这样地位的人，支票兑现被拒只会是末日的开端。的确，在这个问题上，厄运之日似乎只是延期了，那1000

英镑不会足够维持到永远。当钱用完时……

查尔斯咬紧牙关。无论如何他今天都不必考虑那种事。

当他驾车转弯驶入马尔顿路时，他的心猛地一跳。刚刚消失在寇德匹克拜最好的绸布店——奥利弗绸布店里的人，正是尤娜·梅勒。查尔斯把车停在邮局外，走到了马路对面。

自从那天的舞会之夜，他一直没见过尤娜，不过她已经同意明天下午坐他的车去斯卡伯勒了，也许在那里，也许在回来的路上共进晚餐。他认为她同意短途旅行是他有希望的信号，对于此事他热切期待。

对于一位不攀比巴黎、伦敦，连最普通的服饰杂志都读不到的年轻女士来说，尤娜在店里逛了相当长的时间，当她出现时，查尔斯已经抽完了半支雪茄，她看见他时显然有些吃惊。

"你好啊，查尔斯，"她和他打了个招呼，态度冷淡而又漫不经心，"你怎么这个时候到这儿来了？"

"我刚拜访完几个人，"查尔斯含糊地回答，"能见到你是多幸运的事啊，尤娜！"

"是吗？对谁来说的？"

"对我们两个人来说都是幸运的。"查尔斯斩钉截铁地说。

"你好像比我自己更清楚似的。你想干什么？"

"见你。"查尔斯回答道，为自己找到了*贴切的字眼*感到高兴。

"好吧，现在你见到我了，到底什么事？"

"我能送你回家吗，或者到其他任何地方？车就在马路对面。"

"抱歉，我还要去史密斯的店。"

"我可以等你。"

"那你得等到晚餐时间了，我要去俱乐部喝下午茶。"

"我会刚好在晚餐之前回来。"

"你不用来了，弗雷迪·艾勒姆会带我回家。"

查尔斯失去了理智。"啊，尤娜，我今天下午就不能再见到你了吗？"他哀求道。

"我亲爱的查尔斯，别这样不像话，如果你去完成一些工作会比这样好得多。还有，顺便说一下，"她本来已经向前走了，不过这会儿又停下了脚步和他面对面说道，"恐怕明天我不能去旅行了，我们请了一些人来吃午餐，他们总是待个没完没了。"

查尔斯沮丧而又不知所措。尤娜经常傲慢无礼，没有同情心，但这次她绝对是薄情寡义。看起来似乎由于某种原因，她希望伤害他的感情，无疑她已经成功了。

他明白争吵是没有用的，于是说道："我很遗憾，但我决不会勉强你，我会盼望着等你有空的那天我们的旅行。"

她敷衍地点点头，消失在图书馆里。查尔斯心头一凛，不可能是那个不值一提的蠢货弗雷迪吧？哟，那家伙就是个笨蛋，行为举止好像男伴，长相好像一个斗鸡眼的类人猿。没有哪个清醒的女孩能爱上这样一个大笨蛋……

查尔斯想起了斯廷普森的态度。难道……他的事不会已经众所周知了吧？……艾勒姆又有钱……查尔斯野蛮地发动了他的车。

那天下午当查尔斯开车前往克劳瑟工厂时，在马尔顿路上玩耍的孩子们一定受到了上天的特别庇佑。他将车停在了大门外，穿过大门，沿工场快步走着。片刻之后他找到了桑迪·麦克弗森，把他拉到一边。

"告诉我，桑迪，"他说，"是不是有谣言在这里传开了？"

苏格兰人不高兴地看着他。"我不否认。"他谨慎地承认道。

"他们说什么？"

"你真想知道？"

"我当然想知道。说吧，伙计。"

"他们说你彻底有麻烦了，诸如此类的。"

原来如此！斯廷普森听说了同样的谣言，维瑟罗和他的出纳员也是，还有尤娜也听说了！他猜想，在这该死的地方的其他所有人也都听说了。

当查尔斯坐在那儿，心不在焉地盯着那架巨大的起重机，依然将那节庞然大物般的火车头举在那艘巨型大船上方的时候，他发誓，这种情况不会继续下去了。他要么得到资金——不管用什么办法——让这些人都重新认识他；要么喝下那些安眠药，永远忘掉钱和人、烦恼和爱情。哪一个会实现呢？

第七章

查尔斯找到方法

　　查尔斯那天早晨把手表留在了宝石钟表铺，希望把碎了的玻璃换掉，工厂关门后他便走回镇上，想在回家前先去取表。路上他意外遇到了姐夫——彼得·默里。

　　"你好，彼得，"他问候道，"真奇怪，这么快又遇到你了，我们通常每6个月才会遇到一次，情况怎么样？"

　　彼得表现得比以往更有活力，回答道："我说查尔斯，你可没告诉我你要去找那个老家伙。"

　　查尔斯笑了，若无其事地说道："对，我是没告诉你，那时我还没考虑过这事。其实是你的话启发了我，你去了吗？"

　　"去了。"彼得冷冷地说道，"不过，你到底是什么情况？别告诉我你也周转不开了？"

　　"所有人现在都周转不开，"查尔斯表示，"我当然不是没钱了，或是类似的情况，但也会为一点钱相当高兴。为了降低成本我想购进几台新机器。"

彼得呼喊道："保佑我吧！也保佑你！生意蒸蒸日上！我应该说你会财源滚滚。"

查尔斯微微一笑，他指出："世上万物皆有联系。不过还是和我说说你自己吧，你刚才说你也去了。"

"我是去了，发现那个老头充满了对你的愤怒，当他听说我去也是为同样的事情时勃然大怒。我不知道，查尔斯，你这是否算是非常够朋友的行为。"

查尔斯转身看着他："你指什么？什么行为？"

"像那样去找他，那本来就是我的计划，多半是被你破坏的。"

"简直一派胡言，老头子，别傻了，我的请求和你的没有任何关系。实际上，我去找他本来还有可能帮到你。我本来有可能开一个先例，如果他决定预支给我钱，也就不太可能拒绝你了。"

彼得摇了摇头，闷闷不乐地说："事情已经过去了，再多说也没有用了，他为你做什么了吗？"

"不像我想的那样，他给了我1000英镑，聊胜于无，但我本可能得到更多。"

彼得叫了出来："1000英镑！这相当不错了，查尔斯，我倒希望能从他那里得到那么多。"

"你得到什么了？"

"没有现金，但他会考虑用农庄做抵押给我贷款，如果他能帮我贷到一个合理的数额，这也许能帮我渡过难关。"

"天哪，我觉得你做得不错啊，他告诉你具体数额了吗？"

"没有，他要征求一下克罗斯比的意见。"

"他当然会这样做，他最信任克罗斯比了。这个人喜怒不形于色。"

"我不太了解他，尽管如此，在我印象中他是个好律师。"

"他是个管家婆似的男人，谨慎至极。你我都清楚，如果想做成任何事，必须得冒风险。"

"冒险可不是一名律师该做的事。"

"好吧，如果他说那座农庄不是一件足够好的抵押品，你就会完全了解了。"

"我在想是否该去见他。"

查尔斯摇了摇头："千万别，他会去告诉我叔叔，我叔叔会更生气。结果就是：不给你抵押贷款。别自找麻烦了。"

"也许你说得对。"

"他什么时候让你知道结果？"

"还没定，他只说要见克罗斯比，但没说时间。"

查尔斯从容地继续说道："好啦，由于我做的事，你现在有充分的理由了。如果感觉他不会让你满意，你可以去争辩，他不能厚此薄彼。他已经开先例给了我1000英镑，不可能拒绝你。"

彼得沮丧地摇摇头："但愿你是对的。"接着他们的谈话转到了其他话题上。

第二天早晨查尔斯到办公室时，他发现有大量的本地来信。这些信已经被他的首席办事员詹姆斯·盖恩斯打开了，在查尔斯的记事簿上堆了一小摞。真是给人不祥预感的一摞信！

因为这些都是账单。

查尔斯在当地商店有大量按月结算或按季度结算的赊账，工厂中使用的大量材料不可避免地来自厂外，都是他在寇德匹克拜这样赊账买来的。这些账单涉及超过一半的本地账目。

这些账单本身并不出奇，让它们变得紧要的是上面的日期。这个月才过了18天，可没有一张账单是可以两周后付账的！

每张账单都附了一封深表歉意的私人信件。

尊敬的斯温伯恩（这里收录了来自斯廷普森的一封非

常具有代表性的信），我不得不请求你原谅我在到期前寄送这张账单，但事实是，许多零售商要求先付，使我受到了非常沉重的打击，还有一些我指望着分红的公司倒闭了。我相信你不会介意通过结清账款帮我渡过难关，我知道这微不足道，可一旦积少成多，对我来说就大不相同了。在此致以歉意，但愿这反常的时期能够快点过去。你非常忠实的，J.C.斯廷普森。

查尔斯一封封地读着信，眉毛拧成了一团。他们为了要钱给出的理由千变万化，以不同的方式试图展现情谊，但他们的主旨是一致的：趁查尔斯还有钱，要回他们的钱。

查尔斯特别想知道，现在流传的关于他的谣言是怎样的。他的实际处境除了自己不可能有人知道。虽然这根本不可能，但即使安德鲁·克劳瑟向别人转述了他从秘密账簿上了解到的情况，也不可能有时间让传言尽人皆知。

查尔斯拿出一支铅笔，开始往纸上誊抄金额。没有哪笔数额巨大，这里有一张10英镑的票，那里有20英镑，那里有40英镑。查尔斯把它们加了起来，总数并不吓人，合计345英镑12先令6便士。

以查尔斯工厂的规模这并不算一大笔钱，然而未来两三周他就靠这1000英镑了，345英镑会产生一个可怕的缺口。怀着有关沉船前的老鼠的苦涩想法，查尔斯按响了电铃。

"这都是怎么回事，盖恩斯？"悲观的首席办事员进门时，查尔斯指着账单开始发问了。

盖恩斯悲伤地摇摇头。

"这些人不会一夜之间突然都缺钱了，"查尔斯继续说道，"你听说还有谁也收到账单了吗？"

"没有，先生，我没听说。我真的不知道这都是怎么回事，打开这些信封时我简直窒息了。"

"我想知道信是否也送达到其他人手里了。"

"反正斯特林格公司没收到。我刚和他们的秘书主任卡克斯顿谈过，他刚来处理桌面呢的事，如果您要问的话，我是无意间碰巧问到的，他们欠好几家给我们寄信的公司的钱，"盖恩斯挥手暗示了一下数字，"没有一家寄了账目。"

查尔斯点点头："我想也会是这样。现在流传着一些谣言，盖恩斯，是关于我们的，你听到些什么了吗？"

盖恩斯犹豫了。

"说吧，伙计，不管说的什么都让我听听。"查尔斯不耐烦地补充道。

盖恩斯又摇了摇头，说道："真是一件最令人气愤和无法容忍的事！先生，他们说克劳瑟公司要破产了。我们有生以来都没听说过居然流传着这样的事情！"这个老男人竟然在颤抖。

查尔斯的自控能力真是好，这个时候还能咯咯地笑。"别放在心上，詹姆斯，"他心平气和地说，"我们会让他们知道，他们错了。不过你得告诉我，这个谣言是怎么传开的？"

"这个是我想象不到的，先生。这里没有人说过什么，他们也没有什么可说的。"他赶紧补充。

"我们一直在谈论削减工人和解雇一名职员。"

"不会是这个原因，查尔斯先生，根本不会。这里大多数的公司都精简了人手，从没有过任何传言。"

"那是什么原因？"

盖恩斯也不清楚，谣言的确存在，但他不知道是怎样产生的。"啊，好了，"查尔斯最后说道，"算了，伤害既已形成，我们也没有办法，就这样吧，詹姆斯。"

盖恩斯还是有些犹豫："您不会付那些账目的，对吗，查尔斯先生？如此傲慢无礼，他们不配拿到钱。"

"我会立即回信告诉他们，我一便士都不会少付，"查尔斯反驳道，"你不明白，伙计，如果我不付钱，也就证实了他们的怀疑。"

盖恩斯点头出去了，在他离开时查尔斯恰好瞥了他一眼，莫非刚才这人脸上出现了一种未经修饰的如释重负的表情？查尔斯靠在椅背上，突然痛苦万分，盖恩斯也相信了那些谣言！他的首席办事员！

查尔斯怀着沮丧的心情，微笑着给这些短笺口述回信。在每个回复中，他都对听说老朋友处境艰难感到遗憾，衷心希望困难只是暂时的，他当然会按照来信要求做，愿意结清账目。对于一两个特别招人讨厌的人，他还补充道，如果他们的情况实在严重，作为私下里的朋友他也许能给他们小额临时贷款。

但这种感情上的慰藉并没有持续太久，打字员离开房间后，查尔斯感觉他现在比危机开始以来的任何时候都要痛苦。啊，要是那个糟老头子死了该多好！

这时他心中突然闪过一个想法，让他僵坐在椅子上，考虑这事时他几乎屏住了呼吸。

如果他想让安德鲁·克劳瑟死，有一个方法可以做到。

有一种方法！一个安全的方法，绝对安全！有些事有可能会被怀疑，但永远不会被证明。能把他——或者其他人——和安德鲁的死联系起来的东西永远不可能被发现。

查尔斯在这个想法面前退缩了，但他并不能把它从心中驱除。一个小任务：一个十分安全的任务；一个在任何情况下永远不可能追查到他身上的任务；这个小任务——他的问题就都解决了。他的工厂保住了，他的命保住了，尤娜是他的了！他能接受这个任务吗？

不能！问一千次也是不能！他不是一个谋杀犯。这个想法令查尔斯不寒而栗。谋杀！还有这谋杀的原因！不，不，他永远不可能考虑这样的事！

这时，他告诉自己，所有这些道德准则不过是无稽之谈。他查尔斯不会被这些过时了的理由束缚！大多数人的最大利益是什么？哎呀，那就是安德鲁必须死。所有那些要被解雇的工人会怎么样？那些职员会怎么样？可怜的老盖恩斯会怎么样？盖恩斯久病的妻子会怎么样？安德鲁·克劳瑟无用的生命与众人的苦难相比不值一提。

至于杀人之后会怎么样？杀人之后不会怎么样！只有在谋杀被发现后才会有不好的结果，但这不可能被发现。况且，即使出现了某些意外，事情败露，自杀也会解决问题。而且那就是尽头了，查尔斯不相信来世。

查尔斯试图说服自己，尽管在内心深处清楚这些理由都是谬论。

他的思绪回到了上次到"城壕"那天看到的小插曲。从内心视角，他再次看到了安德鲁·克劳瑟从他的西服背心口袋里拿出小瓶，拧开瓶盖，抖到桌上四五粒白色的小药丸。他仿佛看到叔叔只留下一粒药丸，把剩下的竖起瓶子倒了回去。老人把药瓶放回口袋，吞下了留在外面的药丸。安德鲁·克劳瑟经常进行这一系列的小动作，日复一日，早晨、中午、晚上。

就在他回忆这件事时，可怕的想法出现在他脑海中。

如果那个瓶子里的药丸中有一粒有毒，安德鲁·克劳瑟就会死。

一粒药丸。一粒靠近瓶底的药丸，这样安德鲁在药丸被放入瓶中数天后才会服下它。剩下的药丸可能会被拿去化验：人们会发现它们没有问题。即使被服下的毒药丸被怀疑，也不可能再去证明它有毒了。如果没人知道它被放了进去，也就没人能证明关于它的一切了。

查尔斯不再尝试忘却这个想法，相反，他发现越琢磨越觉得这个想法棒极了。安全吗？哎呀，绝对保险！有把握吗？确定无疑。

通过一点点努力，得到毒药丸并把它偷偷放入安德鲁的药瓶，他就会得到——一切！他不需要采取进一步行动，他的计划会自动成功，安德鲁迟早会服下那粒毒药丸——查尔斯也就自由了。

他坐在那里沉浸在某种梦里，与此同时，他忙碌的大脑正努力解决着问题，当然会有困难，但困难就是用来克服的……

查尔斯在心中一直翻来覆去想着这件事，它可怕而令人反感的部分逐渐退去，而作为一个抽象概念，困难越发凸显。

困难最终被分成两个主要部分：如何秘密地得到毒药丸以及如何秘密地将它放入安德鲁的瓶子。起先这两部分看起来都很简单，但当查尔斯从细节上思考时，他发现两部分都困难重重。

他立即意识到自己几乎不可能买到毒药丸。首先，毒药丸的大小、形状和颜色必须和安德鲁药瓶里的那些完全相同，不可能存在这样的药丸。此外，仅仅是毒药丸还不够，它必须含有足够杀死人的毒药。再者，它必须能迅速使人丧失行为能力，这样如果安德鲁自己产生了怀疑，他将不能和周围人交流。还有一个最大的难题，这样的药丸就算真的存在，也不会有人售卖。纵然真能买到，肯定要在药剂册上签字，如此危险的行为不能考虑。

查尔斯想清楚了，如果想要药丸，他必须自己做，不过这就牵扯出了一大堆新难题：该使用什么毒药？需要多少？就算他知道该用什么，怎样才能得到药？如果有了毒药，他能做出一粒无论从外观还是味道都可以以假乱真的药丸吗？

接下来，也许是最大的困难，如果有了毒药丸，他要怎样才能把它秘密地放入安德鲁的药瓶，深埋在其他药丸当中，好让它在数日后起效？

难题似乎无法攻克。

查尔斯在对于如此完美挽回他财富的方法竟无法实现

的懊恼，和对于他终于不会被引入谋杀歧途的感激之间摇摆不定。此刻他还对犯罪充满厌恶，下一刻又觉得他会为免于毁灭冒任何风险，不过这个计划却一直留存在了他心中。

那天晚上查尔斯睡不着，他不可避免地想着那个问题，头脑清晰，精神抖擞，不知怎的他感觉在这种情况下没有问题解决不了。几乎立刻就找到了解决其中一个难题的方法，这更进一步激发了他的思维，于是便继续专心思考其他难题了。

那天晚上他经历了一次美妙的体验，查尔斯从未如此成功地解决过一个问题。经过努力，一个又一个难题败下阵来，到凌晨4点他突然感觉昏昏欲睡的时候，可怕计划的完整实施方案已经呈现在眼前。如果他将要采用，那么行动方针已经准备就绪。

但是，他当然希望永远不要采用它。

查尔斯不愿意承认自己有这种罪恶的想法。他想迅速入睡，在梦中找到解决问题的方法，因为梦里不会影响到现实中他或叔叔的生活。

但查尔斯忘记了玩火的危险。

第八章

查尔斯开始准备

第二天早晨醒来，查尔斯感觉心情压抑。他做了个可怕的梦，关于谋杀的噩梦。当意识到这些画面只是梦，如此可怕的折磨才没有镇压他的灵魂，让他感觉如释重负。

不过他依然佩服自己在晚间制订出的周密计划，如果真打算杀人，恐怕也不可能想出比这更加完美的计划了。毫无疑问，受害者不会有痛苦，他自己也不会十分难过，最重要的，这个计划绝对安全。如此完美的计划胎死腹中，他心中不免有些沮丧，感觉颇为遗憾。

但等他到了办公室，重新认识到自己的经济状况，怀疑再次袭来。他明白自己所要面对的，不是善恶之间的选择，而是两件恶行间的选择，总会有一件无法逃避，哪件更恶呢？

例行公事地处理完信件——信本来就不多，还没有一

封是能让他高兴的内容——查尔斯习惯性地去视察工厂，
去看机器运转和成品被生产出来总会让他压抑的心情得以
缓解。但现在对他打击最大的是目前的工作量少得可怜，
库存是满的，产品还能卖出去，只是要亏本卖才行。他该
不该为了让这里维持运营，低于成本价卖产品呢？这是他
眼前最紧迫的问题，也直接导致一切又回到他夜里考虑的
另一个可怕问题上来。

他在机械车间注意到一个钳工，他最好的员工之一。
这个人休息了几天，现在看上去一脸病容又疲惫不堪，查
尔斯上前和他交谈。

"我注意到你休息了几天，马修斯，"他亲切地说道，
他还在使用老式的和员工私下交流的方法经营着企业，
"出什么事了？"

男人木然地看着他，然后他明显有些吃力地给出了回
答。"是我妻子，查尔斯先生。她得了感冒，我们以为没
什么要紧的，结果变成了肺炎，"他顿了顿，然后低声补
充道，"她前天被带走了。"

"我亲爱的朋友，"查尔斯说道，"我不知道这事，请
节哀顺变。你结婚多年了吗？"

"到12月就7年了。"

"有孩子了吗？"

男人有3个孩子，最小的才15个月，目前他把孩子托

付给邻居有偿照料，但这样开销很大，真不知道该怎样继续维系。他满心悲痛，几乎说不出话来。

这个男人——查尔斯眼里兢兢业业的好员工，就要被打发走了，失业会让他本就沉重的负担雪上加霜。他将不得不放弃自己的房子，他的孩子们会遭遇怎样的命运呢？这还只是一个个别事件，对更多的人来说，失去工作无疑意味着将要彻底家破人亡。

所有这些即将发生的不幸，都因为他，查尔斯没有勇气去实施那个他害怕和反感的解决方案。可是，如果他不去实施，自己就会和这些人一样面临相同的处境。他会失业，他会失去财产无家可归，他会失去未来的妻子。他能接受吗？

从那一刻起，死亡已成定局。尽管自己还不愿承认，但在内心深处他清楚他打算做什么。这是一个无用的生命和许多有价值的生命的对比。安德鲁·克劳瑟必须死。

故意不再去想谋杀的可怕，查尔斯回到办公室，开始为实行他的计划做准备工作。详尽周密的预防措施是有必要的，这样就能实现他想要的绝对安全。为了不冒险犯错，他会慢慢推敲细节。

上午，每次整点提醒时，他都坐在桌前完善他的计划，等到午餐时间，他已经对自己接下来的行动有了非常明确的想法。方案的第一部分有三小部分：他必须在外重

建信心，使人们相信他财务稳定；他必须传递出一种自己
过于劳累，身体状况不好，这样人们对他就有可能外出度
假的印象；他必须千方百计地筹到一些现款，好让他坚持
到事件发生。

真是事有凑巧，没什么能比他已经采取的两项措施更
好地完成他的第一个目标——重建信心了。首先，在存安
德鲁的1000英镑支票时，他对维瑟罗的声明：他和他叔
叔已经达成了协议，他希望借此渡过难关，那1000镑只
是后续资金的预兆。其次，本地公司前一天寄来的小额账
单，他全部选择了立即付款，这无疑会给人们留下深刻的
印象。他相信自己的破产传言很可能已经被压下去了。

当他在俱乐部注意到餐友们态度上的细微差别后，他
的确放心了。昨天气氛有些压抑，他被不露痕迹地排斥在
外，俱乐部的成员们都设法避开他的眼神。今天一切都变
了，事实上俱乐部的成员们有点强行地表现出热诚，似乎
是对之前怀有邪恶和不可原谅想法的一种歉意。他的话被
留心聆听，他的意见被格外尊重。

这是一个好的开始，但查尔斯并没有故步自封。午餐
过后，他跟维瑟罗和博斯托克都郑重其事地聊了聊。他对
二人都含糊地提到了叔叔给予的帮助，还对博斯托克补充
说不再需要之前谈到的贷款了。而且表示他会立即订购新
机器。

这还起到了让他进一步安心的效果，当查尔斯回到工厂时，他感觉这座大厦的这一部分已经完全搭建完毕。现在只要他继续表现得好像背后的钱源源不断，就万事大吉了。

与此同时，他必须装作既疲惫又焦虑。其实，在这方面他不太需要装，他是真的疲惫焦虑，只需要让自己的真实感受显露出来即可，不过他还要小心不能把症状夸张过头。

下午他把桑迪·麦克弗森叫到了办公室，当场决定为三台新机器下订单好让他高兴。他们一直和谢菲尔德公司有生意上的往来，麦克弗森想像以前一样订货。但查尔斯想找个借口在伦敦逗留，于是指出有一家雷丁公司也制造类似的机器，他想在做出决定前去看看他们能提供什么样的产品。要是他们的机器看起来比谢菲尔德公司的更好，麦克弗森可以陪他去雷丁，到那时再做决定。

不管是麦克弗森还是盖恩斯，查尔斯都告诉他们把所有的裁员延后。他没有和二人明说，但设法向他们暗示，这些政策的变化都归功于他叔叔的行动。他还向二人透露，过去几周着实紧张，既然担心的问题已经解决，他打算休个短暂的假期。

第三项准备工作是筹到更多现款，这里查尔斯清楚自己该怎样做。他父亲在晚年期间对艺术产生了兴趣，由于他当时相当富有，为满足自己的兴趣买了一些画作。这些画不是绘画大师的作品，但也是同类作品中的上品，每幅都花了两三百英镑甚至更多。画总共有14幅，查尔斯估计它们价值大约3000英镑，他现在打算把画典当掉，觉得自己应该至少能得到1500英镑。

在过去几周他当然屡次考虑卖掉这些画，但尤娜很欣赏它们，如果画不见了她立刻就会注意到。她肯定会要查尔斯做出解释，到时就可能露馅。不过，典当掉它们就是另一回事了，她永远不需要知道它们被抵押过。他能够在请她来家里前赎回它们，尤其他又要去度假了。

转过天来是周日，查尔斯还像往常一样在上午去打网球，但到了周一他便开始实施他计划的第一项：伦敦之旅。出发前，他以要拿去清洁为由，让罗林斯把那14幅画打包放进他车里。他还把午餐打了包，说这样他就能想吃随时吃，不必迁就旅馆的就餐时间了。当罗林斯去别处忙时，他偷偷把他的便携式打字机和两卷色带放进车里，一卷自带的色带是紫色的，一卷备用的是黑色的。除了这些他还带了一个皮包，里面装着一套西服套装，包括黑色的西装外套、西服背心和灰色条纹的裤子——他称这套为"伦敦商务服"——一双黑色皮鞋和一把发梳。然后，在通知完工厂他要外出几天后，他出发了。

他制定了一个密集的行程安排，希望这样能在短时间

内完成所有他想做的事，并且在俱乐部的公司名录里查到
了他需要的公司和地址。这次出行除了拜访雷丁公司这个
名义上的原因以及典当画作的事情没必要保密（但也不希
望公开）以外，他还有许多其他的任务。在任何情况下，
他都一定不能和这些任务扯上任何关系，永远不会有任何
一样追查到他头上。

　　从这个角度出发，他再三考虑了伪装的问题。他不想
尝试适当的化装，因为意识到糟糕的伪装比完全不伪装还
要危险，不过打算至少要换上不同于平常穿戴的衣服，戴
上角质框眼镜，换成不同式样的发型。

　　又是令人愉快的一天，尽管有些许热霾。连续的好天
气让度假的人们走出家门，整个英格兰好像都安在了车轮
上。查尔斯开得很快，在不引起注意的情况下尽可能快，
如果他能尽早到伦敦，当天下午也许就能去商量画作的
事了。

　　他吃惊地发现，尽管做了那个可怕的决定，却感觉很
轻松，状态也很好。他做出决定是一种解脱，这的确是一
个不争的事实。不知所措的痛苦感觉已经消失了。如果说
他的计划很危险，那正好，风险越大越刺激。

　　他用远少于6个小时的时间开了大约320公里，在下
午3点多到了伦敦。他从公司名录上庞大的典当商列表中
挑选了这家名为贾米森-楚勒弗的公司，因为他们宣传自

己的店交易艺术品。现在他把车停在了附近的停车场，走着去他们坐落在阿伦德尔街的办公地。

说明完要谈的生意，他立即被请到了楚勒弗先生的私人办公室。楚勒弗先生是一位有着犹太人脸庞，油腔滑调的年长绅士。他请查尔斯落座，一边搓着手，一边询问他能为查尔斯做些什么。

查尔斯告诉他，他希望用画作筹一些钱。如果这是楚勒弗先生的专长，先生也许会愿意看看他带来的东西；如果不是，或许先生能给他指明应该去的地方。

看来典当画作是楚勒弗先生的主营业务，他很乐意看一看斯温伯恩先生的收藏，于是查尔斯便指挥他们把画搬到了楚勒弗先生的房间。楚勒弗用一种礼貌的轻视看着它们，问查尔斯打算当多久，查尔斯也不清楚，于是便提出当6个月。

"我们肯定能借您一些钱，斯温伯恩先生，"楚勒弗最后说道，"您肯定知道，这些画不值钱，不过我们也能借给您一些。"

"您肯定也知道，价值是相对的，"查尔斯冷冷地回应道，"您能给当多少？"

楚勒弗不以为然地摊了摊手，自己不是一位鉴赏师，他深表遗憾，这些画必须让他的专家估价，他问斯温伯恩先生能不能再来一趟？

查尔斯第二天下午能来。

楚勒弗先生解释道，那样真令人钦佩。他会为他的客户提出一套方案，如果可以这样称呼的话，与此同时，会有一份画作的收据。他还补充说，他们所有的生意都是在尽可能审慎的态度下开展的。

到目前为止，查尔斯对这一切似乎都非常满意。办公室看起来很大，生意兴隆，他觉得在这里和在别处当是一样的。

查尔斯要干的下一件事是秘密的，他系统性地采取了所有经过认真考虑的预防措施，以防自己接下来一系列的行动被追查到。回到自己的车里，他拿出皮包，把车留在原处，到奥德维奇地铁车站坐上了开往霍本的列车。他在霍本站下了车，向西步行直到离开新牛津街，来到一家高档的二手服装店，这里正合他的心意。

他在那里买了一套质量很好但已经穿旧了的不起眼的棕色西服，他把衣服卷起来装进了皮包里。在下一个街区有一家帽店，他在那里买了一顶灰色的洪堡毡帽。第三家店提供了一条朴素图案的领带。

他不敢穿着原先的衣服买第四样东西，于是溜进了街上的厕所，换上了他的西服、领带、鞋还有帽子，同时把胡子、眉毛、头发梳成了不同于平常的样式。出来时照了下镜子，他高兴地发现自己的外貌的确有了大幅的改变。

有了更多自信后，他走进了沙夫茨伯里大街上的一家戏剧用品商店，买了一副角质框的平光眼镜，"为了演一个儿童节目中的角色"。有了这些，他觉得自己已经伪装得够好了，他已经为自己的恐怖戏剧决定性的第一幕做好了准备。

在查令十字路，他信步走进了一家专卖科学著作的二手书店，表面上漫无目的地开始检索书架。

他想要一本书，但难点在于他根本不知道自己想要的是什么书。这本书要和毒药有关，它不但要介绍各种毒药的药效，而且得有确保死亡所需要的用量，它还要标明得到所讨论物质的方法和地点。为了取得理学学士学位，查尔斯学习了相当高级的化学课程，不过他并没有专门研究过毒药，但他当然也了解一部分毒药的知识。他确信有一些书籍能给予他所需的信息，只要他能碰巧找到它们的话。

他的眼睛从容不迫地扫过书架。书是按学科分类的，他能快速地略过天文学和植物学著作，化学、色盲、电学和钢筋混凝土建筑类专著。他一心想着快点往"P"开头的著作类别上扫，但在扫过"M"时他突然停住了。

法医学！那是不是他想要的？

他只是模糊地知道法医学涉及的内容，他有些犹豫地开始一卷接一卷地拿下来浏览翻看。对了，他似乎走对路了，这些书是关于医生在犯罪案件中可能给出的证据的。这些书告诉医生应该寻找哪些标志性的东西：用不同方法谋杀死后尸体的外在表现，产生不同结果的原因……

　　查尔斯一本接一本地翻着书，尽管匆忙但表面上动作很慢，为了不吸引店员的注意。反倒是店员们都很忙碌，查尔斯和其他许多人一样，都站在书架前翻看着书，他并没有被打扰。

　　突然，他感到一阵满足，这肯定是他需要的！在泰勒的《法医学原理和实践》第二卷中，有一大节标题为"中毒与毒理学"，其中包括"危险药物"，"毒药的作用"和"中毒诊断"几个分节。

　　查尔斯挑了两大册，这些书都是二手的，他觉得用30先令就能买到很便宜，夹着用纸包好的书，他离开了书店。他在结账时并没有引起已经疲惫不堪的店员的注意，查尔斯确信这样永远不可能查到他头上。

　　查尔斯又重复了两次他的策略，他用相似的预防措施在其他两家书店买了书。第一本他买了马丁代尔和韦斯科特的《大药典》，他记得上科学课程时这本书被称为药剂师的圣经，他挑的第二本是一本魔术入门手册。

　　他在另一处的厕所换回了自己的衣服，并把这些书也塞进了提包。回到自己车里，他直接开到了诺森伯兰大街的康沃尔公爵领地，每次他都会住在这家旅馆。

他在旅馆遇到了一些认识的人，尽管*时刻准备去研究他的书*，但他还是决定和这些人共同度过今晚的时光。他觉得这样做能证明他一整天的行程：悠闲地开到伦敦，从抵达到就寝一直和其他人在一起。到目前为止，没有什么能表明他做过任何秘密的事。

但一回到房间，他立即掏出书开始搜索想知道的东西。查尔斯立刻发现自己面临一个难题，有关毒药的章节内容太多了，不知道该去哪儿找他想要的信息。不过他决定，如有必要，他愿意整夜通读这部分内容。

他从第15节"中毒与毒理学"读起，分节A"毒药定律，包括有毒或有害物质的定义"并没有帮到他。相反，他困惑而尴尬地发现有大约40多种不同的毒药或毒药类别需要考虑。他要怎样选到最符合他目的的毒药呢？

他继续读到分节B"危险药物"，也没有告诉他任何信息，接着来到分节C"毒药的作用"。快速略过这节后他看到一个标题，"吞服毒药后症状出现的时间"，他在这里停住了。

这部分对他来说极为重要。这里也许会证明不可能得到和安德鲁·克劳瑟药瓶中一样的，让老人看不出来的药丸，毒药必须快速起效，以防他透露到时候肯定会有的怀疑。因此，这段查尔斯读得非常认真。

这句话立即引起了他的注意："大剂量的氢氰酸……

可以在两分钟内杀死生命。"这显然是起效最快的毒药。下一个提到的是草酸，能在"从十分钟到一小时"的时间内致人死命，再后面的毒药，给出的时间长达数小时。

这样看来似乎其他毒药都一样，而氢氰酸最符合他的目的。关于氢氰酸他能再找到些别的信息吗？

他翻到索引，开始用手指划过一列列密密麻麻的竖栏。找到了："氢氰酸，中毒，661页。"他翻到了661页。

在查尔斯阅读的同时，他关于这个学科的知识也在不断增长。氢氰酸是一种医疗用药，非专业人员似乎不可能得到，另外，氰化物，即氢氰酸的衍生物，"在艺术和摄影等领域使用不受限制。"因此氰化物更容易得到，在它们之中氰化钾似乎最为适合。查尔斯读了许多关于氰化钾的内容，他了解到这是一种坚硬的白色物质，是化学家已知的最可怕的毒药之一，已经证明0.3克的剂量就能在3分钟内致命，尽管死亡可能要在几分钟后来临，但中毒者通常在几秒钟内就会失去知觉，它通过使神经系统和心脏麻痹杀死生命。查尔斯估计，像安德鲁·克劳瑟那样心脏脆弱的人，非常小的剂量就足够了。

查尔斯一边坐在那里研究着他的书一边想着，他能往一粒和安德鲁药瓶里的那些大小一致的药丸里放入足够的氰化钾吗？如果能，他要在什么地方，用什么方法得到这种毒药呢？

如果他称一粒那样的药丸，也许就能回答第一个问题了。当然也不能这样下结论，因为毒药的比重也许与药丸所含物质不同，但他也应该有一个大概的了解。第二个问题更加困难。

这时他突然想到，经常听说氰化钾被用来捣毁黄蜂巢，通过在毒药药剂册上签名，任何人都能为此买到一些，不知道这是不是真的。

查尔斯真是足智多谋，两分钟的思考他就能找到一个办法，于是决定第二天早晨就去验证这件事。

当他合上书上床睡觉时已经3点多了，但第二天的计划已经准备好了。

不一会儿他就安心地睡着了，似乎他心中想着的只是为了手下人利益的最无私的计划。

第九章

查尔斯完成准备

第二天早晨查尔斯叫了辆出租车，带着他的提包来到了皮卡迪利广场，在那里他重复了前一天的策略。在车站厕所换上了二手衣服，把其他东西装入皮包，锁好寄存在了车站寄存处，然后他走向了最近的药店。

"我被黄蜂巢所困扰，"他向店员解释道，"我花园里有两个，到花园去我得冒生命危险。你能给我一些东西捣毁它们吗？"

店员建议用汽油浇然后点火烧了它们。

"没错，我听说过那种方法，"查尔斯承认，"但弄点汽油是件想当麻烦的事，我不想弄一大罐，从车里弄出来也不容易。我想你们是不是有一些毒药之类的能放进蜂巢里的东西？"

"氰化钾经常被用到，"店员回答道，"但是，我们当然不能把它卖给所有人。"

"这我也听说过，"查尔斯说，"我想也是这样的。需要什么手续？"

"我们必须认识购买者，或者必须有我们认识的人来为他担保。当然了，他还必须在毒药册上签字。"

"医生写的信可以吗？"

"可以，只要是我们认识的医生。"

查尔斯笑了笑："看起来只能等我到家从我自己的药剂师那里买了。"说完他感谢了店员，离开了药店。

他暂时不能继续这条任务线了，不过还有其他的。没走多远他看到街边还有一家药店，他走了进去。

"一瓶索尔特牌的抗消化不良药。"看到一个年轻男人走上前来，他说道。

"好的，先生，多大瓶的？"

"请给我最小瓶的。"

年轻男人一句话也没说，包了一个小纸板盒递了过来。查尔斯接过小盒，说了声"谢谢"走了出来。

这充分说明查尔斯在小心行事，他记得在买东西时给人一种有些勉强的表情，一定不能让店员觉得这个得了消化不良的人看起来非常健康。

他不知道这种药在售的型号不止一种，说要最小瓶的是为了避免过多交流。现在他躲进了另一个街边厕所，打开了包装。瓶子没有安德鲁·克劳瑟用的那个那么大，不过上面的广告说明了这种药有三种型号在售，显然安德鲁的是最大瓶的。于是查尔斯走进了第三家药店，又要了一瓶，这次说的是"最大瓶的"。

他又一次没引起特别的注意就买到了东西，他相信到第二天，那两个卖他药的店员就会忘了这不起眼的交易。

查尔斯还有其他两件事要做，在一本公司名录的帮助下，他找到了一家化学仪器制造公司，并在那里买了一架化学用天平和砝码：最小号的。接着他要开始做一件更加困难的事了。

这是为了购买毒药必须要做的一步，他觉得自己要格外谨慎。查尔斯决定尝试虚张声势，希望能让某个更加随和的药剂师打消顾虑。为了达到这个目的，他发现自己必须使用一个身份——一个"真实"的身份。

首先是关于这个身份的位置。经过一番思考，他选择了瑟比顿，那是个大地方，而且它周围都是有花园的房子，必定有许多房子里有黄蜂巢。看来有必要去趟瑟比顿了。

查尔斯保持着他的伪装，搭乘了从滑铁卢出发的第一班火车。到达后他向南走去，因为这个方向最可能通向旷野，经过一家书店时他进去买了一本小镇名录，然后继续前行。

很快他到了自己的想法得到证明的地方——梧桐大

街，一条安静的林荫街道，街上的独立和半独立的别墅都带有小花园。挑选了一所接有电话线的看起来很合适的房子，他记下了它的名字——"鸽舍"，名录上说这所房子归一位弗朗西斯·卡斯韦尔先生所有。在回车站的路上，他在一个电话亭核实了一下，卡斯韦尔先生真的接了电话。回到了镇上，他去了一家印刷店，订了一块印版和一百张名片，上面写着：弗朗西斯·卡斯韦尔先生，鸽舍，梧桐大街，瑟比顿。他解释说他特别急着要用，对方承诺名片第二天早晨就可以做好。

到这里查尔斯完成了早上的工作，这比他预期的要久，现在已经将近午餐时间了，不过这也是无可奈何的事。从皮卡迪利的寄放处取回皮包，他换回了自己平常的装束，把药和天平放进包里，锁好包，然后开车到了帕丁顿。他在那里把包留在寄存处，在车站餐厅匆忙吃了午餐，坐上了去雷丁的第一趟火车。

现在他必须得证明伦敦之行的合理性了，要做就要做得彻底。乘出租车来到那家机床厂，他考察了那里展示的产品，那认真的程度就好像他在考虑立即购买。接着，他问了许多肯定不可能立即给出答案的问题。最后，他说在收到询问的产品信息之后会做出决定，然后离开了。

回到伦敦后，他发现正好能在典当行关门前解决画作的问题，于是他乘地铁回到了阿伦德尔街。

楚勒弗先生又一次虚情假意地搓着手接待了他。

他满脸堆笑。"好啦,先生,我让人把您的画估价了,我要开门见山地承认,"他伸出双臂,比画了一个要完全坦白的手势,"它们比我一开始想的要更值钱,典当它们我肯定能借给您钱。"

"这很令人满意,"查尔斯承认,"它们值多少我心里有数,问题是,您会借多少?"

"当6个月?"

"我也不清楚到底多久,要我想,大约6个月吧。"

"我们两年内肯定不会卖,如果到第二年年底这些画没有被赎回,我们会将它们视为我们的财产,以我们认为合适的方式处置。"

"这样可以,"查尔斯回答道,"到第二年年末,我的生意要么兴旺发达要么已经完了。"

楚勒弗先生对他公司的情况表示十分难过,时世艰难,这些画会是一大笔开销,它们要占用的空间很值钱,它们还必须保持洁净干燥,此外,给它们上的保险也会是沉重的负担。总而言之,他不可能给出这些作品的实际估值。

"不要紧,"查尔斯耐心地说,"您要给多少?"

楚勒弗先生终于被说服提出了总价,结果高于查尔斯的预期。这些画估价不一,不过也都差不多,楚勒弗先生打算给出一个每幅150英镑的相同出价，总共是2100英镑。

查尔斯很高兴，尽管他很注意没有喜形于色。2100英镑可以填补三到四周的工厂亏损，加上他手里的钱，他能指望这笔钱让一切维持运转超过一个月，不等一个月结束，他就会成为一个富人了。

楚勒弗已经准备好了必要的文件，等查尔斯签完，2100英镑现金已经数好交给他了。他对事情的进展非常满意，离开了楚勒弗的办公室。

在回旅馆的路上，他又买了一些东西：不同大小和质量的信封，一本邮票，一点炭黑和一支蚀刻笔。

那天晚上，查尔斯为接下来的事做打算，心情不是很好。在他第二天的行动中必然会有风险，假冒身份总是会有风险。为什么这么说，接待他的药店店员也许认识真正的弗朗西斯·卡斯韦尔。他也许是土生土长的瑟比顿人，即使不认识卡斯韦尔，也可能会谈到一些查尔斯接不上话的当地的事。是的，这肯定有风险。

不过风险并不大，他将要接触的人会问他这种灾难性问题的概率或许只有百万分之一。

当回到房间休息时，查尔斯锁好门，从包里取出了药和天平，他有两个主要问题要解决。第一个是他能否把致命剂量的氰化钾放入一个正确尺寸大小的药丸中。他的两瓶药中的药丸都是相同大小，当然小瓶比大瓶中的药丸要少。为了不碰大瓶里的药，查尔斯决定用小瓶中的药丸做检测。

药丸相当大，查尔斯称了一些，平均重量是0.3克。因此，氰化钾和现在药丸所含物质的重量差不多，看来他似乎能放大约0.2克。他根据在"泰勒"的书上读到的内容推测，0.2克足够引起拥有安德鲁叔叔那样脆弱心脏的成年男人死亡。

到目前为止一切顺利，他把药丸收好，将注意力转向了第二个问题。他从自己买来的信封中挑了两个不同纸质的商用形状信封，他用带来的打字机在质量更好的信封上用黑色色带打了字，"弗朗西斯·卡斯韦尔先生，鸽舍，梧桐大街，瑟比顿"。然后他放入紫色色带，在另一个信封上打了字，"F.卡斯韦尔先生"，以及相同的地址。

接下来，他挑了两个不同颜色的方形信封，从口袋里拿出两三封手写的信，把它们摆在面前，练习模仿笔记。然后他用这两种伪装的笔迹在信封上写了收信人"弗朗西斯·卡斯韦尔先生"和"F.卡斯韦尔先生"。他对前两次的尝试都不满意，但在他毁掉一打信封后，无论怎样看，他的模仿都已经足够好了。

贴上三张一个半便士和一张半便士的邮票是件很容易的事，但下一件事，伪造逼真的邮戳，是他遇到过的最困难的事了。面前有一个寇德匹克拜的作废邮戳作为样本，他给瑟比顿设计了一个相似的邮戳，然后花了一个小时模仿了多次，直到弄出了和真品几乎无异的作品。他用他那支好用的绘图笔和炭黑点画成线，最后在快干时用手在戳记上滚动，这给戳记一种模糊不清的感觉。然后，经过如此多的练习已经游刃有余了，他在四个信封上画了四个有点模糊的邮戳。

他这会儿又把几张纸分别放入信封，放下了三个贴着一便士半邮票的信封，把第四封信的封口向内弯折，然后他揉捻了四个信封，把它们放在地毯上轻轻摩擦，粗暴地把它们撕开，拿出并换掉了里面装的东西。所有这些步骤去除了它们那种崭新的感觉，给了它们一种经过邮寄后被磨损的感觉。

查尔斯对他的作品极为满意，他感觉只有用放大镜才能看出这是伪造品。最后他把四个信封和一沓其他文件混在一起放进了口袋里。

现在已经凌晨3点了，不过还有一些事情要做。拿起瑟比顿的名录，他决心把医生和一些镇上最主要的人，以及梧桐大街上紧邻鸽舍的房屋占有人的姓名和地址都背下来。这又花掉了一个小时，接着他跌倒在床上，睡了早就该睡的觉。

第二天早晨，他首先到了库克公司，他需要度个三周

左右的假，或许是一次乘船旅行……他想问问库克公司有
什么建议？

库克公司的一个小职员给出了回答，建议乘船去北欧
的首都城市，查尔斯觉得不太能够接受。度假就是度假，
不是离开这个国家，于是对北欧首都之旅提出异议，大多
数的城市他已经去过了，而且他希望享受阳光，他们没有
去地中海的旅行吗？不，他不会觉得特别热，他最喜欢的
就是高温天气了。查尔斯拿着一小摞旅游资料离开了，留
下了姓名，说他做出决定后会打来电话。

他回到旅馆，要了一个午餐篮子，解释说希望能够开
车出游到风景好的地方吃午餐。然后他买了单，开出车子
离开了，装出一种要向北远游的样子。不过，取而代之
的是，他把车停在了滑铁卢广场尽头，然后把皮包拿在
手里，他从车里出来，重复了前一天的行动，在街边厕
所换上了下名片订单时穿的衣服，他到印刷店拿到了名
片。然后在另一处厕所他换上了从家里带来的"伦敦商务
服"，又一次把皮包留在寄存处，开始了这个计划的决定
性部分。

从滑铁卢开始，好像自己来自瑟比顿，他朝着伦敦的
方向走，进入了第一家药店。

"我被瑟比顿城外家中花园里的黄蜂巢所困扰，"他
说，"你能给我一些氰化钾来捣毁它们吗？"

药剂师犹豫了，他客气地回答："先生，这件事恐怕我不能为您效劳，我们不被允许把那种类型的药卖给我们不认识的人。这是法律，要是被发现了，我们肯定会受到严重惩罚。"

查尔斯假装有点惊讶，说道："我不知道规定这么严格，我以为我在毒药册上签个字就行了，我猜只有我的签名还不够吧？"他递出一张新印的名片，同时把手伸进口袋掏出他准备好的那摞文件，漫不经心地翻找后，他把四个信封一个一个地予以展示。

药剂师显然被打动了，不过还没有到要满足顾客愿望的程度，他对于自己无能为力深表遗憾。从个人角度他愿意给顾客这个东西，但法律就是法律，他必须遵守。他接着又说，捣毁黄蜂巢不是非得用氰化钾，他推荐用汽油。

查尔斯没考虑过汽油，但他很喜欢这个主意，这会省去所有的麻烦，因为车库里有汽油，肯定会尝试这个方法，非常感谢药剂师的提示。顾客没有坚持购买似乎令药剂师如释重负，对话愉快地结束了。

在下一家药店，相似的场景再次上演。他得到了礼貌的接待以及歉意，但没得到氰化钾。第三家也是，第四家也是，第五家也是。

查尔斯开始觉得自己伟大的计划注定会失败，也开始考虑通过摄影师或者以拍照为目的得到这种东西的可能性了。但他不会轻易绝望，走进了第六家药店。

这家店又小又暗，比之前尝试的几家店更显老式，收拾得也没那么整洁。一个戴眼镜的驼背瘦老头走上前来。店里只有他一个人，查尔斯估计他是老板，提出了自己的问题。

"好吧，您也知道，先生，"男人回答道，"我们不该把毒药卖给我们不认识的人。您想要多少？"

这话听起来有希望，查尔斯小心地装出一副没有准备的样子。

"啊，我不知道，"他说，"非常少的一点，您觉得能管用的量就行。"

说着他递过一张名片。"我的身份毋庸置疑。"他笑着说，同时掏出了那摞文件，又一封封地展示着信。

老头看起来有些生疑，他犹豫了一会儿，然后假装不经意地问："你恰好认识戴维斯医生吗？"

这是查尔斯前一天晚上，更确切地说是当天早晨背过的一个名字，他幸好记得那个医生的地址。

"伊登路的那个？"他回答道，"只是一面之交，我的医生是圣基尔达高台街25号的珍妮弗医生。"

药剂师显然在瑟比顿有一些点头之交，这个方法恰好奏效了。

"那就行了，先生，"他看起来放心了，说道，"如果您能在毒药册上签一下字，我就可以给您东西。"

在查尔斯填写记录并加上了一个大胆的签名"弗朗西斯·卡斯韦尔"时，他开始变得健谈起来。他谈到了花园和蜂巢，谈到了帚石楠和公共用地，谈到了水果的丰年和灾年，一切都是为了阻止话题回到瑟比顿上来，否则也许轻易就会产生灾难性的后果。两分钟后他离开了药店，背心口袋里有一个小铁罐，里面装着28克白色硬质化合物，盒子上贴着的红色标签写着"氰化钾，**毒药**"。

"请您务必万分小心，卡斯韦尔先生，"药剂师说，"众所周知这东西很危险。"

"我肯定会小心，"查尔斯友好地回应，"非常感谢您的告诫。"

"我最大的障碍！"查尔斯一边兴奋地自言自语，一边悠闲地走出药店。用一种绝对无法追查的方法得到毒药无疑是他最大的难题，既然已经如此成功地攻克了这个难题，他确信自己能轻易搞定其他难题。由于他的多血质，他认为叔叔成千上万的钱已经转移到口袋里了，认为生意保住了，认为尤娜绝对能娶到了。

查尔斯发现这些行动耗费了比他预期更多的时间，现在已经过了12点，他还想在一个合理的时间到家。他匆匆赶到寄存处取回手提箱，换回作为查尔斯·斯温伯恩的正常打扮，返回停车场。5分钟后他已经穿过街道，在开往北方大道的路上了。离开伦敦前他停了三次车———一家食品杂货店，一家药店和一家汽车修理厂，他在这些地方分别买了一小包最好品质的过筛砂糖，一些滑石粉和一罐汽油。

要完成他在伦敦的任务，查尔斯现在只需要处理掉他的工具：名片和印版，收信人是卡斯韦尔的四个信封，"泰勒"的两卷书，以及他进行秘密购买期间穿过的衣服。这些东西一定要被销毁他才能安全。

因此他一离开伦敦市郊，就放弃走北方大道，进入了一条窄车道，这条路蜿蜒穿过令人心旷神怡满是树木的乡村。他想去一个僻静的能够点火的地方，这个地方要既不会被看到又不会破坏植物。

他发现这比他预想的更加困难，但最终，在浪费了他将近一个小时的宝贵时间后，他来到了一个符合他要求的地方。这是一个废弃的采砂场，他能把车直接开进去，这样汽车的痕迹就从路上无法被看到了。在起到了保护作用的砂堆后面，工人们或是野炊客已经生了火，这里地面已经熏黑了。查尔斯象征性地利用了它。

被汽油浸透的名片和衣服几乎瞬间消失了，但两本厚书就不那么简单了。查尔斯花了好一会儿用枯枝把它们翻过来，打开书页让空气进去。不过，它们最后还是变成了片状灰烬。

现在只剩下名片印版了，查尔斯用车用螺丝刀挖去了印字，把印版埋在了几棵树的下面，那个地方似乎上千年都没被打扰过了。然后他重新发动汽车，设法回到了北方大道，以他和这辆汽车能够达到的最快速度专心地开了一阵。

他设法在汽车行进过程中吃完了午餐，除了最后花了点时间停下给自己调了杯酒，全程没有喝茶。在所有可能的路段，他把车速表的指针都保持在了80千米/时左右，在一段6千米的直路，车速一直没低于过97千米/时，在一个长斜坡底部附近时，车速一度达到了113千米/时。

当快开到寇德匹克拜郊外时，他逐渐降低了车速，被任何认识他的人看到他开得特别快都不行。他的谎言会是这样的，自己花了整天时间慢慢开车，一定不能因为任何事让谎言被揭穿。

尽管他全力加速，但还是没能在关门前到达工厂，不过他还是及时到家吃了晚餐。他到家后立即给盖恩斯打了电话，说他在路上太不着急了，问是否有重要的事要说。盖恩斯说什么事也没有。

那天晚上，尽管已经很累了，但他还是忍不住要解决他计划的下一项内容。锁好了卧室门，他静下心来要教自己如何制作药丸了。这里就需要马丁代尔和韦斯科特的《大药典》登场了。里面有一节内容讲这个问题，他只需要把它读完。

不久他开始了实践。他用一点水把一些过筛砂糖溶解成黏稠的蜂蜜状液体，往里面加入滑石粉，直到形成的混合物变得几乎难以搅动。他自备了少量黏土，现在把黏土滚成了一些小丸，开始尝试用混合物给它们包衣了。

他发现包衣相当简单，但赋予它真正药丸那样坚硬有光泽的表面就没那么容易了。不过他还是继续着自己的实验，在一片用酒精灯加温的铁皮上使他的产品翻滚。包衣逐渐变得坚硬光滑，直至真的和机制产品很相似了，最后他终于觉得自己的成果已经足够好了。

接着，他戴上了一副橡胶手套，从他珍贵的小铁盒里取了一小块氰化钾。他小心地用铅笔刀切去多余的氰化钾，直至适当的大小和形状，同时考虑到了还要包衣滑石粉。

小药丸已经成形，他用化学天平称了一下，对结果非常满意，重量已经超过了0.2克，按"泰勒"所说，这个量足以达到他的目的。

他下一步开始裹糖和滑石粉。混合物像之前黏附黏土那样粘在氰化物上，很快查尔斯就有了一粒十分逼真的药丸。它也许不完全像药瓶里的那些药丸那样光滑，但他确信这种差别并不会被发现。

他把那粒药丸放在一边，然后打开了那个和他叔叔用的大小一样的药瓶。他格外小心地从瓶中倒出足够多的药丸，使剩余药丸表面的高度和他看到他叔叔的药瓶高度相同。最后，他把这些剩下的药丸全倒在了桌子上，数了一下有76粒。

查尔斯去城壕吃午餐看见药瓶那天是17日星期四，那已经是6天前了，在这六天安德鲁·克劳瑟每天大概要吃3粒药，因此，到现在数量应该减去18变成了58。也就是说，从现在起，这瓶药19天内应该会被吃完。如果毒药丸被放在底部附近，那个老头应该会在两周左右吃下它。

这正合查尔斯的心意。到那时他怕是已经在离这里千里之遥的地方了，一趟三周的乘船远游正好符合要求。

查尔斯依然戴着手套，把一两层药丸放回了药瓶，然后摸了摸他的杰作，发现它已经变得又硬又干了。于是他把毒药丸放了进去，把58粒中剩下的部分放在了它上面。他万分小心地把药瓶立着放进了他的背心口袋。

他意识到如果剩下的氰化钾在他家被找到后果会有多严重，于是把它溶解掉，把溶液倒进了洗手盆的下水孔。那个铁盒他放进了口袋，第二天早晨的第一件事就是要扔掉它。

还有一件准备工作要做——把叔叔那瓶药换成这瓶。他的想法是把这瓶藏在手中，分散安德鲁·克劳瑟的注意，快速放下这瓶，再把本来放在那儿的那瓶藏到手中。就是因为有这个想法，才买了那本关于魔术的书。他现在开始研读这本书。

他很快发现，任何手中藏物的尝试都是不可能的。他了解到，这项魔术很难达成，只有通过长时间的练习才能练成。对他来说，尝试用这种方法意味着彻底的失败。

但作者接下来的附注令他备受鼓舞，也就是除了特定的小魔术，手中藏物都是多余的。公开交换小物件是能够做到的，只要观众的注意引到了别的地方。书里继续说到，这类魔术的精髓，就在于"突发情况"和"不间断台词"的准备。在做交换的瞬间，所有人的注意力必须都要集中在别的事情上。这时，偷天换日的举动就不会被发现。

查尔斯又花了一个小时疲惫地仔细考虑着这条建议，然后他认为自己终于找到了办法，现在可以上床睡觉了。如果能在明天得到机会，确切地说应该是今天，因为现在早已过了午夜，他会准备好采取行动。

第十章

查尔斯破釜沉舟

查尔斯早上从床上起来，对自己的进展感觉非常满意。他现在只需要交换药瓶，可怕的事就会结束，他也能离开，开始他的乘船旅行了。

他把装毒药的铁盒踩成一小块不成形的铁皮，在去工厂的路上把它扔进了盖尔河。下一步是要获得去"城壕"吃饭的邀请，抱着这个目的，他在快午休前给他叔叔打了电话。

"我有一些好消息要告诉您，叔叔。"他尽可能高兴地开了口。但他一下子无法继续说下去了，感到一阵突如其来的痛苦和恶心。查尔斯总是嘲笑良知这个概念，但本该让他高兴的成果现在却让一些很像良知的东西掌控了他。他感觉自己简直无法用一种放松和友好的方式，和这个他考虑夺去生命的老人说话了。自己在做的事从脑中一闪而过，他感觉有点恶心，还很龌龊，感觉是一种耻辱，好像自己是个叛徒，打算在信任自己的朋友背后捅刀。有一瞬间查尔斯犹豫了，不知道这是否是最初的小信号，暗示他必然会为自己的行动付出代价。这时他想到了他的工厂和工人，想到了马修斯和他没有母亲的孩子们，想到了失去工作的盖恩斯，想到了失去工作的自己，想到了尤娜。想到此他狠下心来，用和刚才相同的口吻继续说道："我设法弄到一些钱，想和您说说这事，我能去看您吗？"

安德鲁·克劳瑟听起来并不像平常那样冷嘲热讽，他答复说很高兴听到这个消息。他还补充说，很乐意在任何时间见查尔斯，但查尔斯应该知道他不能被占用过多时间，最后问查尔斯今天或明天下午茶的时间怎么样。

下午茶的时间不是查尔斯想要的，于是他说自己下午很忙，但如果他叔叔方便的话他可以明天晚餐之后去，"换句话说，如果到时候您是一个人的话，叔叔。如果您有客人，我没法谈钱的事"。

这番话得到了之前期望的回应。安德鲁回答说他没有客人，不如查尔斯来吃晚餐。查尔斯恰到好处地犹豫了一下，然后说他很愿意。

这事也就没什么可说的了。现在，查尔斯必须解决有关离开乡里的事了，他明白自己不必立即匆匆离开，但也一定要趁早。明天是25号星期五，估计能在下周二或周三出发？

　　他将注意力转向库克公司的广告，进来后他就把这些广告显眼地铺在了办公桌上。他立刻看到了自己要找的东西。

　　皇家之星航线是要乘坐他们的2.5万吨级客船"朱庇特号"进行的21天航海旅行。这是一次从马赛出发的往返旅程，中途停靠维尔弗朗什、热那亚、那不勒斯、墨西拿、马耳他、突尼斯、阿尔及尔和巴塞罗那，乘客30号星期三离开伦敦。如果他成功更换了药瓶，第二天就能开始这趟旅行。事实上他也许立刻要开始做准备工作了，如果这趟旅行落空，他还可以宣布改变计划。

　　"我会在周三离开，"过了一会儿他首席秘书那张厌世的脸出现在办公室门口时，查尔斯对他说道，"一次为期三周的海上旅行。这些金钱交易让我心烦意乱，我感觉厌倦了。但既然一切又都回到正轨了，我想我应该奖励自己一个假期，事实上我已经一年没休息过了。"

　　盖恩斯很高兴，就好像是他要去似的。既然他极为担心的贫穷已经不会到来，在这个棒极了的世界中一切都是如此美好。查尔斯先生当然有资格享受他的假期，他一直努力工作，保住了一切。

　　查尔斯发现这两天剩下的时间过得比他认为的要慢得多，他一直神经紧张，无法静下心来做任何事。他对于自己可怕计划的态度一直在变化。有时他感觉自己在完成一件必要的，的确值得赞扬的事——以一个人为代价换得许多人的利益。其他时候，他窥见了自己的结局：他的余生都无法忘记自己的罪责，以及各种真相以某种方式为人所知的潜藏的恐惧。第二天晚上7点的到来简直是一种解脱，他这两天的无所事事终于结束了。

吃晚餐的只有他们4个人——查尔斯，安德鲁·克劳瑟，波利费克斯夫人和玛戈。安德鲁心情很好，从各方面看来他都好多了——气色更好，不那么伤感了，也更能控制自己的情绪。他也不再沉浸在自己的想法中，而是用他的老式思维更多地参与到交谈中。

佩内洛普·波利费克斯和她女儿也状态也不错，波利费克斯夫人使出浑身解数使这顿晚餐顺利进行，玛戈也难得有一次克制自己，没表现出优越感和不满。

只有查尔斯觉得无法自然，虽然已经尽力而为，但他就是无法表现得好像心中什么事也没有。事实上，他认为关注安德鲁的健康是一个明智的选择。"我下周要出发去度假，"在一个谈话间隙他适时地说道，"我去年一年都没有度假，最近感觉有点厌倦了这些琐事，我估计要离开三周。"

他们对此很感兴趣，缠着他问各种问题。他详述了旅行路线，以及相比去北方，他更青睐南方的种种原因。

"我真羡慕你，"波利费克斯夫人表示，"你行程列表上有一两个地方我一直想去，可从来没去过，比如，卡普里岛。你会有时间去那里吗？"

"会有的，我们会在那不勒斯待三天，有足够的时间去卡普里岛和索伦托，维苏威火山和庞贝古城，以及那不勒斯城、巴亚古城或波佐利的其中一个，喜欢哪个去哪个。"

"我去过那不勒斯和庞贝古城，但没去过卡普里岛，总有一天我一定会去。"

查尔斯灵机一动，他能否设法让他姑妈陪他去呢？如果能这样，这将使"城壕"的日常生活变得混乱，也会更有理由得出自杀的结论，这是他希望看到的。

"不如您和我一起去吧，姑妈？"他真诚地说道，"您和玛戈一起吧？这对你们二人都有好处，你们会非常喜欢这次旅行的。肯定还有剩余客舱，就这一次，安德鲁叔叔也不会介意的，对吧，叔叔？"

尽管他看得出姑妈很高兴能得到邀请，但波利费克斯夫人还是表示了拒绝："我觉得我现在去不了，如果我真想去也要过段时间再去，高温会让我非常疲倦。而且玛戈两周后要去苏格兰，斯凯夫人邀请她去他们在达尔维尼附近的狩猎小屋。也许下次吧，查尔斯，还是非常感谢你。"

"海上不会很热，"查尔斯坚持道，"而且玛戈不能晚去一周吗？船上有我认识的人我会非常开心的。"

可是他们不会同意的。要是没有苏格兰人的邀请玛戈肯定会欣然接受的，但成为斯凯伯爵夫人座上宾的吸引力显然胜过单纯的地中海之旅。

随着晚餐接近尾声，决定性的时刻也越来越近了，查尔斯变得越发不安和激动。查尔斯喝下了比往常更多的酒，这在一定程度上使他的神经镇静下来。他认为自己的举止没有丝毫逾矩之处，如果有，过度劳累是不错的借口。接下来的一两个小时他无论如何都必须抖擞精神，保持冷静，一切都要看他如何表现了。

女士们终于离开了餐厅。安德鲁坐在餐桌上首，查尔斯坐在他右手边。查尔斯已经预料到了这个安排，因为他知道玛戈会坐在老人的左手边。现在他给叔叔满上杯，稍微挪近了一点，他们开始了交谈。

"叔叔，我告诉过您我设法筹到了一些钱，"查尔斯率先开口，"这非常简单，真不知道我为什么不在很久之前就这样做。我想起了那些画。"

"你父亲的画吗？听到这个消息我很难过，查尔斯侄子，这真让我很难过。我记得"——老人的身体向后倾斜，开始回忆起往事——"我还记得你父亲买第一幅画时的情形，就像昨天发生的一样记得清清楚楚。那幅画他们想要52英镑，在他看来似乎价格过高了。他和我说了这事，我说，嗯，我说：'付钱吧，亨利。这会是一笔投资，如果你想要，迟早都要付这笔钱。'我是对的，不过，嗯，并不是像我想得那样。"

"您绝对是对的。处理掉它们我也很难过，不过这只是暂时的。运气够好的话，等一切有所改善后我会把它们赎回来。我不希望您再重提此事了，叔叔。"

"可能吗？"安德鲁用更接近他惯常的态度回应道，"我侄子的行为令我备感自豪，我真没被气死，真希望能让全国都知道这件事。不，查尔斯，我会像打牌作弊这种事一样隐瞒此事。这并不是说我建议你做这样的事，我还是很失望，本来以为你能做得更好。"

要是别的时候，查尔斯也许就被这番直言不讳惹恼了，但现在这些话对他来说就仿佛是一剂良药，老人说出这类话的每一个字都让他的任务变得更加简单。查尔斯再次感觉一阵心酸与无奈涌上心头，只要叔叔表现得稍微得体一些，他都没必要强迫自己实施这个可怕计划。好了，只能说安德鲁自作自受，查尔斯狠下心来。

想到此查尔斯的神经不再紧张，他变得沉着冷静，思维清晰。与此同时，目前最重要的时刻终于到来了。安德鲁从口袋里拿出了他的药瓶，不慌不忙地慢慢打开了它——这就更好了，因为这给了查尔斯时间做准备。当安德鲁打开药瓶时，查尔斯也在桌下打开了他的。查尔斯将药瓶握在他右手手掌中，瓶口朝向自己的手腕，左手从口袋中掏出一张事先准备好的纸。他等待着，慢慢聊着关于钱的事。

安德鲁就像之前那样抖到桌布上两三粒药丸，接着把药瓶立在桌上，开始捡多余的药丸并放了回去。这是查尔斯动手的绝佳时机，他必须在安德鲁拿起药瓶前行动。

"这是具体数字。"他说着，伸出拿着纸的左手。

他特意装作不小心，手打翻了安德鲁的葡萄酒杯，红酒流过桌子洒到了安德鲁的膝盖上。

"啊，叔叔，实在对不起，"查尔斯惊叫道，至少他声音中的不安是真实的。他突然站起身来，右手靠在桌上的药瓶附近，用这只手设法放下自己的药瓶并拾起他叔叔的，与此同时他左手抓起空的红酒杯把它重新立好。一瞬间的工夫安德鲁的药瓶已经在他的口袋里了，并且他试图用自己的手帕弄干安德鲁裤子上的红酒。

"我最好还是把威瑟亚柏叫来吧，可以吗？"他按下了电铃，同时继续因为自己笨手笨脚道歉。

安德鲁并没把这当回事。威瑟亚柏立刻走进来处理好了这一混乱局面，擦干了老人的裤子，用一块干净的餐巾盖住桌布上的污迹，弄干了地毯上的一小片酒渍。这段小插曲结束后，安德鲁拿起了药瓶和它的螺旋盖。

查尔斯心里突然一紧，假如瓶子做得不是完全标准呢？假如瓶盖不配套呢？

但瓶盖完美地盖上了，安德鲁拧好瓶盖，把药瓶放进背心口袋，显然他没感觉到任何问题。查尔斯暗自叹了口气，偷偷擦干了额头上的小汗珠。

"你是要给我看一些数字？"安德鲁说道，小插曲宣告结束。

结束？或许只是刚刚开始？

查尔斯永远不会知道自己那天晚上剩下的时间他是怎样熬过来的，他和安德鲁·克劳瑟的对话对他来说就像一场可怕的噩梦。当他们移至客厅后，情况稍微好了点。查尔斯强迫自己尽最大努力才待到了快10点钟老人去睡觉，然后他找了个借口开车回家了。

他现在能够解决乘船旅行的事了。他第二天早晨一到办公室就接通了库克公司的电话，25分钟后他已经订好了一间船桥甲板上的单人客舱，花费了65畿尼，包括岸上观光和铁路交通费用。

那天下午他要进行另一次关键的会面——一次着实期盼又百感交集的会面。今天是星期六，他要去克罗斯比家打网球，会在那里见到尤娜。

通常情况下和尤娜见面就像有些变化无常的天堂一隅，尤娜心情"好"时就是天堂。不过，尤娜不一定总会心情好，这时天堂就会变化无常，这种情况并不常见。自从她在马尔顿路的奥利弗商店门口差点和他断交，他还没见过她，查尔斯很好奇她这次会怎样和他打招呼。

当查尔斯把车停在门口时，克罗斯比穿着法兰绒的衣服，正站在他景色优美的安女王豪宅"壁炉"的台阶上。这个男人60岁左右，喜怒不形于色，做事一丝不苟，这和他的职业很相称。他是这片地区大多数年代较为久远家族的私人律师，安德鲁·克劳瑟就是他的委托人之一，不过查尔斯把业务交给了一家观念更为前卫的公司。克罗斯比认为这完全可以理解，明白叔叔和侄子的关注点并不总会一致。克罗斯比是个好人，坦诚直率，工作勤奋，德高望重，广受众人爱戴。

"你好，查尔斯，"他诡异地一笑说道，"见到你很高兴，琼斯和哈勒姆家的两兄弟不来了，我们正缺人手。"

查尔斯咧嘴一笑，回应道："很高兴我终于有点价值了，虽然不是个人价值。"

"别骄傲得让人讨厌，"克罗斯比建议道，"我根本没表示你有价值。你真要去度假了？"

"你怎么这么快就知道了？我今早才安排好这件事。"

"嗯——是一个小姑娘。一位年轻漂亮的小姑娘：也就是你的表妹玛戈。我今天早晨在办公室门口遇到了她。"

"我昨晚去那里吃饭了，我是说在'城壕'，不是在你让人讨厌的办公室门口。是的，既然你提到了，我要去旅行三周。"

"那你不在时生意怎么办？"

"啊，我会把生意交给盖恩斯和麦克弗森负责，现在没有多得吓人的活可干了，真倒霉。"

查尔斯觉得克罗斯比逐渐变得推心置腹，同时也心存疑问。

"希望你能原谅我，查尔斯，"他说，"但作为你家的一个老朋友我想说，那些关于你生意的谣言根本没那么回事，我打心里高兴。"

查尔斯的大脑飞快地思考，如果以后出现任何问题，克罗斯比一定不能怀疑他。于是他也变得推心置腹。

"我不太确定是不是完全没那么回事，克罗斯比，"他回应道，"我这话只和你一个人说，事实上，我承认之前可能快没钱了，想要几台新机器，可想不出筹钱买它们的办法，不过我觉得现在可以了。我告诉了我叔叔，他给了我1000英镑，我还把我的那些画处理了，现在我就要得到那些机器了。现在只等得到一些细节信息就可以下订单了。"

"对此我很高兴，真的非常高兴。你叔叔还没和我提过这事，但我估计他会说的，还有假期的事。好啦，我觉得你配得到这个假期。"

"我很高兴能调剂一下，"查尔斯承认道，"我最近有点厌倦了。"

　　查尔斯来"壁炉"很早，为的是能在尤娜到之前出现在那里，但当他和房子的主人到网球场时，他吃惊地发现她已经在那里了。一盘刚刚开打，她和搭档正走向网前。她看到他时朝他挥了挥球拍，这个动作令查尔斯的心都融化了。这是他期望的愉快友好的一挥，这个下午的天堂不会变化无常了。

　　不过，这个天堂基本就不存在。也许是纯粹运气不好，抑或是尤娜巧妙地故意为之，他发现想和她说上话不是一般地难。这里只有一片场地，她打的那盘刚接近尾声，另一盘有他参加的又被安排好了。两边势均力敌，交替得分，这盘比赛变成了无休止的争夺。当这盘终于结束时，尤娜已经在和一大群人喝下午茶了，查尔斯感觉和她的距离远得就仿佛自己已经到了地中海。

　　只有在他们准备离开时，他才得到机会和她说一会儿话，但至少这也能让他心满意足了。她用她一贯的方式笑了笑。

　　"你好，查尔斯，"她说，他洗耳恭听，"这么说你要去地中海了？我真是太高兴了，最近你看起来都乌七八糟的，你终于想做出改变了。"

　　"要是你能来该多好啊，尤娜，"他不假思索，发自肺腑地回答道，"我一直希望我们能有机会——"

"嘘！"她堵住了他的嘴，"别这样！也许等你回来后我们可以聊聊你的旅程，尽管我不会向你许诺。好了，去送那些本瑟姆家的女孩们回家吧，她们的车抛锚了。"

"可你怎么办，尤娜？"

"我亲爱的傻瓜，我来这里没用你，肯定也能回家，我有小奥斯汀送我。"

这就是他们的全部对话了，但当她去和克罗斯比夫人说话时看了他一眼，这一眼就弥补了一切。查尔斯心中高兴得唱起歌来，转而去送两个矮胖的本瑟姆家姑娘了。

尽管为准备出门查尔斯有大量的额外工作要处理，但之后三天时间仿佛度日如年。恐惧纠缠着他，有事情败露的无名恐惧，同样还有安德鲁摇晃药瓶，在他查尔斯出发前吃下那颗致命药丸的明确的恐惧。他安排盖恩斯和麦克弗森负责他们各自的部门，给了他们两个自行处理的权力，要求他们采取任何行动前要一起商量。"这是我的地址，"他告诉盖恩斯，"如果有任何突发情况，你可以给我发电报。"

尽管查尔斯心中充满恐惧，但在他离开前没有任何意外发生，"城壕"的情况一切如常。星期三早晨，查尔斯被开车送到了车站，乘坐当地火车来到约克，他要在那里转乘伦敦特快列车。他及时到达伦敦，赶上了下午2点从维多利亚站出发的港口联运列车。当列车缓慢驶过泰晤士河时，他的一部分恐惧消失了，至少已经离开了寇德匹克拜。无论如何，在他回来前，他的命运就会最终确定。

第十一章

查尔斯达到目的

那天下午渡过英吉利海峡时海峡在朝他微笑，在他看来，等候在布伦码头上的蓝色列车车厢，令人感觉友好而安心，好像一艘避难方舟。他长舒一口气登上了火车，坐下来开始了他22个小时的旅程。

火车在黄昏时抵达了巴黎北站，他在"巴黎小腰带"上悠闲地享用完美食后，离开巴黎里昂站时天已经黑了。车开了没几分钟查尔斯就躺下了，在火车经过枫丹白露前他已经睡着了。整晚他只醒过一两次，几乎都是火车在某站停车时醒的，整个世界似乎一度陷入沉睡。到马松时天已经亮了，当火车穿过罗纳河离开里昂佩拉什站时，他觉得是时候该起床了。

火车沿罗纳河行驶的整个上午查尔斯都尝试把注意力集中在沿途风景上，试图忘掉他正在逃离的恐惧。在维耶纳和瓦朗斯，他热切盼望看到河岸风光，坚信那是他在以往的旅行中见到过的。在奥朗热，他回忆起了古罗马剧场的高墙，试图想象这座代表建筑在罗马帝国时代会是何等壮观。阿维尼翁，这个他熟知的城市，让他梦回中世纪的盛况：想起了马上的枪术比武，想起了骑士，想起了教皇的显赫，也想起了攻城兵驻扎在火车正在环绕的城墙之外。接着来到了塔拉斯孔，他曾经去过那里的城堡，于是开始回忆那些给他留下深刻印象的东西，当突然想起那里依然用作监狱时，他打了个冷战，慌忙去想其他事情了。阿尔勒使他想起古希腊女人，想起圆形竞技场和它了不起的冷冰冰的石砌建筑、昔日的悲剧、如今的斗牛，还想起伟大的古罗马剧院。接着火车驶入贫瘠而一望无际的拉克罗平原，穿过贝尔潟湖末端，在蜿蜒穿过拉内特的隧道和石山后，迂回地驶下斜坡进入马赛。

4点时查尔斯已经登上了"朱庇特号"。它无疑兑现了广告里宣称的超级豪华，查尔斯从未在任何船上见过房间面积如此之大的休息室和餐厅。事实上他也没见过比这里更长的走廊，更大的甲板空间，更宽敞的客舱以及更奢华的装潢。总之，除了大海，这里拥有一切，没有一样东西使人想起大海的存在。诚然，从甲板和某些舷窗可以看到，但由于是在下方很远的地方且无关紧要，因此大海显然还没有进入乘客们的旅行生活。说到这点，没有任何一样东西能表明船上的这群人是乘客，他们给查尔斯的印象就是住在这座超大酒店里的游客。

如果这样的措辞能用在"朱庇特号"上的话，它直到午夜才会"起航"。尽管查尔斯不喜欢马赛，但还是加入了同桌的三人小组上岸观看了一场歌舞杂耍表演。这消磨了晚间时光，也让他免于思考。

与预期相反，他睡得很好，当第二天早晨从窗户向外看时——船桥甲板上没有舷窗——他认出了维尔弗朗什这个小村庄。他了解和喜爱维尔弗朗什，觉得它是整个里维埃拉地区最美的地方，没有之一。当走上甲板尽情欣赏此地的美景时，他几乎都忘了自己不是专程来消遣和度假的，那里不过是计划路线的一部分，他现在想起了这事，不遗余力地排斥这样的安排。

"朱庇特号"在维尔弗朗什停靠两天，旅行团安排了丰富的游览行程，由于在曾经不同的旅行中多次去过滨海路并且讨厌蒙特卡洛，查尔斯加入了去培拉卡瓦和索斯佩勒的短途旅行。他和同桌伙伴很快初步建立起了友谊，一个名叫希尔曼的年轻寡妇是桌上最活跃的人。希尔曼夫人似乎对查尔斯很有好感，没过多久他发现自己已经和她说了生活中的一些事和他许下的关于尤娜的愿望。

"知道吗，"她说，"我猜你有心事。我和我的朋友卡迪尤夫人对此有相同的看法，我们不是在议论你，但我们确实说过这样的话。我说：'他有心事。'而她说：'是的，我也注意到了，你不可能弄错的。'你成为不了一个高明的罪犯，斯温伯恩先生，所以永远不要尝试犯罪。"她满不在乎地大笑起来并且转移了话题。

查尔斯气坏了，他并没有接那个新话题。

"既然你说到这儿了，"他说，"我一定要告诉你我来这儿的原因。我最近身体一直不舒服，精神状态不是太好，我到这来就是为了散散心。没什么大不了的，我只是想恢复状态。原谅我说了这么多关于我自己的事，但谁让你问到了呢。"

她的回答冠冕堂皇，这件事就这样过去了，但从那一刻起，只要有她在身边查尔斯总会感觉不自在。同时，他还不敢贸然离开她这桌，担心那样肯定会招致他人的议论。

两天后发生的另一件小事令他更加忧心忡忡。他们离开维尔弗朗什停泊在了热那亚，查尔斯和希尔曼夫人都很熟悉热那亚城，不过并不熟悉周边地区，于是他们和其他三四个人去了拉帕洛、圣玛格丽塔和菲诺港。事情是在拉帕洛发生的。

他们在一家酒店吃完了午餐，正坐在酒店花园的棕榈树荫下，这时希尔曼夫人突然大喊一声："弗朗西斯爵士！那难道是弗朗西斯爵士吗？"

一个耷拉着眼皮，一脸疲态的瘦高男人回头看了一眼，走过来伸出了手。

"希尔曼夫人，这真是太好了！你到底是从哪里来的？"

"我还要问你呢。"夫人笑着回应道。

"我吗？啊，我出差是自作自受，不过至少来拉帕洛不是为了公事。我到罗马出差，之前从没来过这里，所以在回家的路上来这里做短暂停留。你要在这里待下去吗？"

她回答了他，并向他介绍了查尔斯和一两个坐在附近的同桌游客。弗朗西斯爵士坐了下来，众人抽烟聊天，直到"朱庇特号"上的这部分人该离开了。

"你知道那个人是谁吗？"在他们沿菲诺港岬角景色优美的蜿蜒小路前往鲁塔和热那亚城时希尔曼夫人问道，"那是弗朗西斯·斯迈思爵士。"查尔斯怀疑她是否在做补充之前犹豫了片刻，"他在警察局供职。"

不管她是否犹豫了，查尔斯都觉得她在说话时紧紧盯着自己。他无法肯定：她在盯着自己，但他说不出个中深意。她在露出带有怀疑的微笑时，嘴唇是否真的在颤抖呢？查尔斯真希望他能知道。

他心里特别烦躁，自己的精神状态差得快不受控制了，他一定要当心了，一旦开始胡思乱想只会万劫不复。

他努力使自己恢复镇定，在回热那亚城的路上他完全都在聊天。

当车快开回"朱庇特号"时，他每日一次的深深焦虑又开始袭上心头。他们才离船4天，每天晚上他归船的想法都会令他越发兴奋，在每个晚上船上都可能会有一封电报。他发现自己很难冷静地说话，登船梯时也冲在了最前面，他想快点跑去看有什么消息在等待着他。

当他发现到目前为止什么消息也没有时，心中的轻松与失望奇怪地交织在了一起。轻松的是，那件可怕的事还没有发生；失望的是，在他面前的将会是又一天的漫长等待。对查尔斯来说，他实在无法尽情享受这赏心悦目的环境。要是对于一个无忧无虑的灵魂来说，肯定会欣然同意把利兹的贫民窟或是拉布拉多的荒原换成这样的环境。

晚餐后"朱庇特号"从热那亚起航，从甲板望去，这座美丽的城市慢慢消失在了珠灰色的远方。他们最后看到的是菲诺港灯塔一明一暗的灯光，白天早些时候他们步行去过那里。

夜间经过了科西嘉岛和厄尔巴岛，第二天早晨他们已经看不到陆地了。白天有时能在左舷侧看到远处的丘陵，偶尔也会有岛屿，但同样是在远方。往常的牌友们提前露面了，查尔斯这次难得很欢迎他们。

喝完下午茶不久，他们右前方出现了更多的岛屿，岛屿上方有相当大一片固体状的白色云团。人们立刻放下手中的牌和书，停止了调情，走到甲板护栏边去看。原来那座大岛是在那不勒斯湾边缘的伊斯基亚，而在那片蒸汽烟云下方的就是维苏威火山。

船在整装铃刚好响起时在港口下了锚。查尔斯以前没到过那不勒斯，甚至连重重心事都没能阻止他陶醉在这迷人的海湾中。

在港口中风景会被码头、船舶和建筑遮蔽，但他们恰好在船进入码头前领略到了壮观的海岸全景。左面是波西利波的丘陵和海岬，借助那里的棕榈树、橄榄树和柏树，那不勒斯富人的豪华别墅被遮得严严实实。前面是那不勒斯城，向上延伸到后面的高山，从这个距离望去洁白而美丽。呈巨大双锥状的维苏威火山在右边矗立，柱状的浓烟直冲云霄。那股烟柱总体上是白色的，但会断续出现硫黄的黄色斑点和火焰的红色，这会莫名使人联想到力量。火山向上喷射出沸腾的涡旋，随着涡旋的上升，它逐渐飘散开来，向内陆缓慢飘去。在比维苏威火山更远的地方，索伦托半岛狭长的轮廓线延伸至海中，而更远处，在他们进入港口时正后方的是卡普里岛高出海面许多的锯齿状轮廓。这给查尔斯留下了极为深刻的印象，与此同时他认为那不勒斯湾太大了，无法尽善尽美，远处那些海岸的风景在更近处观看会显得越发迷人。

　　相比人工雕琢，查尔斯和希尔曼夫人更偏爱自然天成，因此整整三天的停留时间他们放弃了城市参观，而是选择了游览城市周边的景点。第一天他们去攀登了维苏威火山，在令人称奇的庞贝古城中漫步；第二天他们游览了卡普里岛，回来的路上蜻蜓点水似的简单了解了一下索伦托；第三天他们在那不勒斯北部沿岸的波佐利和巴亚度过。就是在第三天，又发生了一件令查尔斯极其郁闷的小事。

　　他们去看索尔法塔拉，一个据说是给予但丁大量创作灵感的可怕地方。索尔法塔拉是一处火山口，尽管已经700年没有爆发过了，但它并没有彻底变成死火山。火山口现在被一片凝固的泥湖覆盖，土地贫瘠草木不生。只有极薄的一层表面能够凝固，地面上每隔一段就会有坑洞和裂口，下面1.2 ~ 1.5米的地方就充满了滚烫的液态泥浆，在达到沸点时泥浆时常还会翻腾。泥湖的地层表面传出的声音十分可怖，当人踩在上面的时会有一种地面在摇晃的感觉。地面各处温度都很高，整个地方就像是一处邪恶梦境。

　　就在他们穿过泥质地面时，希尔曼夫人说了那些令查尔斯郁闷的话。

　　"我的天啊，"她说，"真是个好地方！如果我想杀人，肯定会在这里下手，我肯定会给受害人一杯下药的红酒，在他独自一人时把他推进那样的洞里！你会怎样杀人呢，斯温伯恩先生？"

再一次，不是这些话，而是这些话背后可能存在的真正动机令查尔斯不寒而栗。他不由自主地瞥了她一眼，那些话真的像听起来那样单纯吗？难道她是在试探——嫌疑人？

他并没有从她的举止和外貌中看出任何迹象，可你永远无法分辨。女人是魔鬼，每个女人都是天生的演员。和一个男人在一起时你会知道自己身处何处，但和女人……

然而，不管她是不是在试探嫌疑人，查尔斯都已经下定决心，一定不能让她得到任何确切的答复。他用一句玩笑岔开了话题，她也没尝试回到刚才的话题上来。于是他相信，她没有别的意思。

依然有一个令人担忧的事实，只要提起谋杀或是警察或是苏格兰场，他就会感到心慌意乱，如果不尽力克制，他迟早会露馅。他无数次地告诫自己必须扭转这后果不堪设想的趋势。

他是多么希望他真能做到！现在所承受的焦虑十分伤神，他感觉自己坚持不了多久。要是能让一切结束，他也能知道自己的结局该有多好！然而他现在依然不必担心，他的计划天衣无缝，就像已经被宣判无罪一样安全。

在那不勒斯逗留的最后一晚查尔斯同样感到焦虑，甚至是痛苦，当他们返回"朱庇特号"时心已经揪紧了。不过，这次他强迫自己不急于去看那些来信，在甲板上待够了5分钟，和当天一起去卡普里岛的人聊了会儿天，然后才走了下去。

终于来了！一封无线电报交到了他手上，他感谢了办事员然后转身离开。他想在客舱中独自阅读这封电报。

当他拿起电报时，手颤抖得几乎无法撕开薄薄的信封。啊！——

遗憾地通知你，安德鲁叔叔昨天在去巴黎途中突然死亡。遗体正运往家中。

—彼得

查尔斯拿起扁酒瓶，给自己倒了两指多的白兰地，一饮而尽。

去巴黎的途中！那到底是什么意思？是什么可以把他叔叔带离"城壕"？查尔斯看到电报是从博韦发出的。博韦！博韦并不在去巴黎的路上。到底出什么事了？

不过，目前这些问题都不重要，终于要采取行动了，可怕的等待结束了。他叫来了服务员。

"刚刚接到一封电报，我必须要离开，"他说，"一个亲戚在法国去世了。我希望你能在我去和事务长协调相关事宜时把我的东西塞进这些手提箱。"

预感到会有一笔丰厚的小费，服务员迫不及待地要为他效劳。"您必须抓紧时间了，先生，"他建议道，"我们马上就要起航了。"

查尔斯的确抓紧时间了。他侥幸在船舱找到了事务长。

"您来得正是时候，斯温伯恩先生，如果您赶快的话。您的东西收拾好了吗？"

"服务员在帮我收拾。"

"那好，他最好是那种手脚麻利的。我会告知船长这件事。"他打电话给驾驶台，然后快速翻阅了几本账簿。"有一些额外收费的事物，"他继续说道，"您最好立刻去结清，然后向服务台申请部分退款。"

他们将"朱庇特号"的起航时间推迟了5分钟，好让查尔斯登岸，他也只能不和旅伴们告别就离开了。看船最后一眼时他一点也不遗憾，因为船上所有的奢华以及美好的友谊，他都讨厌。

到车站时他发现当时已经太晚了，当天晚上无法乘坐直达线路到达罗马了，所以他坐上了一列走老线路的火车，这趟车整夜都在这个国家缓慢行驶，第二天早晨6:30左右到达了首都。幸运的是，这列火车有卧铺车厢，而且他买到了一张卧铺票。

在火车上他终于有机会仔细考虑收到的这条信息了。他想不出有什么事能导致他叔叔的这次行程，很快他便绝望地放弃了尝试。不过还有另外一件事，尽管同样无法理解，但对他来说似乎是个出乎意料的好消息。

如果彼得正在往家中运送遗体，难道是没有怀疑除自然因素外的其他原因引起死亡吗？查尔斯对法国的法律一无所知，但他确信在有疑义时，会进行相当于英国验尸法官死因审理这样的调查。

如果他想得没错，这远比他期望的情况复杂得多，他从来没想过不用喝毒药的问题，最多也就是想到他叔叔的死也许会被认为是自杀，目前的情况绝对谈不上乐观。究竟安德鲁是否真是由于自然因素死亡的，那颗致命药丸是否还待在药瓶里呢？啊，要是那样的话就太好了！他就不用再为谋杀内疚了！那他就安全了，*彻底*没有被捕的危险了！因为尽管查尔斯之前一再告诉自己他*很*安全，但在内心深处却从未完全相信过会安全。

如果这份意想不到的好运真能降临在他身上，他首先需要关心的一定是得到并毁掉那个致命的药瓶。然后一切都不会败露，整段可怕的插曲都将被永远抹去。

查尔斯乘坐"豪华"列车在11:10离开了罗马。火车走的是海滨路线，如果不是一直只想着他自己的事，他本可以尽情欣赏美景。经过比萨和拉斯佩齐亚后，火车沿利古里亚海岸行驶，经过了他已经去过的拉帕洛。在火车位于数不清的隧道之间时，趁机看到的如画般的岩石海岸沿岸风景着实迷人。他们到热那亚时天已经黑了，不久之后查尔斯就休息了，等他起来时火车已经开到了法国昂贝略昂比热附近的平原，已经在夜间穿过了阿尔卑斯山。

查尔斯在拉罗什买到了巴黎晨报，读完立刻受到了打击，自从他离开那不勒斯就多少想到会是这样了。毒药被发现了！他不会以他希望的方式脱身了，案件已经交由英国警方调查处理了！

新闻只有一段，透露的只有这些信息，没有其他了。查尔斯恢复了平静，这不过是他之前想到过的，在他看来，没有理由认为情况已经不妙了。

到达巴黎时，去伦敦的最后一班船已经离开，他决定就在那里等到第二天。他提醒自己这不是去了解他那可怕计划的结果，而是回家向他叔叔告别。因此，从那不勒斯马不停蹄地赶回约克郡不仅没有必要，更是十分鲁莽的。

他在第二天早晨8:25出发，准点到达了伦敦，途中他一直处于半梦半醒的状态。他驱车穿城而过，赶上了5:30从国王十字车站开往北方的特快列车。他在约克买了一份当地晚报，并改乘支线火车，他立刻发现事情已经有了进展。

在标题"安德鲁·克劳瑟先生之死"下方，出现了下面这段话：

"今天下午，在寇德匹克拜，本地验尸法官 W.J. 埃默森医生在有陪审团出席的情况下，开始了对居住在寇德匹克拜"城壕"的安德鲁·克劳瑟先生尸体的死因审理。克劳瑟先生作为该镇克劳瑟电动机工厂的创办人之一将永远被铭记。这位绅士于本月7日在从伦敦飞往巴黎的一架飞机飞行途中去世，法方认为死因可能是氰化钾中毒。在死者女婿彼得·默里对遗体身份正式确认以及宣读完法方的书面证词后，埃默森医生将审理延期至下月2日。"

查尔斯10点钟到了家，开车直接来到"城壕"，他在那里见到了看起来闷闷不乐的彼得。

"你回来了我真高兴，查尔斯，"彼得和他打了招呼，"然而真是不走运，我不得已毁掉了你的假期。这件事太出人意料了！要我说，安德鲁·克劳瑟是这个世界上最不可能自杀的人了。"

原来现在怀疑是自杀！这种观点要是被普遍接受就太棒了！查尔斯摇摇头，表示非常困惑不解。

"的确如此！"他大声说道，"对我来说，整件事根本无法理解。首先是去巴黎的旅行，而且各种交通方式中还选择了坐飞机！然后是他的死，而且现在又怀疑是自杀！

彼得，我敢断定，我想象不到比这更复杂的谜题了。"

"显然查尔斯还什么都没听说，"波利费克斯夫人说道，"告诉他吧，彼得。"

"事情都非常简单"彼得回应道，"除了最后一件事意想不到。埃尔茜到巴黎去陪几个多年未见的美国朋友，然后一天傍晚，我们接到一封电报，说她在街上被车撞倒，不省人事。我当然想即刻出发，这时老人说他要和我同去。我试图劝阻他：那样的匆忙旅行对他这样身体和年纪的人来说可不是开玩笑的。可他执意要去，你也知道，他一直非常喜欢埃尔茜。"

"我知道，"查尔斯说，"这并不奇怪。她是他的独生女，而且一直对他相当不错。"

"是啊，他坚持要去，但你姑妈和我都坚持让他先做检查，所以我们请了格雷戈里医生来给他做检查。格雷戈里确信他的身体可以承受这样的旅行。关于飞机高度是否会对他的心脏产生影响，存在一些疑问，不过没关系，我们决定让威瑟亚柏来照顾他。我还去接了萝丝，她当时住在瑟斯克附近的朋友家。你也明白，我们当时不清楚埃尔茜伤得多重，她也许想要见萝丝。我们没办法接休了，他当时和一个同学住在诺萨勒顿。"

"真是太倒霉了，彼得，这段时间你一定不好过。"

"我们到维多利亚的机场前确实不好过，我安排让包含最新消息的电报拍到那里，电报上说埃尔茜伤得不重。不过当时已经到了机场，我们选择继续前进，然后悲剧就发生了。"

"怎么发生的？"查尔斯轻声问道。

"我们也不知道。我们在英吉利海峡上空时吃了午餐，老人午餐吃得很多——威瑟亚柏说和平常一样多。威瑟亚柏坐在他身边，我和萝丝坐在后面。然后，午餐后他似乎睡着了，人靠在座位边上，头抵着客舱壁。我和威瑟亚柏都以为他睡着了，但当我们在博韦着陆时，发现他已经死了。我让萝丝下了飞机，然后请来了医生。他做检查花的时间似乎比正常情况要长，后来我们知道了原因。他怀疑是中毒死亡，这太可怕了，查尔斯。他们叫来了警察，接下来就是数不清的手续。还好，事情最后终于交由英国警方处理，他们派了一名警官——约克郡本地的阿普尔比督察前往。我被允许找人打了口棺材，等阿普尔比到时一切已经准备就绪。等他到博韦有一天的工夫——从英格兰到博韦简直要人的命；于是我带萝丝去巴黎见到了埃尔茜。谢天谢地，她几乎毫发无损，不久我就会去接她回家。"

"对此我很欣慰，彼得。"

"知道你会的。好了，阿普尔比是晚上到的，第二天我们把遗体运送到了伦敦；我们不可能在当天继续前进了。只能等到第二天，也就是今天，我们乘早班火车到了这里，今天下午死因审理就开始了。你知道审理延期了吗？"

"是的，我知道。"

"好了，这就是全部经过了。我了解到，那个毒药是氰化钾。我们不清楚他是怎样得到毒药的，以及为什么要服毒。他那天整个上午似乎状态都很好，他也对坐飞机很感兴趣：他之前还从未坐过飞机。"

"飞行高度会不会和他的死有关呢？"查尔斯问道，"让他不舒服之类的？"

"不知道，这对我来说简直就是个谜。"

"出发前他情绪一直不好吗？"

彼得看了看波利费克斯夫人，她回答道："好吧，他最近情绪一直不太好，离开前肯定也是如此，但我不认为有加剧的情况。"

"如果他随身带了毒药，那看起来他心中抱有自杀的念头似乎已经有一段时间了。"

彼得点头："我考虑过你说的情况，查尔斯，的确如此。但服毒的时机太奇怪了，刚好在他盼着去看埃尔茜的路上！这一点是我最不能理解的。"

这次轮到查尔斯点头了。"整件事都令人费解，"他说，"单从一点上来说，他究竟是怎么弄到毒药的？"

"没人能说清，"彼得回应道，"这是我问自己的第一个问题，但我找不到答案。"

"他肯定不可能是最近弄到的，"波利费克斯夫人肯定地补充道，"他很少进城，而且从没一个人去过，更何况，也没人会卖给他。他一定把毒药藏在某处很长时间了，至少，这是我解释毒药问题的唯一可能了。"

"我猜一定是这样，"查尔斯表示赞同，"不过这根本不像他。可我也不太确定，大多数他那么大岁数的人都讳莫如深。"

彼得表示同意。房间里安静了下来，过了一会儿查尔斯打破了沉默。"至于动机，还没有说法吗？"他说，他更多的是想说些什么而不是为了获取信息。

彼得摇了摇头，不过波利费克斯夫人给出了回答。"我能想到的唯一一件可能有关的事，"她犹豫地说道，"尽管我从来没提过——安德鲁在出事的前一天晚上或许有些激动，这可能在第二天引起了不好的结果。那个星期三的晚上，彼得和克罗斯比先生来这里吃饭；也就是那天晚上，从巴黎拍来了电报。你和克罗斯比先生有事和安德鲁商量，对吗，彼得？"

"对，"彼得不安地承认道，"是抵押农庄的事，我们心平气和地商量了那件事，尽管事情没有解决。可就像我之前和您说的那样，波利费克斯夫人，克劳瑟先生丝毫没有生气或激动。"

波利费克斯夫人点了点头："我知道。我其实只是提出我的意见，因为我想不到其他事情了。况且，晚餐和这次旅行相比也没什么好激动的了。"

波利费克斯夫人说话从容不迫，但她的态度已经显示出这件事给她带来了打击。彼得看起来也有些不安。这个悲剧显然把他们都吓坏了。

"好了，也许我们到时候能从延期的审理中找到答案。"查尔斯说，"葬礼在什么时候？"

"明天2:30。"

"那么说我刚好赶上了。你们和谁一起去，佩内洛普姑妈？我来接您和玛戈吧？"

"不用了，我们跟彼得一起去。"

根据查尔斯了解到的情况，他基本上放心了。尽管由于悲剧发生在飞机上，媒体大肆宣传报道让他很伤脑筋，但从另一个角度来说，他也很高兴。首先，他之前认为自己一定会承担极大的风险。安德鲁也许注意到了那些药丸，或者提起过那个无意洒落的红酒杯。尽管一切都可能无法被证实，但这引发的联想也会使人十分不安。但现在这种事不会出现了，安德鲁什么也没说过就死了。他，查尔斯——安全了。

而且不仅是安全了：他现在富有了。也许不像有些人一样腰缠万贯，但拥有的财富足以继续维持他的工厂，购买机器，以及迎娶尤娜——如果她愿意嫁给他的话。查尔斯的恐惧消失得无影无踪，一切都会好起来的。这是一个可怕的、令他厌恶的任务，但现在任务已经结束了。一切顺利。

第十二章

查尔斯成为旁观者

查尔斯回到工厂，等待他的同样是好消息。他不在的这段时间中，他们看样子接到了不少于四份订单。虽然没有一份大订单，但这些订单意味着全体员工两个星期的工作，尽管麦克弗森已经降低了价格，以至利润少得只能拿显微镜才看得见，但至少不会亏损。查尔斯诚心地表扬了他。

"新机器的事怎么样了？"他继续道，"从雷丁那边得到全部信息了吗？"

"是的，都在那边了，除此之外还有来自谢菲尔德的。"工程师推过来一小摞文件。"我去谢菲尔德看了他们的，"他对一台车床的插图竖起了大拇指，继续说道，"这个工具太棒了，会对我们的工作大有帮助。"

"你觉得比雷丁的更好？"查尔斯说着，翻看起了文件。

麦克弗森认为是这样的，然后开始了技术性细节的讲解。他的观点一如既往地有理有据，查尔斯表示赞同。"好吧，拟好订单，我们今天给他们寄过去。"他做出了指示，然后继续谈起新接的订单。等他谈完，麦克弗森犹豫了一下。

"关于您的家中变故我们都深表遗憾，查尔斯先生，"他为难地说道，"尽管我认为我们所在的工厂可能会因此受益，但对您来说这仍然是件难过的事。"

"我想说同样的话，"在他们说话时进来的盖恩斯补充道，"我们愿意做任何对您有利的事，不过对这件事情的起因感到遗憾。"

查尔斯感谢了他们，尽管他们也一定会从安德鲁·克劳瑟的死亡中获利，但他知道，就算只有他自己获利他们也会很高兴的。

早早吃完午餐后，查尔斯驱车来到"城壕"。这是一场私人葬礼，只有像克罗斯比这样逝者的特别好友出席。还好天气不错，葬礼悲伤的环节也得以延长。葬礼结束后，克罗斯比和家族成员回到"城壕"宣读遗嘱。

对查尔斯而言，现在仍有些许的焦虑。安德鲁在很多场合和他说过，埃尔茜和他会是他的共同继承人，查尔斯倒是不太担心老人会改变主意。但不管怎么说，相关内容他还从未在书面上见过，他不禁担心事情会功败垂成。

不过，克罗斯比只宣读了一会儿，查尔斯就知道自己的担心是完全多余的了。遗嘱从小额遗赠开始。波利费克斯夫人得到1万英镑，玛戈得到2500英镑。威瑟亚柏得到500英镑，还有五六份其他的小额遗赠作为对他的"体贴服侍的纪念"。然后步入正题，在前述免缴遗产税的遗赠分发完毕后，剩余遗产由查尔斯和埃尔茜平分。"城壕"留给埃尔茜，为了便于计算已被估值，估价在1万英镑。克罗斯比估计，在所有税款缴清后，查尔斯会得到大约6.2万英镑，埃尔茜会得到5.2万英镑和"城壕"。

6.2万英镑！这笔钱可不少了，查尔斯强抑自己的兴奋，他梦寐以求的资金终于安全到手了！现在他有钱娶尤娜了，不仅如此，关于工厂的所有难题也迎刃而解。他需要多少钱，银行现在也都会借给他了。对，这就是对他所做的一切的赦免与奖励！他经历过的痛苦都是值得的。这和其他所有事情一样：不入虎穴，焉得虎子。

查尔斯扫视了一眼整间屋子，对彼得的态度有些惊讶。彼得似乎对他的大笔财富根本没什么兴趣——埃尔茜作为女继承人其实也就意味着他将有权处置那笔钱——由于他之前身处困境，这笔钱更值得他关注。恰恰相反，他看起来十分焦虑。查尔斯想起来了，他在前一天晚上就已经这样焦虑了。好吧，彼得是个怪人，你永远不会知道他对事会采取怎样的态度。

查尔斯之所以兴奋还有另外一个原因，晚餐后他要去见尤娜了。正如他告诉自己的那样，拉锯战即将到来。现在，强行将他们分开的障碍已经被清除，她会有怎样的反应呢？她是会接受他，同意和他约会呢，还是会找到其他推迟决定的借口呢？抑或拒绝他呢？

当查尔斯离开梅勒家富丽堂皇的独栋别墅"台拉登"时，任何见到他的人肯定都能猜到这些问题的答案。他满面春风，显示出了难以抑制的兴奋。尤娜没有同意约会，但她向查尔斯暗示，她很快就会同意了。在查尔斯看来，目前一切都刚刚好。再一次，这是对他勇气的嘉奖！再一次，不入虎穴，焉得虎子！

第二天，查尔斯发现，在他的家乡，他比以往任何时候都更受欢迎。俱乐部的每个人都不约而同地向他表示了同情和祝贺：按照惯例给予的形式上的同情；分别来自真正的好心人，以及那些希望结交权贵之人的真正意义上的祝贺。无论是哪种动机，都令他非常开心，在这种融洽的气氛中，查尔斯的情绪越发高涨。

"我们一定要庆祝，"他说着，叫女服务员开了几瓶香槟。

午餐过后，他接到了一通来自当地警察局的电话。"先生，我能否今晚造访贵宅见您一面呢？"阿普尔比督察问道，"我想了解一些关于已故的克劳瑟先生的具体情况。"

查尔斯之前的兴奋不由得消失得无影无踪。不过，他告诉自己没什么好怕的，作为安德鲁·克劳瑟的侄子，警察显然会讯问他。他只需要保持冷静，问到他的每个问题都尽可能立即老老实实地回答，而且不要主动提供任何信息。此外，他一定不能表现出不安的情绪。如果这些他都能做到，也就没有理由不安了。

尽管如此，那天晚上在门厅里有电铃和沉重的脚步声响起时，他还是不免心跳加速。门开了，罗林斯向他通报："是阿普尔比督察。"

"晚上好，督察。"查尔斯高兴地说道，语气中还略带切合时宜的严肃。"晚上好，警长。"阿普尔比身后跟着一个便衣警察。"你们请坐。"

"谢谢您，先生。抱歉打扰您，不过我正在调查克劳瑟先生死亡一事，我不会待太久。"

"这没什么，督察；愿意为您效劳。"查尔斯递出烟盒，"开始之前您想喝杯酒吗？"

"不了，先生，非常感谢。我上班时不喝酒，不过我要感谢您的烟。"

查尔斯算是放心了，他相信警察如果带有敌意，连一根香烟也不会接受的。他递过火柴和烟灰缸，坐好等待提问。

"您去度假了，先生？"阿普尔比开始了发问，同时那位警长坐在桌旁，打开笔记本，拿好了铅笔。

"是的，我一度感觉精疲力尽，决定花三个星期去度假。"

"这点我真羡慕您，先生。有人说您去海上了？"

"怎么说呢，也是也不是。我乘船游览了西地中海：一艘皇家邮轮，'朱庇特号'。住在船上不假，但其实在船上的时间并不多，每天都会在不同的地点上岸。"

"据我猜测，您没能完成这趟旅行吧？"

"是的，我在那不勒斯接到了姐夫的电报，回来参加葬礼了。"

"理解。您最后一次见到您已故的叔叔是什么时候？"

"就在我去度假之前，我看看，"查尔斯从口袋里拿出记事簿翻看起来，"我是8月30日周三上午出发去旅行的，前一周的周五去'城壕'吃了晚餐。那天晚上，克劳瑟先生的精神状态相当好，还下楼来吃晚餐了，那是我最后一次见他。"

"先生，恐怕这样您无法给我很多有用的信息，但我还是想知道您认为他当时的健康状况怎么样？"

"既然您问的话，我觉得他相当虚弱。不是说他有病了，他看起来没什么特别的毛病，但他似乎衰老得太快了，您应该能明白我的意思。"

"他的精神状况怎么样？他有过情绪低落或是在担心什么事的情况吗？"

"他情绪是有点低落，我把这归因于他的消化不良，姑妈波利费克斯夫人告诉我，他一直在承受消化不良带来的痛苦。据我所知，他没有什么需要担心的事。"

"您不认为他低落的情绪会导致自杀吗？"

"当然不认为。我从没这样想过，不过鉴于现在发生的事，我也不那么确定了。"

督察慢慢地点点头，"您最近见过他很多次吗？"他问。

"两次；不对，是三次。"查尔斯查了下记事簿说道。

"这种事常有吗，先生？我的意思是，在短时间内去见他三次这种事？"

"不，不常有。"查尔斯犹豫了一下，接着更加斩钉截铁地说，"其实我找他是有点事。"

"不反对说说是什么事吧？"

"一点不反对，只要您能保密，我不想让镇上的人都知道这件事。我想让他给我点钱。"阿普尔比督察点了点头："您要明白，先生，除非您愿意，否则我不会强迫您告诉我这件事。但既然您不反对的话，他给您钱了吗？"

"他给了我一部分，我认为他会给我余下的钱的，尽管他没真的这样说过。他给了我1000英镑，我想给工厂购买三台新机器，这1000英镑正好够用。"

"先生，您说那1000英镑只是您要的钱的一部分，您那时想要多少？"

查尔斯笑了。"能得到越多越好，"他直言不讳，"事实上我提的是5000英镑，希望能得到2000英镑。我叔叔立刻给了我1000英镑，而这1000英镑，正如我所说，足够解决机器的事了。他的确没承诺过会给第二个1000英镑，但从他的态度上看，我确信他会给的。"

"我明白了，先生。您买来您的机器了吗？"

"还没有，不过已经下了订单。"

督察点了点头，沉默了几秒钟。"明白了，"他缓缓说道，接着又说，"您姐夫，彼得·默里先生，也找逝者要钱了吗？"

查尔斯耸耸肩："我听说是这样的，叔叔考虑以他的农庄为抵押物给他贷款。不过这些我都是听说的，您还是得去问我姐夫。"

"我会这样做的，先生。"阿普尔比督察煞有介事地思考了一会儿，然后问道，"好了，先生，我想我问得差不多了。还有一个问题，您能想到那位老绅士也许用了什么方法得到毒药的吗？"

查尔斯做了个爱莫能助的手势。"我想不出来，"他真诚地回答道，"正如波利费克斯夫人所说，他很少去镇上，也从不会一个人去，毒药肯定也不是任何人都能带给他的东西。波利费克斯夫人表示，他也许已经把毒药藏了很长时间，这是我唯一能想到的了，但我不会把这当成我的意见。"

督察站起身来："就这样吧，先生，非常感谢。"

"别客气，督察，您和我们一样要完成您的工作。现在您也下班了，想喝点什么吗？"

督察再次表示感谢，但遗憾的是他还没下班，不能违反规定。他和他的手下硬生生地离开了。

查尔斯擦了擦额头，情况并不糟糕，可他还是庆幸询问结束了。他认为自己的表现很不错，自己并没有隐瞒1000英镑的事，这很明智：也许督察已经知道这件事了。还有那段他相信安德鲁会给他更多钱的言论，是神来之笔。即使这话不是真的，没人能证明安德鲁没那样想过，而且这排除了所有的特殊动机。他的确表现得相当好。

接下来的几天对查尔斯来说过得比过去3个月的任何时候都快得多。他外出期间获得的4份订单对他和他的员工来说都意味着要工作，并且他正忙着为达灵顿附近的一个大项目拟订标书。但主要原因是自从他的可怕计划成功以来，他的内心变得轻松自在。要是死因审理能顺利结束，他也许就能把这件可怕的事全都抛到九霄云外，就能迎娶尤娜，从此过上幸福的生活了！

　　彼得已经决定设法卖掉奥特顿农庄搬到"城壕"，并继续安德鲁的爱好，进行更大规模的商品蔬菜种植。他请求波利费克斯和玛戈继续和他们一家人住在一起，但她们拒绝了这个提议，并且要搬到霍夫去。当然，这些变化付诸实施还需要一些时间。

　　被延期的审理的日子终于来临了，定于10:30在寇德匹克拜古老的镇公所举行，查尔斯在审理开始前几分钟时走进了镇公所。屋子已经挤满了人，不仅因为这件事难得地引起了大家的兴趣，而且也因为太多的失业者把这当作一种逃避单调乏味生活的方式，这一上午不会被生活压得喘不过气了。其实还有很多人的到来是带有更多个人原因的，其中有一些人认识安德鲁·克劳瑟，还有不少人的确为他工作过。

　　那位陪阿普尔比督察拜访过查尔斯的布雷警长，现在带他坐到了一个预留的座位上，几分钟后，波利费克斯夫人、玛戈、彼得以及刚从巴黎回来的埃尔茜在他身边依次就座了，而威瑟亚柏和几个其他仆人鱼贯而入出现在他们后面。彼得看上去依然疲惫而焦虑，查尔斯对他的样子感到意外。他肯定不会是生病了吧？等有机会要问问彼得。

　　验尸法官是埃默森医生，查尔斯久仰他的大名，他精明能干，除了持有医生执照还精通法律。

准备工作很快完成。陪审员回答了他们的姓名，然后埃默森医生阅读了一份已获得证据的简短摘要。彼得·默里已经确认死者身份为其岳父，陈述了他岳父在一架从克里登飞往博韦的帝国航空公司班机上在他在场的情况下死亡。法国医生在博韦给出一份证明，证明他已经检查过死者尸体，未能发现死亡的自然因素，建议进行尸检。最后阿普尔比督察进行了陈述，他去了博韦，法方当局在那里将遗体移交给他，他将遗体送回寇德匹克拜。验尸法官这时提醒陪审团，他将死因审理延期是为使警方能够做进一步调查。然后他继续说道："我现在要传唤克劳德·英格拉姆医生。"

英格拉姆医生是一个行事果断的大个子，他孔武有力地大步迈进证人席，全心投入地发了誓。

"你是本地区的法医吗，英格拉姆医生？"验尸法官继续道。

"是的。"证人回答道，他一副生性好斗的架势，就像有人要和他争辩似的。

"你对死者遗体进行尸检了吗？"

"是的，是在哈林顿医生的帮助下完成的。"

"得出了什么结果？"

"我把胃和某些其他器官送到了格兰特-科尔比公司的化验员格兰特先生那里。据我了解他发现里面存在氰化钾，我看到格兰特先生也在法庭上，毫无疑问他会给您这个信息。"

"我很快就会传唤格兰特先生。现在，医生，你发现其他可能引起死亡的东西了吗？"

"没有；死者的器官，纵然不完全健康，也没病到会威胁生命的程度。"

"你也不认为死者死亡可能是由于异常的高度或激动引起的吗？"

"我不认为是这样。"

"现在，在不影响稍后格兰特先生对我们所讲内容的前提下，请你告诉陪审团氰化钾的作用。"

英格拉姆医生自负地抖了一下。"氰化钾是最致命和药效最快的已知毒药之一，"他以一种教授授课的架势一本正经地说道，"服毒三四分钟内就会死亡，几秒钟内就会失去知觉。当然，药效并非总是这样迅速，但通常也是几分钟的事。症状为……"英格拉姆医生变得极其专业，当验尸法官请他说出确保死亡所需的毒药剂量时他也是如此。

埃默森医生继续说道："待会儿向格兰特先生取证时，我会提醒你们这些数字。"他看着陪审团。"还有问题吗？"他问其他人，包括坐在上级卢卡斯警司身边的阿普尔比督察。

没有人希望从英格拉姆医生那里得到更多信息了，他离开了证人席，彼得·默里再次被传唤。

彼得进入证人席接受讯问时似乎比以往更加担忧和焦虑，讯问过程缓慢而详细。在回答验尸法官数不清的问题的过程中，这个结局悲惨的旅程的原委清晰地展现出来：埃尔茜去了巴黎，在那里出了车祸，他们尽可能快地决定了去巴黎，死者坚持同去并决定带上威瑟亚柏和萝丝。彼得描述了对于死者能否承受旅行他和波利费克斯夫人的担忧，深夜叫来格雷戈里医生为老人做特别检查，医生赞成的结论，午夜出发去伦敦的旅程。接着他讲到了安德鲁在伦敦吃的其他东西，讲到了离开克里登，讲到了飞行途中的午餐，讲到了安德鲁明显健康的身体状况并且很享受这次飞行。最后他描述了老人是怎样靠在座位边上头抵着客舱壁的，他相信死者睡着了，还有在博韦发现他已经过世时吓坏了。

"飞机着陆时他是已经死了还是只是失去知觉？"验尸法官问道。

"我认为已经死了，但我不确定。大约20分钟后医生到达时他肯定是死了。"

"午餐期间你们在飞机上的座位安排是怎样的，默里先生？"

"座舱里排满了座位，和在公共汽车里一样过道两侧

各有两个座位。死者和他的护理威瑟亚柏坐在一起，死者
在靠边的位置威瑟亚柏挨着过道，我女儿和我就坐在他们
身后，她在死者后面我在威瑟亚柏后面。"

"两排座位都是朝前的吗？"

"是的。"

"飞行期间你和死者说过话吗？"

"啊，说过几次。"

"你是站起来说话的吗？"

"不是，我探身向前，他转过头和我说话的。"

"他的身体状况似乎相当不错？"

"相当不错，但当然了，在我以为他睡着了之后，就
没再和他说过话。"

验尸法官慢慢地点点头。"我明白了。"他认可了彼得
的话，顿了一会儿，然后，在翻看完记录后，他再次开
口了。

"现在，默里先生，在去法国的旅行之前，你最后一
次见到死者是什么时候？"

"旅行前一天的晚上。当晚我在'城壕'吃晚餐，事
实上，当从巴黎传来的消息从我家转送到'城壕'时，我
正在那里。"

"当时还有其他客人吗？"

"律师克罗斯比先生。"

"是这样啊，那纯粹是一次社交会面还是你有事找死者？"

"我有事找死者。"

"那是什么样的事？"

"我之前向克劳瑟先生寻求过一些经济援助，这次会面就是为了商量这件事的细节。"

"你当时——什么——有经济方面的困难？"

"不是，"彼得回答道，"并没有那样糟糕。但是近来农业不太能赢利，我希望得到一些现款。"

"是这样啊，你在死者死亡前一晚之前求过死者？"

"啊，是的，我请求他给我一些帮助，他同意了，但具体的实施细节没有确定。那正是我们当晚会面的目的，我岳父——也就是死者——关于那件事希望咨询克罗斯比先生。"

"那他的确咨询了吗？"

"是的。"

"事情圆满解决了吗？"

"没有，我们商量了各种解决方法，但并没有做出决定。克劳瑟先生赞成以我的农庄作抵押给我贷款，但他没有完全决定要这样做。"

"但他已经决定，无论用什么样的方法，肯定会给予你帮助吗？"

"千真万确。"

埃默森医生接着询问了彼得死者的健康状况。彼得说安德鲁衰老得很快，不过死亡当天似乎并没有比其他时候更加糟糕。彼得从来没想过他岳父可能会自杀，他有时会情绪低落，但不是过分低落，在彼得看来，肯定不至于让他结束自己的生命。彼得自己认为被整件事完全搞糊涂了，不明白死者为什么想要自杀，尤其是在这个时候，也不知道老人是怎样得到毒药的。

没人想问问题了，当彼得在书面证词上签完字坐回原位时，宽慰混杂着焦虑出现在他略显忧郁的脸上。人们对审理产生了十分浓厚的兴趣，那些出席审理的人中有一些似乎认为埃默森医生的问题使人们对这个案子有了全新的认识。

埃默森医生刚刚在埋头看他的笔记本，不过现在他抬头环顾四周，似乎在下意识地等待掌声。然而并没有掌声，他继续说道："我现在要传唤佩内洛普·波利费克斯夫人。"

波利费克斯夫人向前来到证人席，她表情冷酷，没有化妆，一袭素净黑衣。她十分镇静，回答问题的声音清晰而低柔。

验尸法官对她态度很温和。"抱歉，波利费克斯夫人，"他开口了，"今天不得不传唤您前来，我只能说我会尽可能快地结束询问。您是死者的妹妹？"

她表示自己是死者的妹妹，住在"城壕"有些年了，为她哥哥管理家务。她被问了几个关于她自己的其他问题，接着埃默森医生把问题转到了安德鲁身上。

波利费克斯夫人略微详述了一下彼得给出的证据。她说，她哥哥今年65岁，以前一表人才，身体非常好，直到大约5年前他得了一场重病。那场病让他的身体损伤严重，他变成了一个半残病人，尽管他还能以各种爱好作为消遣，但也只能以更为力不从心的状态进行了。近来他的身体每况愈下，他似乎没有任何器质性疾病，但就是在慢慢走下坡路，医生也许能讲得更为详细。

埃默森医生向她保证，医生的证词不会被忽略，但他现在希望知道她的看法。她发现他最近的身体状况又突然恶化了吗？

波利费克斯夫人表示她很难这样讲，他的身体一直在缓慢恶化，但没有突然的变化，她不认为他情绪的低落会导致自杀。是的，摄影是她哥哥的爱好之一。是的，他直到死前都会隔三岔五地钻研摄影。

看来这就是全部问题了。埃默森医生礼貌地感谢了证人，请她不要离开，以防突然出现一些其他问题。然后他传唤了威瑟亚柏。

威瑟亚柏大约5年前开始为死者服务，安德鲁生病期间他以男护士的身份来到"城壕"，安德鲁身体好转后他作为管家和护理留在了安德鲁家。在此之前，他有过在邓斯特布尔的一家精神病院工作的经历。是的，他是个完全符合资格的护士。他同意上一位证人表述的有关死者健康情况的观点。毫无疑问，情况一直在变糟，他相信他的雇主活不了许多个月了，不过在他死的时候，身体情况并没有突然恶化。

接着，埃默森医生又问了证人去法国旅行的有关情况，威瑟亚柏不过是证实了彼得所说的话。最后，埃默森问到了飞机上的午餐。

"死者午餐吃的什么？"他接着问道。

"和我们其他人吃得一样，先生——清汤、冷口条和沙拉、奶酪和饼干，一个苹果还有咖啡。"

"他喝了什么酒？"

"加苏打的威士忌，威士忌的量非常少。"

"这是他吃下的所有东西吗？"

"和平常一样，午餐后他吃了一粒药，除了这个，他没吃过别的。"

"什么样的药？"

"索尔特牌的抗消化不良药。"

"嗯，这种药不会杀死他。你说他每餐后都会服一粒？"

"是的，先生。"

"他吃这种药多久了？"

"啊，几个星期了。"

"你刚才说吃午餐时你坐在他身旁，你确定他没从口袋里拿出任何东西放进他嘴里或他的食物里吗？"

"我没看到他这样做，先生。"

"啊，"验尸法官说，"这正是我想弄清的。如果他那样做了你会看到吗？"

"我觉得是这样的，先生。"

"但你不能确定？"

威瑟亚柏犹豫了："我不能完全肯定，先生，但我觉得我肯定会看到，而我的确没看到。"

"可能有人在不被你发现的情况下把什么东西偷偷放进他的食物吗？"

"一定不会的，先生。"

埃默森医生探身向前："告诉我，整个用餐期间你向座舱另一侧看过或是透过另一边的小窗向外望过吗？"

威瑟亚柏再次犹豫了："嗯，是的，我那样做过。我当时在欣赏云上的太阳。"

"只有一次？"

"我可能看过不止一次。"

"那为什么死者不可能在你看别处的时候从他口袋里

拿出什么东西呢？”

威瑟亚柏不安地承认那是有可能的。

验尸法官显然不满意，他顿了一下，开始了又一次尝试。

“你能解释一下死者可能是怎样得到毒药的吗？”

然而这个问题没得到什么结果。威瑟亚柏不客气地结束了这个问题：“不能，先生。”

埃默森医生再次停下去看他的记录。大厅里寂静无声，所有人都像被催眠了似的呆若木鸡地坐在那里。这时验尸法官抬起了头。

“还有人想问证人问题吗？”他看向陪审团，但没有人动。“你呢，督察？”阿普尔比摇摇头。“那就这样了，谢谢你，威瑟亚柏先生。詹姆斯·布拉德利！”

一个精力充沛的年轻人走上前来并发了誓。

“你是在帝国航空公司工作的服务员吗，是在9月7日12:30从克里登出发飞往法国的班机上当班吗？”

“是的，先生。”

“你记得上一位和之前的一位证人还有死者以及一个小女孩吃午餐吗？”

“记得，先生。”

“你把脏了的盘子和玻璃杯之类的东西从桌上收走了吗？”

"是的，先生。它们都被收在了一起，然后被带下飞机清洗。"

"那么没有对剩下的食物或饮品做过化学分析吗？"

"没有，先生，在我听说有可能有毒药这件事之前清洗工作已经在进行了。"

"出事之后你搜查过那架飞机吗？"

"搜查过，先生，我和法国警官一起搜查的。"

"你们在找什么？"

"我想也许是某种用来带毒药的盒子或瓶子，那位警官特别想找到。"

"但是你们没找到吗？"

"是的，先生，我们什么也没找到。"

埃默森医生扫了一眼陪审团："陪审团成员们，你们应该还记得那份向你们宣读过的法国警官的报告，上面明确说明了他还搜查了尸体，也没有发现这样的盒子或瓶子。还有问题吗？……谢谢你，布拉德利先生。啊，顺便问一句，你们的飞机为什么是在博韦而不是在布尔歇降落？"

"布尔歇有雾，先生。"

格雷戈里医生是下一位证人，他说他对死者非常了解，为死者看病多年了。9月6日夜里给他做了特别的检查，得出了他的健康状况足以承受去巴黎旅行的结论。是的，死者患有消化不良症，他当时在为死者治疗，但不是用提到过的那些药丸。是的，消化不良常会引起情绪低落，他认为在这个病例中也产生了这种情况。他不会说死者的情绪低落足以导致自杀，但是毫无疑问，情绪低落会趋于那个方向。毫无疑问，死者的健康状况一直在恶化，不过他同意之前几位证人的观点，死者的病情并没有突然恶化。

接着，阿普尔比督察出庭做证。他在法国接管了死者的遗体，并将其运回寇德匹克拜。他在死者的口袋中发现了一瓶药丸，亲自交给了化验员。在向医生和化验员征询意见后，他从死者的暗室中找出了一些瓶子，把它们也交给了化验员。

接下来，格兰特-科尔比公司的化验员加文·格兰特被传唤到证人席。他接收了英格拉姆医生送来的胃及人体的其他部位。他化验了其中所含物质，发现存在氰化钾。讲到所含毒药量时他变得非常专业，不过也阐明了毒药药量足以杀死一个健康情况正常的普通人，但并不是特别多。他十分确定那些药足以导致死者死亡。

他还接收了阿普尔比督察送来的一瓶药丸，化验了里面的所有药丸，并没有在任何一粒药丸中发现毒药的痕迹。

督察向他询问过能够获取毒药的方法，当他听说死者是一位业余摄影师时，他让督察去死者的暗室中查看是否有一些瓶子。督察拿给了他一些瓶子，说它们是他在暗室中找到的。他化验了这些瓶子所含物质，在其中一个瓶内发现了氰化钾。是的，氰化钾在摄影领域用来强化反差小的负片。他确信死者带走了一定量这个瓶中的东西，结果都已经清楚了。

"你提到的那个什么钾是固态还是液态的？"验尸法官继续问道。

"液态。"

"那么除非装进瓶子，否则毒药不可能被带上飞机对吗？"

"如果您说的是给我化验的那瓶毒药的话，的确是这样。"

"我说的的确是给你化验的那瓶，因为我不知道还有其他毒药，我现在是否该理解为除了那一瓶外还有更多的毒药被发现了？"

"不是的，先生，目前据我所知没有。我的意思是这样：市售的是固体氰化钾，除非死者特别安排他的药剂师替他溶解，否则他会得到氰化钾固体，需要他自己进行溶解。"

验尸法官点点头："我明白了，你是说他可能没把得到的氰化钾固体全部溶解吗？"

"我没这样说，先生。我认为您该知道存在这种可能性，仅此而已。"

"确实如此，这非常有趣。那你是暗示他也许在口袋里装了可能包在小纸片里的氰化钾固体吗？"

格兰特先生无论如何都拒绝承认自己打算给予任何暗示，他只是认为这种观点应当引起验尸法官的注意，这种事不该由他来进行推断。埃默森医生冷冷地表示赞同，然后称赞他有正确的态度。

最后一位证人是克罗斯比先生。他证实了彼得关于在死者生前最后一晚晚餐后商谈了生意问题的陈述。作为死者的事务律师，他被请去提供建议。问题没有得到解决，但给他的感觉也是死者打算以某种形式给予默里先生一笔补助金。

是的，他之前就拟好了死者的遗嘱，条款如下，然后他列举了条款。不，这些条款一直都不是什么秘密。可能除了仆人们，与遗嘱有关的每一个人都完全清楚他们会得到什么。

这样也就结束了证据采集，验尸法官查看记录时大厅内又有了片刻的安静。查尔斯感觉审理过程是一种可怕的折磨，尽管如此，他并不怀疑陪审团的裁决。毒药来自摄影用的小瓶的推测令他喜出望外。这就可以解释自杀理论中唯一的难题了——安德鲁可能从哪里得到的毒药。奇怪的是他自己从来没想过这个问题，他现在记起在"泰勒"的书中看到过，氰化钾常被用在摄影领域。

查尔斯对老人在旅行期间服毒这一不幸的意外耿耿于怀。如果悲剧发生在暗室附近，那个摄影药剂的解释就会更有说服力，缺少装毒药容器的问题可能就不那么重要了。

不过验尸法官已经整理好记录，开始说话了。他先有点说教似的陈述了陪审员的职责，需要他们根据且只能根据证据无私无畏地做出裁决，接着他的话变得更加具体。

他表示，他们首先要确定他们看到的遗体的身份，以及引起他死亡的原因，这是他们的首要职责。但他们还有一个次要职责，如果他们认为责任该由谁来承担，无论是死者自己还是另有其人，他们都要说出来。这样他们的职责就介绍完了。

现在，在当前的案件中，他认为他们认定死者是"城壕"的安德鲁·克劳瑟，死于服下氰化钾是没有困难的，这些从证据来看似乎很明显。但关于潜在责任人的问题就不太明确了。除非这是一次意外，即没有人有责任，而他们首先要考虑这是不是一次意外。他不希望引导他们，但他认为他们做出抉择应该毫无困难，因为没有过意外事件被提交审理的。

如果他们采纳这个观点，那么就该有人负责，谁是那个该负责的人？这是一起责任在死者自身的自杀事件，还是谋杀？

　　在他看来，说这件案子是自杀的原因在于死者已经年老，身体衰弱，且由于消化不良一直情绪低落。在这一点上，一定要注意，没有一个证实死者情绪低落的证人相信这种情绪低落严重得足以引起自杀。当权衡这条证据时，陪审团应当考虑，这些证人分别有怎样的资格形成这样一种看法。然后他们一定不能排除死者也许在午餐后处于情绪反常状态的可能性，死者难免受到消化不良的影响，午餐中的某样东西不合他心意，造成更加严重的消化不良，从而使他的痛苦和抑郁感大幅提升，这种情况不是不可能。不可否认，并没有这方面的证据，但陪审团有权依据他们自身的常识考虑这样的可能性。

　　他们已经听到了验尸法官所说的摄影证据，死者是一位业余摄影师，正因如此他的暗室中有氰化钾。除非死者特别安排过他的药剂师，这点目前还没有证据，否则他买到的就会是氰化钾固体。摄影需要用液态的，无论如何都有一些氰化钾被溶解了，这就要由陪审团来考虑，氰化钾是否全部被溶解了，或者说是否可能会有一部分的氰化钾固体被保留。在后一种情况下，他们也许要考虑这部分氰化钾固体是否可能被携带——也许包在小纸片里——放在死者的背心口袋里。在这一点上，他要提醒陪审团护理威瑟亚柏提供的这条证据，他承认在他不注意的情况下死者也许从口袋里拿出了东西吃下。如果是这样的话，在验尸法官看来，是一起自杀事件。

另外，这也可能是一起谋杀案。很多人都会从死者的死亡中获益：陪审团要注意克罗斯比先生给出的关于遗嘱的证据。这要由陪审团来考虑，毒药是否可能被放入死者在午餐期间进食的某些东西中。假如他们这样认为，他们是否认为有充分证据表明他们怀疑的人做了这件事。

埃默森医生在最后指出，他们会发现接受之前提出的任何一个理论都会有些困难，但他们必须像权衡他们日常生活中的琐事一样权衡证据。如果他们认为死亡是由于意外、自杀或是谋杀，他们可以这样裁决，但如果他们认为没有充分证据能够使他们在这一点上得出结论，他们可以做出虽然死者死于氰化钾中毒，但没有证据表明死者是怎样服毒的这一裁决。

验尸法官现在要请陪审团退庭进行评议，如果他们需要他为得出结论给予任何帮助，只要提出即可。

他们并没有离开很久，不到10分钟就回来了。是的，他们达成了一致裁决，裁定安德鲁·克劳瑟由于一时精神失常自杀。

第十三章

查尔斯有一位访客

尽管查尔斯并没有期待过其他裁决，但当死因审理成为既定事实时他还是感觉到了前所未有的轻松。现在安德鲁的死终于完全成为历史了，那份裁决可以说是从官方角度把这件事推入了幕后，不再被关注也不再重要。他查尔斯永远不会再听到这件事。

另外，他还有一两件事情要做，然后才可以把整个悲剧事件彻底忘掉，比如，要处理那些画。现在尤娜也许会在任何时间来到他家，而他家墙上却是14片空白。她会因看不到那些画问各种问题的，但现在应该无须多虑了。

巧合的是，审理结束后的第三天晚上，一场查尔斯大学同学的晚宴要在伦敦举行。查尔斯偶尔会参加这些宴会，不过他之前拒绝了这次宴会。现在，他拨通了宴会秘书的电话，说先前拒绝是因为他的地中海乘船旅行与宴会有冲突，现在由于他叔叔的死使他意外返回了，所以想改变主意出席晚宴。

查尔斯在举行宴会的当天上午就又一次开车前往伦敦了，他又一次开得飞快，结果午后不久他就到了。4:30时，他已经过了河岸街，出现在位于贝德福德街的斯皮勒-摩根公司的办公室中了。他在寇德匹克拜就打过电话说他要来。斯皮勒先生正等着他，看他前来立即接待了他。

"您迫切希望得到一笔贷款，"在说过一番令人难忘的客套话后，斯皮勒先生步入正题，"但愿我们能满足您的愿望，您打算要多少钱，要借多久？"

"我想先知道我们是否能做生意，"查尔斯询问道，"遗憾的是，我无法向你提供我的抵押品的可信证据。事实上，我刚刚得到一笔遗赠，扣除遗产税后据估计共有6.2万英镑。已经宣读了遗嘱，但遗嘱认证还未得到许可。"

斯皮勒先生点了点头。"先生，我知道会是这样的。我可以告诉您，"他谨慎地笑了笑，继续说道，这时查尔斯一脸吃惊，"做我这样的生意必须有办法评估这样的情况，在收到您的电话留言后，我联系了我在您那个地区的办事员，他提供了他能获取到的信息。这些信息自然不是完全令我满意，但我已经准备好根据您的情况在有限的范围内为您贷款了。"

"听你这样说我很高兴，"查尔斯回应道，"那么，我想要一笔贷款，期限是到遗嘱认证得到许可，或者确切地说是等我真正拿到这笔遗产时。你也许比我更清楚那会花多久的时间，我猜想是3个月，但并不确定，我可以告诉你这件事中并没有法律纠纷。"

"的确如此，斯温伯恩先生，三四个月问题就应该可以解决了，那数额呢？"

"5000英镑。"

斯皮勒先生又点了点头。"这很容易办到，"他追问道，"你想在什么时候拿到这笔钱？"

"现在，"查尔斯回应道，"如果可能的话最晚是明天上午。这样能让你有时间做进一步的调查了吧？"

斯皮勒先生做了一个手势，像是在把调查的想法从谈话中清除出去。"向查尔斯·斯温伯恩先生贷款不需要做进一步调查了，"他大方地说道，"但是，先生，"他轻蔑地笑了笑，"我们需要确保您是斯温伯恩先生，您会原谅我们这个显而易见的预防措施吧？"

"那是自然，"查尔斯表示同意，"我很高兴只需要这样做。我想想，我会推荐你找我所在银行伦敦支行的银行经理，我和他相当熟，可银行现在已经关门了。找我所住酒店的经理或是我所在俱乐部的工作人员怎么样？"

"哪个都可以，不过我也许可以提个建议。您想在明天上午拿到钱？"

"我希望是这样，但也不是非得如此。"

"反正也不存在什么困难。要我说明天我们去您那家银行，我和您去见银行经理，正式确认身份，我当时就在那里给您开支票，您在银行里就能取现金，这样可以吗？"

查尔斯犹豫了。"我不喜欢这个主意，斯皮勒先生，"他立刻说道，"如果你愿意，可以把这归结为虚荣，但我不太希望把我在协商贷款的事传扬出去，那样不太好。我肯定会带您去见我的银行经理，说这和保险之类的事有关。然后我们回到这里，你把钱以现金形式给我。这样似乎非常不礼貌，但最好还是别让我和你们公司的交易通过我的银行完成。"

斯皮勒先生赞同这个提议，表示愿意效劳。他的很多客户都和斯温伯恩先生的想法一样，这并不需要道歉。他想问上午什么时候方便。

约定好时间后，查尔斯开车来到贾米森-楚勒弗公司，去谈前些日子他寄存的那些画的事。想必楚勒弗先生听说了他查尔斯自从他们做那笔交易以来得到了一笔钱的事吧？没有？好吧，情况就是这样，事情的结果就是他希望立即赎回那些画。他们能否打包好方便他用车运送，他好在第二天上午来取呢？

　　查尔斯余下的行程依照计划执行，他驾车从贾米森-楚勒弗公司来到下榻的酒店，出席宴会并在晚间讲了话，第二天上午便去完成他的那两桩生意了。和他的银行经理如愿会面，斯皮勒先生作为一位查尔斯希望有生意往来的电动机生产商被引荐给了银行经理，在这之后查尔斯拿到了 5000 英镑现金，这是一笔期限 4 个月月息 4% 的贷款。接着他去了典当行，结清钱款拿回了画。最后他又快速向北驶去，在一个合理的时间到达了寇德匹克拜。

　　大约在这个时候，波利费克斯夫人和玛戈离开了城壕。上次她们去霍夫相中的一所小房子现在还是闲置的，她们以优惠的价格租到了房子。她们刚一离开，彼得和埃尔茜就搬进了"城壕"。彼得特别幸运地接到一份对奥特顿农庄的报价，条件是立即交出所有权。尽管实际金额很少，但他还是欣然接受了，现在交易已经完成了。

　　有点令查尔斯惊讶的是，埃尔茜解雇了她在农庄时雇用的两名仆妇，接收了安德鲁的全体雇员。这包括现在担任管家的威瑟亚柏，还有两名仆妇、一名女佣和一名厨师。

　　对查尔斯来说，生活看起来好像安定下来，重新恢复了常态。的确，他隔段时间就会被一阵阵可怕的悔恨所影响，在这期间他会愿意放弃现有的一切来使过去复原。但他确信自己能战胜这些想法，而且他很快就会成功驱除所有他已故叔叔及其死亡前后那片黑暗了。尤娜无疑变得更加友好了，虽然她似乎还是丝毫没有婚配的想法，但至少不再奚落查尔斯对幸福的期待了。

在工厂，新机器已经到了，麦克弗森和查尔斯在享受着他们一生中最快乐的时光把它们安装在新基座上。他们没有拿到达灵顿的那个项目，但得到了两三个更小的，而且到目前为止还没有员工被解雇。

查尔斯重新回到了他原有的生活方式，在俱乐部吃午餐，和熟人们"处理"镇上、国家和世界大事。事实上，一切都变回了经济危机前的状态，只是现在查尔斯对于资金问题的心态更加平稳了。他生意上还在亏损，但并不严重，而且他几乎可以无限期地承受这样的亏损了。

就在一切似乎刚刚安定下来的时候，他得到了一个消息，这个消息无情击碎了他渴望安全的美梦，并使他一时间遭受到了真正的极端恐惧。

那是在10月中旬，整日乌云密布，天空压得很低，所有人都知道会有一场暴风雨。当它来临时查尔斯正在吃完午餐步行回工厂的路上，刚才还十分拥挤的街道像是用魔法清空了一样，查尔斯也和所有人一样，钻进了一家商店——马林斯的书店，他在那里碰到了彼得。

"你好，彼得，"查尔斯向他打了招呼，"来避雨的？"

彼得脸上露出一副和安德鲁·克劳瑟死后那段时间相同的忧虑表情。查尔斯略微惊讶，因为彼得的这副表情近来已经被平常那种听天由命式的忧郁所取代。显然有相当严重的事令他姐夫心情沉重。

"我来这儿其实是要买几本书。"彼得很认真地回答查尔斯的问话。

"想不到你还是个爱读书的人。"查尔斯拿他打趣道。

"人必须经常阅读，"彼得不切题地补充回应道，"这些是关于商品蔬菜种植的书。"

"嘿！"查尔斯摇了摇头，"你看起来忧心忡忡，彼得。菜园长势不好？"

彼得怒视着他："长势当然很好。真希望你能控制好你的想象力，查尔斯，就算没有你没完没了的嘲笑，情况也够糟了。"

查尔斯很惊讶，他凑近了悄声说道："喂，彼得，这肯定有事，什么情况？"

彼得向四下望了一眼，他们在书店的角落里，周围没人。"你不知道吗？"他低声问道，"不知道？好吧，我们不能在这里聊，等这场该死的雨停了我去你办公室说。"

查尔斯困惑地点点头，彼得到书店后边结账。

雨下得很急，但并没有持续太久。彼得结完账，雨下得最大的时候已经过去，几分钟后这对堂亲已经走在路上了。他们到工厂前查尔斯都没有再问问题，但当彼得刚坐在皮面扶手椅上吸了口烟，他就说道："快点告诉我！"

"你的意思是你还没听到一点风声吗，查尔斯？"彼得开口了。

查尔斯做了个不耐烦的手势。"别那样看着我，"他反击道，"看在上帝的分儿上，这究竟是怎么回事？"

彼得回头朝门看了一眼，然后探身向前压低了声音："有关克劳瑟的调查重新开始了！"

查尔斯的心脏似乎停止了跳动，他一时间甚至想吐。这是完全没想到的，出人意料得可怕。这当然不意味着当局怀疑——什么了吗？肯定是怀疑了！此外，还有彼得的态度，彼得为什么会用那种方式和他说这件事？彼得不会是怀疑？……不，不可能，那不可能。

查尔斯匆忙间用了以前上学时学到的一招：他打了个喷嚏，接着缓慢而认真地擤了擤鼻子。这给了他两三秒的时间，此时已经恢复了镇定。

"天哪，彼得！"他说，并且自鸣得意地认为自己的态度在当前情况下再正常不过了，"那个调查？这话是什么意思？验尸法官要再演一次杂技了吗？"

"不，比那更糟。这是由警方进行调查。而且情况更加糟糕，查尔斯。"彼得再次压低了声音，"他们派来一个苏格兰场的人。"

这是数周以来恐惧第一次紧紧扼住查尔斯的喉咙，尽管用尽全力他还是根本说不出话。他呆若木鸡地坐在那里看着彼得，身上已经冒了汗。

但彼得并没在看查尔斯，他低着头出神地盯着桌子，表情极其焦虑。查尔斯再次镇静下来，缓慢站起身，开始在屋里踱步。

"这个消息令人大吃一惊，彼得，"他在确信自己能发出声音的第一时间开了口，"苏格兰场！你是怎么知道的？"

"我怎么知道的？因为那个人已经找过我了。非常友好，非常礼貌，反正用什么好词形容他也不为过，没完没了地问问题。"

"天哪！"查尔斯再次大喊道，"和我说说是怎么回事。"

彼得耸耸肩。"那差不多就已经概括了，"他说，"那个苏格兰场的人昨天晚上来到'城壕'，他和一个警长。那是在晚餐后，他递进来一张普通的名片——'约瑟夫·法兰奇先生'。我问威瑟亚柏他像是干什么的，威瑟亚柏说他也不知道；他觉得他们是商人之类的。我走进书房，这时先进来的那人又给我一张名片——'刑侦督察法兰奇，苏格兰场'。你能想象到我有多吃惊，但当他说明来意时我更加吃惊。'我是被指派来的，先生，'他说，'专门来调查有关已故的安德鲁·克劳瑟先生死亡一案的。'"

"'他的自杀吗？'我说。'这个嘛，先生，'他回答道，'这正是问题所在。对于这是否真是自杀已经产生了疑问，我被派来正是为了调查此事。'"

"天哪！"查尔斯第三次这样说了，他正快速平复自己的心情。这是一件十分令人惋惜的事，这个调查会导致担心、烦恼甚至焦虑，但仅此而已了。因为他仔细考虑了一下自己采取的预防措施，他*知道*自己很安全。但必须保持冷静，只有他能出卖自己。

"然后他开始问我问题，直到我感觉自己已经头重脚轻了。关于我的经济状况，关于老人死前不久我和他一起吃过的每顿饭，他问了天底下你能想得到的所有问题，还有许多其他问题。我确定那两个小时的大部分时间都是他在问问题。"

"然后呢？"

"什么然后？这还不够吗？"

"好吧，我承认这一切的确很讨厌，但那能造成什么伤害呢？我们只需要回答他问的问题，一切就结束了。"

彼得沮丧地摇着头："是吗，查尔斯？但愿你是对的。"

查尔斯再次满心惶恐。不会是这位督察已经暗示了他查尔斯有嫌疑吧？他必须不惜一切代价弄清这件事。

"你说是吗是什么意思？"他用有点愤怒的表情问道，"我说的就是事实，不是吗？你没有任何理由怀疑它吧？"

彼得看起来从未这样担心过，他猛地在椅子上动了一下，又朝门的方向瞥了一眼，每个动作都显示出了不安。就在查尔斯观察彼得时，他内心的惊慌再次铺天盖地地袭来。他的确被怀疑了，而彼得不知道该怎样告诉他！不由自主地，查尔斯的声音占据了身体的主动，不受控制地继续说道："看在上帝的分儿上，伙计，快点把你要说的话说出来。到底怎么了？"

彼得对他的爆发似乎略微有些吃惊。"你也感觉到了吗？"他询问道，然后突然有了信心似的继续说道，"我会告诉你的，查尔斯，我从未对人说过的话，也是现在困扰着我的事。那天晚上我在那里吃了晚餐；你知道吧，就是他死前那晚？"

"是的，当然知道；继续说。"查尔斯惊出了一身冷汗，不管是什么事，都肯定与他无关了。

"你记得关于那些药丸的问题吗？"彼得继续道，"威瑟亚柏在审理时说他在午餐后吃了一粒，那天晚餐后他也吃了，我亲眼看他吃的。我身体前倾和他说话，看到他把药吃了。"

"他那些治消化不良的药丸吗？"查尔斯的话语中再

次带有了不安，"它们怎么了？"

"似乎没有任何人想过毒药也许会在一粒药丸里。"

查尔斯哼了一声："这怎么可能？成千上万的人卖那些药丸，更何况，它们被化验过，全都没有问题。"

"其他的被化验了，但他吃的那粒没有。"

查尔斯的焦虑再次涌上心头。彼得究竟打算干什么？

"看在上帝的分儿上，彼得，"他大发雷霆，"既然说了就把话说完，你到底是什么意思？"

彼得不安地动了动："好吧，你还不明白吗？假如有人想杀死那个老人，他只需要往药瓶里放一粒毒药丸。"

"胡说！他怎么可能得到药瓶？还有能干那种事的药丸？"

"我觉得这也许已经被完成了。"

"那个督察是这样表示的？"

"不，他当然没有。你当他是干什么的？但他也许已经想到了。"

"真见鬼！"查尔斯烦躁地大喊道，"*也许*已经想到了！他*也许*已经想到了那个老人是被一条响尾蛇咬死的。我不知道你想表达什么意思，彼得。"

彼得又犹豫了，他似乎特别不想继续说，然后终于还是孤注一掷了："那个晚上碰巧发生了一件非常倒霉的事，"他解释道，"一件本身绝对一点都不重要的事，但是现在，自从那个老人死后，没人知道它可能会变得多重要了。我会告诉你的。"

他再次朝门的方向瞥了一眼，声音压得更低了。"晚餐后，老人、克罗斯比和我边坐着边喝酒，这时克罗斯比去门厅要从他的外衣口袋里拿一些文件。他离开这个房间大约两三分钟，老人要趁这个机会喝药。巧合的是，我不经意地拿起那个药瓶看上面的标签。你知道一个人怎么会做那样的事的吧，并没有任何实际目的。我不想知道那些是什么药，但我这样做和有人在吸墨纸上画画是一样的，你知道吧？"

"当然，但我不明白，你做没做重要吗？"

"在某种意义上是不重要，但我把它拿在手里时威瑟亚柏刚好经过，而且他看到我拿药瓶了。"

查尔斯倒吸了一口凉气。原来是这么回事！彼得害怕被怀疑。查尔斯长舒了一口气，差点笑了出来，不过事实上他并没有笑，完全克制住了。

"嗨，你这个傻瓜，"他大喊道，"你不会是认为你会被怀疑吧？"彼得没回答。"彼得，你不是吧？你不会真这么傻吧？"

"这似乎并没有你想得那么傻，"彼得忧郁地说道，"你要这样看这件事。老人死时的心态正常，威瑟亚柏发誓他当时既不烦躁也不沮丧更没有过分激动，这点我必须承认。他正常地吃了午餐，也非常想去巴黎看埃尔茜。嗯，所有这些情况均能证明他不太可能会自杀。"

"所有这些验尸法官的陪审团都清楚，他们依然提出是自杀。"

"我知道，但那是因为他们无法用其他方法解释这件事，现在除了那些之外，假如加上毒药可能被放进了其中一粒该死的药丸中，假如加上在他死前那晚，我被看到竟然拿着那个药瓶——那会怎么样？"

"不会怎么样。你不是唯一一个拿过的，那所房子里的任何人都可能碰过那个药瓶。"

"是的，但那所房子里没有人手头拮据并曾试图找那位叔叔要钱，而且他一直拒绝给别人钱。"

"你说过——克罗斯比也证实了你的说法——他打算给你一些钱。"

"啊，是的——打算，但他还没那样做。况且，抵押农庄的贷款我会得到什么，相比而言如果老人死了，埃尔茜又会得到什么？"

"可是，我的天哪，你一定不能这样存心给你自己立案，这完全有失偏颇。"

"警方可能会立案，你我不得不承认，从他们的角度来看这很合理。现在装鸵鸟无济于事，查尔斯，我说的一切都是事实，他们可能就是这样认为的。"

"喔，该死，假如他们这样认为呢？有什么关系呢？他们什么也证明不了。"

"刚才说的那些他们都能证明，还需要证明更多吗？"

冰冷的恐惧之手第二次握紧了查尔斯的心脏。彼得说得对吗？他们还需要证明更多的事吗？如果不需要，那他查尔斯该怎么劝他？

在他最盲目的时候他从未料到会有这样一个意外事件。他的计划不仅应该让他自己不会被怀疑，他姐夫也不会被判定有罪，这才能叫完全成功！查尔斯的额头上冒了汗。如果这件可怕的事真的发生了，他会怎么做？

他不能，他不可能让彼得遭受——本该由他遭受的痛苦。但如果彼得不受苦，就会是他自己……尤娜……

但他们不可能用这样的证据判定彼得有罪！然而真的不可能吗？

查尔斯不寒而栗。他越细想当前的情况越不希望这样。通过这位督察已经问过彼得有关他那晚行踪的事实，看上去的确像是他已经心里有数了。

但是等一下，他们不可能证明彼得有任何毒药。查尔斯变得有点急切。

"你没有毒药。"他表示。

"是没有，"彼得点点头说，"这我想过，就目前情况而言还好。但你也知道，查尔斯，这没什么用，他们说不定会证明我上过楼，从他的暗室里得到了那东西。"

"你上楼了吗？"

"那时没有，但我后来上去过。"

"什么事也没有，你不可能有罪，因为在那之前你没有任何毒药。既然情况的确如此，他们就不能证明你有毒药。"

彼得似乎感到了些许安慰。"你真这样想？"他以一种不满足似的渴望坚持道。

查尔斯尽可能地让他安心，而此时他的内心却已深陷沼泽不能自拔。"你现在要做的，"他告诉他，"是尽你所能想出能证明你一定无辜的所有理由。如果他们指控你，为什么不指控克罗斯比，不指控威瑟亚柏，为什么不是佩内洛普姑妈，甚至是玛戈？为什么会选你？"

"这样没用的。"彼得难过地摇了摇头，"动机，除了我其他人根本没有真正的动机，其他人的经济都不拮据。"

"你并不知道。也许调查会表明威瑟亚柏没钱。对了，事实也许与我们知道的一切完全相反，说不定他在飞机上偷偷把什么东西放进了老人的食物中。你明白我的意思，如果他们选了你，就必须提出证据。"

"他们知道我手头拮据，可以在我的银行查出我究竟有多困难。不行，查尔斯，这么想行不通。那位督察当然从未暗示他想过那样的事，但那之后他就会了。"

"不，"查尔斯缓慢地说道，"我觉得他不会的。"

好一会儿屋子里寂静无声，这时查尔斯继续说道："但我不理解的是——是什么让这该死的事现在重新被提起？出现了什么新证据吗？"

彼得泄气地摇着头："我要知道就见鬼了。我有一种想法，他们根本就不满意那个结果；那时让验尸法官继续审理是因为他们还没准备好做其他调查。这些警察中很多人根本不把验尸法官当回事。"

查尔斯心不在焉地表示赞同，彼得掐灭烟头站起了身。

"过分担心也没用，"他说，不过他的表情和谈话并不相符，"等我们一安顿好你就来吃饭吧？"

"感谢邀请，我会去的。"

"好，我会通知你的。别让别人知道，查尔斯，我会找到解决办法的。"

彼得走后，极度的恐惧再次降临在查尔斯身上。如果彼得真被逮捕，那糟糕的程度简直无法用言语形容！他查尔斯该怎么做？他敢冒险等到审判后再开口吗？那时当然……

查尔斯果断将这个可怕想法抛于脑后，这完全是无稽之谈，几乎不可能出现这样的结果。他现在所有的这些焦虑不安完全没有必要，他们不能证明任何对彼得不利的事。

万一他们能证明呢？……不，他不会考虑那种事的，那种事不可能发生。

当查尔斯离开办公室回家时，他的脸色苍白，膝盖也在颤抖。他感觉这次和彼得的会面使他遭受了一生中最为严重的打击。

然而没过多久，他就转而将这次会面当作救星看待了，并且认为如果没有这次会面，他就一定完蛋了。

几天后的一个晚上，晚餐后他正在品一杯波尔图葡萄酒，这时罗林斯拿给他一张名片，嘴里蹦出几个字："约瑟夫·法兰奇先生"。

查尔斯的心突然提到了嗓子眼。他接过名片低头看了一眼好争取一两秒的时间，然后尽可能平静地回答道："将他领进我的书房，罗林斯，说我刚吃完晚餐，这就去见他。"

查尔斯听着门厅传来的脚步声，仿佛那就是命运的脚步。现在该是他展现自己勇气和自制力的时候了！至少他已经被预先提醒过了，彼得对他的讲述！如果他没遇到彼得，这次可怕的拜访肯定会出乎他的意料，在毫无戒备的情况下，他肯定会露出马脚。现在已经没有那么糟糕了，他知道将要面对什么。

等脚步声消失，他走到餐具柜旁，给自己倒了一小杯烈性白兰地。然后，等再次感觉一切如常后，他走向了书房。

　　一个中等偏下身材的微胖男人坐在壁炉旁，而第二个人坐在门边，显然是个便衣警察，查尔斯进屋时他们站起了身。微胖男人和颜悦色，脸刮得很干净，一双宝蓝色的眼睛精明又不乏和善。他的外表让查尔斯略感欣慰，这个人无论如何也不像他之前料想的那样令人心生畏惧。

　　"晚上好，先生。"这位不速之客开口了，"我们很抱歉在这个时间打扰您，但公事正是我们的借口。您知道我的名字，但我有必要告诉您我的职业。"他从口袋里掏出另一张名片递了过来。"还有这位，"他示意了一下，"是卡特警长。"

　　"我知道您的名字，"查尔斯回答道，"您是那位督察，对吗？一两天前，我见到了我姐夫彼得·默里，他告诉我您已经拜访过他了。"

　　"是的，先生；没错，我上周三见了他。那他告诉您我来此地的目的了吗？"

　　"他说了，我一生中从未如此吃惊过。您是打算告诉我，我叔叔的死因是不是存在疑问？"

　　"先生，据我了解到的情况，是本地的警察局长认为本案可能存在疑问，但本地警方似乎对审理结果已经很满意了。不管怎样，我刚好在这附近，于是，"他微微一笑，

"我就被抓来临时征用了。"

"那您自己是怎样认为的呢？"

"恐怕我对该事件的了解还不足以形成任何观点。我现在正是要努力了解事件，此次拜访还请您能好心地给予我帮助。"

查尔斯既觉得意外，又感觉有点放心了。这不像他之前期望过的警察的开场白，这里并没有用洪亮的声音和粗鲁的态度尝试进行威吓或使人生畏。这人看起来通情达理，更确切地说是细心周到，另外，他肯定不像是个傻瓜。

"愿意为您效劳，督察。"他回答道。

"谢谢您，先生。"男人拿出一个笔记本和一支自来水笔，打开并放在了他身旁的桌子上，"首先我要问您一个非常笼统的问题：您能告诉我一些可能会在此次调查中对我有所帮助的事吗？"

查尔斯不自在地动了动。"我不知道我是否能帮到您，"他回答道，"我理解您指的是我了解到的情况，而不是，比方说，死因审理的结果。"

"我指的是，任何您可能了解到的情况。"

"恐怕我并不了解什么。您是知道的，我一刻都不曾怀疑您提出的这个理论。"

"我还没将其作为我自己的理论，"法兰奇提醒他说，

"可能我问具体问题会更好一点。您当时对您叔叔的健康状况持什么样的看法？您当时认为他有自杀倾向吗？"

查尔斯也许是过于敏感了，嗅到这里有一处陷阱。如果他对此有明确观点，就会表明他之前考虑过这件事。

"我觉得他的身体每况愈下，"他答复道，"在最后的几个月里，无论是身体还是精神上，他的确变得越来越虚弱了。至于自杀倾向，我从不觉得他会自杀，我想您指的是死因审理之前吧？"

"审理之前——是的，先生。"

"审理前我从未那样想过，审理后我想这就是自杀了，尽管这似乎有些令人吃惊。当然了，直到我姐夫和我说了目前的情况之前，我一直未考虑过任何其他的可能性。"

法兰奇督察点点头。"您最后一次见您叔叔是什么时候？"他继续问道。

查尔斯从口袋里拿出他的预约记事簿："是在8月25日星期五，那晚我在城壕吃了晚餐。"

"他那时看起来怎么样？"

"就像我刚才描述的那样，身体各方面都更虚弱了，不过那已经是我们所说的他状态不错的一天了。"

"我能理解。在那天之前，您短期内还见过他吗？"

"见过，我见他是"——查尔斯向前翻他的记事簿——"在前一周的周四，8月17日，我在那天和他一起吃了午餐。他那天的健康状况不是很理想——事实上他出现了某种疾病发作，真把我吓坏了。我以为他要不行了，叫来了威瑟亚柏，就是那个护理。他给他吃了一些药，这药使他缓了过来。"

法兰奇似乎对这次病发很感兴趣，他获取到了查尔斯能向他讲述的最为翔实的细节。

"如果您不愿意回答这个问题，可以不必回答，"他继续说道，"但如果可以，我想知道你们的谈话是关于什么的。我想知道这次谈话是否可能会让他有些生气？"

查尔斯怀疑这里是否设了另一个陷阱。无论如何，诚实显然是他的策略。"恐怕会有一点，"他表情有些后悔地说道，"不管怎样，我后来都责怪过自己。至于我们交谈的话题，我已经全都告诉阿普尔比督察了，我只要求他除非万不得已否则不要公开。我想找我叔叔要一些钱。"接着查尔斯把告诉阿普尔比的话重复了一遍，这些也的确是事实。法兰奇记录了下来，然后似乎陷入了一阵沉思。

"好了，"他终于开口了，"看来这就是全部细节了。看一下我是否把这些日期记对了，您在17日和您叔叔吃了午餐，在25日共进晚餐。两次拜访中间隔了8天，这样一件事被搁置的时间是不是好像有点太长了？您要理解，我不是在质疑您的说法，不过只是要厘清思路。"

"我不这样认为。"查尔斯说。这次会面真的比他预期的要轻松得多。"这里有几个原因。首先，这件事并不是迫在眉睫，事情是很急，但不是急不可待。不管怎样，一周或是两周并不那么重要。"

"我明白了，先生。您在17日的第一次拜访拿到买机器的钱了吗？"

"拿到了，您要知道，那不是就这一话题的第一次拜访，只不过这是我们第一次仔细考虑这件事。"

"原来是这样。您刚说还有其他原因？"

"是的，另一个原因是我不想催促，或者要看起来不想催促老人。不过主要原因是我当时太忙了，不得不前往伦敦。或许我应该说，我的确去了伦敦，去考察购买机器。"

法兰奇点点头："我想这也就回答了我的问题。您在伦敦待的时间久吗？"

"只住了两晚，"查尔斯觉得他应该大方说出这位督察自己能轻易得到的信息，这些信息本就不是秘密。于是他继续说道："我是在那周周一开车去的，在诺森伯兰大街的康沃尔公爵领地休息，周二去了雷丁的恩迪科特兄弟公司考察那些机器，周三开车回来。"

法兰奇耸耸肩。"我实在并不想知道所有这些，"他说，"不过知道了我也并不遗憾。这会让我的报告看起来更加完整，好像我真的把工作做得不错似的。您也知道，先生，花那个时间向来都是值得的。"他笑了笑。"是的，"他继续说道，"恐怕我们苏格兰场的督察们爱问问题只是出于习惯。当然，我们总会有一些借口，因为我们几乎不做其他事。"在他说话的同时，他已经慢慢把笔记本和钢笔收了起来。"阿普尔比告诉我，克劳瑟先生死的时候您不在家。"

"是的，我正在地中海乘船旅行。"

"我真羡慕您，先生，我最远只到过圣雷莫。但愿有朝一日能远行去趟罗马。"他站起身。

"那么，"查尔斯说着也站了起来，"我建议你去的时间要么比我早，要么比我晚，我去的那会儿太热了。"

"恐怕，"法兰奇回应道，"我不必担心那种事了。好了，先生，非常感谢您。我可能还会想到一些其他的问题，不过目前我只想知道这些了。"

查尔斯不确定是否该给这个人提供酒水，然后他一想还是算了，他们不是乡村警员。这时已经非常晚了，伴随着一句礼貌的"晚安先生"，他们离开了。

查尔斯虽然十分担心案件要被重新审理，但至少对这次会面的结果感到很欣慰。这些警官半斤八两，他们不管是什么情况问的都是相同的问题。这次的问话几乎和阿普尔比的完全一样，最精妙之处在于他没告诉二人任何事，尤其是对法兰奇，他绝对什么事也没说：任何他自己不可能查到的事，任何他不必知道的原因。他的提问实在敷衍得惊人，实际上那或许应该叫实属无能。哎呀，查尔斯自己可能都会比他做得更好！而且那个男人似乎对查尔斯的答复完全满意，显然到目前为止他什么都没怀疑，同样显而易见的，是他没有任何理由怀疑。这不过是一场虚惊，我查尔斯安全了！

第十四章

查尔斯迎合罪犯

在这个国家的某些地区有这样一句老话："不雨则已，一雨倾盆。"这是老人们对于厄运降临方式问题的思维结晶。在还没变得更老前，查尔斯就要体会这句谚语的真谛了。

尽管已经在与法兰奇的会面中蒙混过关，但彼得的秘密公开还是对查尔斯造成了很严重的冲击。他刚从这次冲击中恢复过来，又受到了来自一个令人惊恐角色的第二次冲击。

事情发生在三周后，查尔斯履行诺言去"城壕"赴宴之时。他一整天都感觉不安和难受，有一种不祥的预感重压在心头，但他还说不出在担心什么。有时感觉他自己会引起怀疑，有时又感觉彼得会被逮捕。这后一种可能令他完全不知所措，他想出的完美计划怎么就忽略了——

说不定会怀疑到其他人身上这个如此重要的问题呢，他不知道。

在办公室的漫长时光终于熬过去了，查尔斯回到家换衣服。他感觉自己需要锻炼锻炼，正好月亮将满，他决定不开车，步行去"城壕"。道路带领他穿过房子西边的树林，来到一条通往高沼地的陡坡窄路上，从这条小路向西岔出一条人行小径，通向一公里外的村落。小路经过"城壕"地域，离那座小湖不远，一条支路穿过树林直通到"城壕"周围的灌木丛。这条路在多雨天气根本走不了，不过今晚地面坚硬干燥便于行走。

把不良影响尽可能限制在彼得和他之间，查尔斯很享受这个夜晚。尽管彼得很容易忧伤沮丧，但本质上是个好人，查尔斯也一直很喜欢他的妻子埃尔茜。她身材矮胖，非常健谈，世界上最好心、脾气最好的人当中绝对有她一个。彼得显然还没向她倾诉自己的担忧，她喋喋不休地聊着一些闲事，显然没察觉到两个男人的心事重重：查尔斯对郁闷心情得到缓解深表感激。

大约11点钟时查尔斯觉得已经聊得够开心了，几分钟后他离开"城壕"，动身向自己家的方向走去。天上飘着浮云，不过月光依然闪耀，找到路并不难。他走进灌木丛时周围寂静无声，空气中的寒意表明黎明之前就会结霜。

他还没走几十米就听到身后有声音，突然转身，他看到一个男人正在靠近。那人停下，一个声音轻轻传来。他听出那是威瑟亚柏的忧郁腔调。

"打扰您了，查尔斯先生，"那个声音说道，"但如果您不忙的话，我可否和您说句话？"

"是威瑟亚柏吗？"查尔斯回答道，"当然可以。什么事？"

"或许，先生，可以让我陪您走一段路，这会节约您的时间。"

"恐怕我的时间还没那样值钱，不过，当然可以一起走。"

"感谢您，先生。"他们步调一致，缓步走到树下，"我觉得有一件事应该让您知道，如果您之前不知道的话。"

查尔斯等着接下来的话，不过威瑟亚柏似乎不知该怎么往下说。

"除非你告诉我是什么事，否则我也说不准是否知道。"查尔斯终于说了出来。

"您误会了，先生，我会告诉您的。事关主人，我指的是已故的主人，安德鲁先生。"

查尔斯立刻警觉起来。"好，"他回答道，"关于他的什么事？"

"我猜您知道，先生，调查已经重新开始了。"

"是的，我当然知道，那又怎么样？"

威瑟亚柏犹豫了一下。"一个苏格兰场的人正在进行调查。"他过了一会儿继续说道。

"法兰奇督察吗？是的，我知道。再问一遍，那又怎么样？"

威瑟亚柏突然话锋一转："那场死因审理，先生，我想问您一个关于它的问题。"

"什么问题？快问吧，伙计，你在担心什么事？"

威瑟亚柏似乎还是觉得很难往下说："请问您对那场审理满意吗，先生？"

"对什么满意？"查尔斯的声音听起来似乎有些烦躁，"你指的是对审理方式还是裁决意见，还是什么？"

"都有，先生；但主要是裁决意见。"

查尔斯现在已经完全清醒了，他不喜欢这样的开场白，一股迫在眉睫的危机感袭遍全身。他已经做好毫不迟疑地进行回答的准备了

"我不知道你是什么意思，"他说，"如果你的意思是，我是否认为裁决是正确的裁决，答案是肯定的。这个裁决怎么了？"

威瑟亚柏又犹豫了。

"我相当喜欢这个裁决，先生，可警方不喜欢。"

"现在好像是这样，不过他们那时也没这样说。"

"他们当时得不到证据。"

查尔斯的紧张情绪逐渐消失。"好了，再问一次，那个裁决怎么了？"他烦躁地说，"不管是什么事，希望你能直奔主题，威瑟亚柏。"

"从那时起，我突然想到，我也许能给他们想要的证据。"

"你能给？"

"是的，先生。"

"那你为什么没给呢？"

威瑟亚柏似乎有点吃惊。不过没一会儿他又继续说道："用其他方式说说不定会很麻烦。先生，也许我最好还是告诉您他们是怎么想的吧。"

"我一直等的就是这个。"

"先生，他们认为主人的其中一粒药丸被下了毒。"

虽然查尔斯有着钢铁般的自控力，他还是像被击中了似的向后退了几步。他感觉自己已经露出马脚了，但就是忍不住这样做。这时，凭借突如其来的本能的自卫反应，他再次控制住了自己。

"而你觉得你能证明这件事？"他平静地问道。

"我想是这样的，先生。"

"怎么证明？"

"那是距现在几星期前的一个晚上，"威瑟亚柏缓缓地说，"有一位访客来吃晚餐，一位绅士。晚餐后女士们离席，只剩下他和安德鲁先生留在餐厅。就像往常一样，先生。"

"然后呢？"

查尔斯生气了，原来这件事是由彼得拿药瓶引起的，但为什么威瑟亚柏要告诉他呢？他是要企图敲诈吗？如果是这样，查尔斯告诉自己，这个人找错人了。

"是这样的，先生，我不知道您是否知道，在壁炉对面的餐厅墙壁上有一处上菜窗口，它是从食品储藏室打通过来的。窗口当时并没有完全关上，我忍不住抬眼往餐厅里望了一下。"

"你的意思是你在暗中监视？"

"哦不，先生，完全不是那样，当时纯属偶然。我看到它开着便伸手去关，如果不是因为我看到的东西，肯定当场就把它关上了。我承认我有点小私心，但随后的确把窗口关上了。"

一阵可怕的疑虑突然左右了查尔斯的想法。"那你看到了什么？"他问道，声音不觉有些嘶哑。

"我看到这位访客，先生，突然碰倒了安德鲁先生的红酒。"

出现了片刻紧张的沉寂。"然后呢？"查尔斯用他那好奇的嘶哑声音再次问道，无论如何也说不出其他的话了。

"我自然很吃惊，待在那里没动，静静看着。这时我看到他做了一件奇怪的事，他把他的另一只手也就是右手放在桌子上，拿起安德鲁先生的药瓶，在原处放下另一个药瓶。安德鲁先生并没有注意到。"

查尔斯既然已经知道了面对的是什么危险，紧张不安的情绪逐渐消失，他准备鼓起勇气应对危险。

"你全都看到了啊，威瑟亚柏，那你没向警方报告？你难道不知道现在作为事后从犯已经有罪了吗？"

"不知道，先生，我当时想象不到那样做的目的。"

"我说了是既成事实之后。当那位老绅士中毒身亡后，你就知道了那是做了什么。"

"我不一定猜得到。我当时不知道。"

查尔斯冷笑道："如果你幻想哪个陪审团会采纳这个观点，那你就比我认为的还要傻。"

"不，先生，"威瑟亚柏充满信心地说，"我会为自己洗脱罪名。我会去找阿普尔比督察，说我一直极其难过；我看到了这件事，一直极力说服自己其中没有实际联系；我感觉不能再这样做了，这就是当时的情况。我会说我承认之前没去说是出于软弱，但我希望事情能通过其他一些机构真相大白。说不定，顶多会坐几个月牢，而另外，先生，那位访客会被处以绞刑。"

"喔，"查尔斯说，"如果你想听我的建议，我会告诉你要做什么；我猜你想听，否则你也不会和我说这件事。明天一早带着你的故事去警察局，或者如果你愿意的话今晚就去，看看他们是会采纳你的观点还是我的关于你行为的观点。"

"我同意，先生，我会冒一点坐一两个月牢的微不足道的风险。另外，我一旦去举报之后，将来也会安心了。"

"那你为什么不去让自己安心呢？为什么来和我商量这件事？"

"我来告诉您吧，先生，我急需用钱。为了钱我愿意承担隐瞒那项证据的风险。"

"哦，我懂了，敲诈？"

"倘若您喜欢，先生，我不会挑剔名字的，我称其为一个生意和价值的问题。我愿意说明一下我的情况。我有个妹妹嫁到了美国，她丈夫是密苏里的一个农民，他快要破产了。如果他能得到一些钱帮他渡过目前的困境，就发达了：他拥有最肥沃的土地和其他一切：我就不必细说了。关键是如果我出资一笔钱就能成为他的合伙人。这会给我一个更好的开始，也会拯救我妹妹和她的丈夫。这就是我需要钱的原因，现在待解决的问题不过是：对那位访客来说，花钱使证据被隐瞒是否值得？回答值得或是不值得，这件事在我看来就结束了。"

"这位访客得不到你会尽职尽责的保证。"

"不，先生，他必定会相信我的话，他会有我收钱的把柄，如果他能证明的话。不过，当然了，我的其中一个条件就是，我要用一种不会被追查到的方式拿到那笔钱。而且，毫无疑问，我当时没有举报此事的这一事实会让我以后举报更不容易：原因我们刚刚已经讨论过了。再说了，我会去美国：这里再也不会有我这个人。"

"那你想要多少好处费？"

"这位访客最近获得钱款的16%，也就是1万英镑，先生。"

查尔斯冷笑道："你说的时候怎么不说10万英镑？"

"先生，因为他付不起10万英镑，他能付1万英镑，我差不多也是随口说的。他得到了一笔6万英镑的遗产，我的提议意味着他得到的遗产会改为5万英镑，5万英镑的数目也会让人很宽裕了。"

"为什么，"查尔斯用一种十分冰冷刺耳的声音说道，"这位访客不该杀了你吗，正如你猜想他杀害安德鲁先生那样？"

"我来告诉您吧，先生。"出于一些查尔斯不能理解的原因，威瑟亚柏还一直保持着他管家的腔调和恭敬的态度。"我预料到我的提议也许会受到一些像这样的欢迎，因此我做好了预防工作。我会告诉您我是怎么做的。"

查尔斯对此装作满不在乎，不过他的勇气已经慢慢地消失殆尽。威瑟亚柏显然非常有自信，他所讲的事实恰到好处地展现了实力，不需要虚张声势。查尔斯再度看到恐惧袭来，他再次予以反击。

威瑟亚柏停顿了一会儿，但查尔斯并没有回应，他继续说道："我已经把我看到的事写成了一份详细的说明，标明了日期、时间和姓名。我把这份说明装入信封，封好交给了彼得先生。我告诉他这个信封涉及一件家事；信封里装有一些值钱的证明，万一我死了就把它们交给我的儿女。我可以顺便告诉您，我无儿无女，但彼得不知道。我求他替我妥善保管那个信封，但如果我碰巧出事，他就会打开信封处理里面的东西。我觉得，先生，这样应该能达到目的，因为除了安德鲁先生的死，信里还会给出杀死我的动机。"

查尔斯想知道这是事实还是虚张声势，如果可能的话他决心弄清楚此事。

"啊，别傻了，伙计。"他大声说道，"你不是打算告诉我彼得先生会答应那种夸张的事吧？"

"他确实答应了，先生。"

"我打赌他此刻已经把那该死的东西弄丢了。"查尔斯嘲笑道。

"不，先生，您错了。他确实已经收起来了，我看着他把信封收好锁起来了。"

查尔斯的大脑现在在飞快地运转，毕竟这封信就像一份正式起诉书。如果真是这样的话，这封信一定在彼得的书房。如果这也是真的，那他查尔斯就危险了。如果他不想被逮捕，审判，以及审判后不可避免会发生的事，他必须果断地处理这件事。

"你会为了1万英镑忘掉你知道的事吗？我敢说这种健忘对那位访客来说值1万英镑，只要他知道他能买得到。听好了，威瑟亚柏，"他凑近并进一步压低了声音，"假如我给你1万英镑，我怎么知道你会守信？回答完这个问题，钱就是你的了。"

威瑟亚柏似乎被这个直接的问题吓了一跳。"我回答不了，查尔斯先生，"他略带犹豫地说，"我找不出任何能让您相信的方法。我当然肯定会向您保证，但我猜这不会令您满意。我很愿意解决您的难题，但我想不出帮助您的办法。您有办法吗，先生？"

"我想防范两件事，"查尔斯继续说道，"首先，我想确定当我付给你这1万英镑后你真会对见到的事守口如瓶。其次，我想确定你不会在几周或几个月后来要更多的钱。好了，威瑟亚柏，你是个聪明人：你的行动已经完全证明了这一点，想出一个能使我们二人都满意的计划不会太为难你吧？"

"先生，恐怕这对您来说是一项不容讨价还价的提议。不过我想适可而止，如果您能想出任何解决这个难题的方法，我很愿意帮忙。我真心实意地告诉您我只想要那1万英镑，而且考虑到您的情况，我会消失在美国。"

"你是个聪明人，不要过分试探我。现在你看这样行不行？我还没仔细考虑：只是大概的想法。关于那些药丸，你有我的把柄，这点我承认，因为我也没有别的办法。现在如果我付给你关于那件事的封口费，这件事就可以被查证，你无疑就成了事后从犯，你明白吗？你没有退路了。现在我不能告发你，因为整个案件的关键就是我换了那个药瓶；你也不能告发我，因为你已经收了钱隐瞒一起谋杀。我同意这种方案，你也不该反对。你会拿到那1万英镑，这件事也不会影响到你，除非你试图欺诈。现在我了解你了，威瑟亚柏，我完全相信你没有在考虑做欺诈的事。因此，正如我所说，你完全没有理由反对这个方案。"

"但我现在完全与此事无关，查尔斯先生。您这是在要求我放弃我的优势地位，可以说，这可能会将我推上绞刑台。这件事说不定会意外或通过他人之口被公之于众，当然了，先生，您觉得我们没有必要商量这事吗？"

"现在你并非与此事毫无干系：正是这点搞错了。你要对那位督察所说的一切不过是一派胡言。你也知道你并不是清白的，如果不与我达成共识，那笔钱你一分也花不了，那样对你有什么好处？"

"我随时都能花，想花多少花多少。"

"不，你花不了。假如你这样做，然后我们闹翻了，你出卖了我，到时我也会出卖你。警察会调查你的财产情况，他们很快会发现你花的钱比当管家挣的钱更多，他们会问你钱的来源，你给他们编些故事，他们再根据你的回答进行调查：而那就是你的结局。不，我的朋友，只要你开始花钱，就没有机会逃脱了。理智点吧，威瑟亚柏。我承认你让我对局面失去了控制，但我不会让我的生活被这件事毁掉。在这之前我就把一切都想清楚了，如果我陷入麻烦我就会自杀。所以你也知道了，如果你理智行事，我会给你1万英镑；如果你不这样做，我承认你能逼我自杀，但你自己一便士也拿不到。"

使查尔斯惊讶的是，威瑟亚柏似乎很受触动，他显然在估量这番话的价值。查尔斯决定趁热打铁。

"我来告诉你我们要怎么做。我们两个都用一两天仔细考虑一下这件事，我们无论如何都必须这样做，因为我兜里不会恰好装着1万英镑。你我都好好想想，我们要尝试迎合彼此的看法，你也许也知道，我一向都会妥协。之后我们可以再见一次面确定计划。你看怎么样，威瑟亚柏？”

"这似乎很合理，先生，除了一件事剩下的我都同意。假如这位法兰奇督察在此期间来找我，如果他问我棘手的问题，我必须知道我该持何种立场？"

"非常好，我来告诉你吧。如果你迎合我的观点为我提供保护，我会付给你那1万英镑，如果不这样做，我不会付钱；如果你出卖我，我就会自杀。现在你已经知道了，你可以自行选择。"

"我明白您的立场了，我们什么时候能再见面？"

查尔斯想了想："现在我也说不好，我们要怎样传达彼此的想法呢？"

"先生，也许您能给我打电话？您可以在通话的同时给我一些附带的消息好让我传达给那家人。"

"非常好，我会这样做的。顺便说一句，在电话里别提我们两个人的名字，你就叫杰弗里斯我叫奥丹伍德，这样可以吗？"

"好的先生。晚安，先生。"

威瑟亚柏像一道影子一样消失在树林的阴影中，查尔斯像个机器人一样朝家的方向机械地走着，对周围的事物浑然不觉。这是一次可怕的、令人震惊的打击！他居住的纸牌屋倒塌了，他现在所处的情况比他开始谋害安德鲁性命之前还要糟糕万倍。那时是他的生意和地位受到威胁：

现在是他的生命。威瑟亚柏要是泄露了那条致命信息，那他查尔斯实际上就等于被绞死了，这个想法让他冒了汗。

威瑟亚柏会泄露信息吗？查尔斯不知道。他意识到他对那个人说的一切不过是虚张声势，威瑟亚柏可以十分轻易地带着他的故事去报案，老实承认他之前没去交代的错误。正如他所说，他顶多会被判几个月，不过也说不定被无罪释放。的确如他所说，他不可能被找到与之对等的把柄，他不会傻到同意留下他收钱的痕迹，而在其他方面查尔斯根本不可能抓到任何把柄。就算有，这样一个把柄能价值多少？一文不值！只要查尔斯的性命还掌握在这位管家的手中，在命运的天平上威瑟亚柏的事就不会有任何分量。

是的，就目前查尔斯能够预见到的情况，他的余生都会在这个人的掌握之中。他会一直害怕真相有意无意地为人所知，会一直无条件接受新的资金需求，还不敢拒绝。看来似乎威瑟亚柏真打算带着他的1万英镑离开这个国家，但假如钱花完手头又拮据了呢？那时他难道不会回来要更多的钱吗？他当然会！

不管怎么说，查尔斯还是开始想办法筹措1万英镑小面额的纸币了，他家里已经有了他最近去伦敦时从放债公司那里借钱剩下的2000英镑。威瑟亚柏暂时只能拿到那笔钱了，这个人似乎并非不通情理，他会理解他必须等几个月才能拿到那一多半的钱。

查尔斯像是梦游一般地走进家门，喝完两三杯烈酒后躺在了床上。但是他睡不着，只有当他在安静的地方躺下来时，那股对于自己处境的真实恐惧才会笼罩全身。他的性命以及更多的东西都掌握在一个他一直不信任的人手中了！他能面对这样的事实吗？他真能带着这种笼罩他的恐惧安心生活吗？他不会发疯吗？死亡本身不是会更容易吗？

他试图使自己振作精神，现在的情况的确是这样，但反过来说，每度过一天都会使威瑟亚柏更难去告发。假如通过付大笔的钱能让告密的时间延后一年，到那时那个人还怎么可能去报警？他还会有一丝机会逃避作为从犯的定罪吗？

查尔斯觉得的确有机会。他只需要像他自己表示的那样，去警察那里表明自己的悔罪态度，就能以一个微不足道的惩罚脱身。他可以轻易解释说他之前打算报告，但懦弱地希望消息会通过某些其他途径被公之于众，报告的事就被耽搁了。当然了，除非他接受贿赂的事能被证明，那样的确就会惩罚他了。

总之，不管威瑟亚柏会不会受到惩罚，会受何种惩罚，查尔斯自己的结局反正是毋庸置疑的了。当他想象自己的结局时，害怕得直想吐……

这时他心中闪过另一个想法，他躺在床上浑身是汗，被彻底吓坏了。他忘了威瑟亚柏酗酒！

这个男人不常喝多，但只要一得暇时常会喝醉：并不是那种烂醉如泥，而是可以被称为微醺的状态。醉到刚好足以酒后失言！

这又出现了事情的另外一面。不管威瑟亚柏答应了什么，不管他有多忙碌，可能有任何安全性吗？不管他有怎样的打算，等他微醺时可能不泄露秘密吗？

这样看来已经没有出路，*只有那一个办法了*。从威瑟亚柏透露信息的第一刻起，那个办法就已经深深潜藏在查尔斯心底了，不过他真心希望摒弃这种想法。现在要是打算安全，查尔斯必须再次采取那个孤注一掷的补救办法了。事情再次变成了是要他自己的命还是另一个人的性命的问题。之前，当他采取那个补救办法时，保住他的性命只是一个十分间接的目的，不过这次没有这种间接性了。查尔斯看到了那间清晰得近在眼前的可怕小屋，那根套索，地面上的那个方形轮廓。这就是他要面对的东西，以及这些东西导致的一切恐怖结果，或者是牺牲威瑟亚柏的性命。他会面对哪一个呢？

这时他想到了那封信！威瑟亚柏已经料到一个人如果

杀过一次人，就可能再次杀人。威瑟亚柏已经预防了这种情况的发生。

查尔斯静下心来仔细想这个信的问题，假如威瑟亚柏真如他所说写了信，那他说的整件事就不只是虚张声势了。假如彼得真有那封信，那会怎么样？难道就没有办法摆脱困境了吗？

查尔斯觉得说不定有这样的办法，他认为如果连除掉威瑟亚柏这个主要困难都能克服，信的问题说不定他也能解决。事实上，这封信——如果它存在的话——无论如何都一定会被处理掉。假如威瑟亚柏在街上被撞死，彼得到时候不会拆开信吗？如果他拆开了，他查尔斯又会处于何种境地？

不过查尔斯越想越不相信信的存在。信会成为一把双刃剑，如果出于偶然，信被无意中拆开了——而且这种事多么容易发生啊——威瑟亚柏就彻底完蛋了。整件事就会败露，不只是这个男人看到的事，还有他一直蓄意隐瞒的事。查尔斯相当怀疑他是否会冒这样的风险。

那么，如果威瑟亚柏一直在虚张声势，那他的清除工作就变得容易多了。不过就算他没骗人，那封信也存在，查尔斯也觉得他能处理好这件事。

不过他自己能对付得了威瑟亚柏吗？他躺在床上想了

几个小时，一个计划渐渐在他心中成形。这是一个简单的计划，比那个毒药丸的计划更容易实施，或许不会那样天衣无缝，但查尔斯别无选择了，按兵不动或者延误耽搁同样都将是致命的。趁他还有机会，宁为玉碎，不为瓦全，就算失败——到那时他会选择自杀——也不愿生活在这人间炼狱之中。

在查尔斯入睡前，威瑟亚柏的命运就已经注定了。

第十五章

查尔斯显示实力

查尔斯第二天早上醒来时,他计划的主要框架已经确定,细节还有待确定,不过这就很简单了。现在唯一要担心的是威瑟亚柏说不定会在他有机会执行计划前把事情说出去,但他不认为威瑟亚柏会那样做,1万英镑对一个管家来说是极大的一笔钱了。

一直在考虑这个迫在眉睫的威胁,查尔斯差点忘了他头上悬的另一把剑:彼得正在被怀疑的问题。但对这个问题查尔斯无能为力,除非威瑟亚柏说了他看到的事,否则彼得不会有事。查尔斯怀疑,难道威瑟亚柏也敲诈了彼得吗?说不定有这种可能。有没有可能,这其实就是威瑟亚柏被继续留在"城壕"的原因呢?

查尔斯怀疑在关于彼得的这件事情上他是否也无能为力。

突然间他发现自己真是迟钝得令人惊叹，他当然能帮
上忙！他能让彼得和他自己一样安全，要怎样做？那还用
说，当然是用完全相同的方法！彼得和他的威胁来源相
同。在老人去世的前一天晚上，彼得和安德鲁曾单独待在
餐厅，并且他在此期间曾将药瓶拿在手中，此项证据取决
于威瑟亚柏的证词。如果威瑟亚柏提供不了那项证据，就
不会有人知道那件事，一定不能让威瑟亚柏提供证据。

由于他极具天赋的想象力，对查尔斯来说，通过除掉
威瑟亚柏拯救彼得现在似乎变成了一项神圣的使命。就算
是最差的情况，这件事现在至少不用承担同样可怕的罪恶
骂名了。查尔斯再次这样告诉自己，这不是善恶之间的选
择，而是两件恶行间的选择。这不是一命换一命，而是一
条命换两条命，不是永远都应该两害相权取其轻吗？

那天他把本该安心研究电动机线路的时间用在了办公
室，静下心来完成了新计划细节的确定。他依次处理每一
个问题，先想出一个解决方案，然后校验结果。完成后
他非常满意，只要他够小心，这件事会和另一件事一样
安全。

首先要做的是要让彼得离开家一晚：彼得在场说不定
会妨碍他的行动。这或许是整件事最困难的部分，查尔斯
肯定不能现身，彼得已经变得疑神疑鬼了，一定不能再让
他心生怀疑。

　　查尔斯到午餐时间还是完全想不出这件事的解决办法，不过计划剩下的部分早已准备就绪。这时发生了一件令人难以置信的巧事，巧得查尔斯还没完全确定他的行动方案，就确定自己要抓紧行动了。

　　午餐后他沿商业街步行，正打算在回办公室前去见几个人，就在这时他遇到了正匆匆向车站方向走去的彼得。

　　"我刚好在赶火车，"彼得停了片刻，解释道，"我要去伦敦过夜。"他往四下看了一眼，压低了声音："说实话我忍受不了每天生活在这样的噩梦中，我想看看这样噩梦是会停止还是会继续。"

　　查尔斯简直不能相信他会有这样的好运，不过他一定不能表现得过分赞同。"这个主意不赖，彼得，"他承认道，"我敢说你的担心毫无根据，但你这个计划倒是可以试验一下。没错，这是个好主意，你什么时候回来？"

　　"啊，明天回来。我真不想去伦敦，这只是为了试验一下。"

　　查尔斯点点头："好主意。好啦，你快去忙吧，再见了，祝你好运。"

　　要不是查尔斯带有不义之人常会显示出的奇怪的迷信倾向，不愿亵渎神灵，他肯定会说这是天赐良机。这无论如何都是个他不敢错失的好机会，当晚他就会实施计划。

　　想要实施计划唯一需要的就是安排和被害人的会面

了。走进街边的一座电话亭，他拨通了"城壕"的电话，正如他希望的那样，威瑟亚柏接了电话。

"别回答是，或者根本不要回答，杰弗里斯，"他语速很快地说道，"说话的是奥丹伍德。明天凌晨2点你能溜出来和我在船屋见面吗？带上钥匙，我有一些东西给你，我们可能需要进入某些需要光源的建筑里。如果你听明白了并且能这样做，就回答'抱歉，您拨错号码了'。"

"抱歉，您拨错号码了。"传来了威瑟亚柏的声音——如果被无意中听到也是一句很安全的话，接着就传来了他挂断电话的声音。

这个下午对查尔斯来说就是一场绝望的噩梦，他坐在办公室试图把注意力集中在别的事情上，不去想他所要面对的事，但没有成功。他害怕去机械车间，唯恐显而易见的不安被人发现。由于相同的原因，他受不了和盖恩斯商量问题，当这人带着一摞文件进来时，他让他明天上午再拿来，自己这会儿正忙着处理一些私人信件。

不过这个下午终于还是来到了尾声，和往常的时间一样，查尔斯收拾好他的文件，离开了办公室。目前他确定没人觉察到他的举止有任何异常，现在他只需要留意他的仆人罗林斯了，他会小心地和他保持距离。

查尔斯在一个人的时候不穿正式的服装，从他到家后到开饭还有一点时间，他利用这段时间进行最后一两项所需物品的筹备。来到他的工作间，看到面前一步之遥的地方有一截沉重的铅管，是上次铅管工人来时留下的。他在铅管一端的末端周围包了一块略软的帆布，用细绳系紧，这样就做成了一件他觉得能当沙包用的可怕武器。他把它藏进工作间的一个抽屉里，一同放进去的还有剩下的一截大约1米长的铅管。除此之外他还准备了一团27米长的结实的细绳，一根像是强盗用的那种带有锋利凿尖的短撬棍，以及一个电量充足的手电筒。接下来他拿了一段大约23米长的结实绳子，围在身上藏在外衣下面，趁人不注意回到了他的卧室。他把绳子藏进卧室的衣柜里，锁好柜门，把做药丸时已经用过的橡胶手套放进口袋，然后把一些报纸叠成一厚沓，他把叠好的报纸塞进了皮夹。

现在一切都准备就绪，他来到楼下坐好，手里拿着一份报纸，等到铃声响起，他和往常一样在这个时间开始进餐。罗林斯不待在屋里，只是在查尔斯按铃时进来换餐盘，在他出现时和他聊几句是查尔斯的习惯，尽管今晚有些吃力，但他还是在他进来时留心地这样做了。

晚间时光被无限拖长，查尔斯坐在书房里，假装在阅读，但其实他太过紧张兴奋，根本什么也看不进去。这次的可怕冒险和上次的尝试是完全不同的类型，那时候他不过是给事件的发生设置起因，经过一段漫长的延迟后产生想要的效果。当高潮来临时他并没有在现场，眼不见心不烦；现在这件事就要他亲自动手并且直接得多了，他不得不真正亲手实施谋杀。这双手无论从哪种意义上讲都将会沾满鲜血，想到这儿查尔斯痛苦不堪。

罗林斯在10:30拿着平时都会准备的饮料来到书房，发现查尔斯正坐在桌旁忙着写东西，查尔斯头也没抬地轻轻说了声晚安。他已经去餐厅喝了一杯烈性酒，现在又喝了一杯，酒使他稳定了心神，更像平常的样子。和往常的时间一样，他躺在了床上。

但他没睡觉，甚至没脱衣服，而是继续做准备工作。他先锁好卧室门，然后从衣柜里拿出绳子开始打结，每隔1米打一个结。下一步他打开两扇相邻的窗户，把绳子系在中竖框上，接着放出绳子直到绳子末端挨到地面。

查尔斯决定通过卧室窗户出入房子，因为他不敢用楼梯和前门，楼梯吱呀作响，而前门的弹簧螺栓噪声很大。从房内走几乎肯定会被罗林斯或是他妻子听到，他们夫妻睡觉都很轻。查尔斯实际是觉得反向论证说不定会被用到：既然没被听到这样的声音，就不可能有人离开房子。显然这样的理由不会被当作不在场证明，但他觉得这样的理由还是会有一定分量的。

查尔斯睡前有短暂阅读的习惯，这次他只是又开了会儿灯，接着他关了灯躺在床上——等待着。

如果在书房时时间是在缓慢行走的话，现在就是在爬了。他在心里一遍又一遍地想象着将会呈现在他面前的场景，排练着不得不完成的动作。他一遍又一遍地仔细考虑着可能出现的各种意外情况，以及在这些情况下需要采取的措施。在他关灯前，门厅的钟已经敲响了12下，现在12:30的钟声伴随着模糊的回响飘了上来；接着是1:00；接着是1:30。

终于！查尔斯打开手电筒，踮起脚尖轻轻走到窗前，爬上窗台，然后一个绳结接一个绳结地往下滑，直到地面。

今晚的天气正合他的心意：晴朗而干燥。现在和过往的几天地面坚硬，不会留下脚印或其他痕迹。可惜的是有一轮将满之月，不过天空中被浓密的云层遮得严严实实，而且无论如何他的大多数行动都肯定会在树下进行。一阵清风吹过树枝沙沙作响，正好可以掩盖他可能发出的任何细微的声音。

停了一会儿以确认自己没有被发现，查尔斯蹑手蹑脚地转到他的工作间。在那里他拿上了那两截铅管、细绳和撬棍，加上口袋里的手电筒和橡胶手套，他出发前去赴约。

他沿大约30个小时前走过的路线尽可能快地前进着。他穿过自家房子周围的那片树林，来到那条通往高沼地的上坡小路，转到沿经"城壕"地域的人行小径，从那里他钻进了小湖周围的树林。树林中黑暗阴森，不易辨别出模糊的道路，不过他的眼睛很快看到了水面的微光和隐隐呈现在他面前的黑乎乎的船屋。

门在对面的拐角处，查尔斯悄无声息地放下撬棍和细绳以及那截更长的铅管，把绑着帆布的那一短截铅管藏在外衣下面。然后他绕向大门，当走到大门时，手表的夜光表盘显示刚好是1:55。他轻轻喊了一声，里面有了动静，一个声音做出了回答。

"是你吗，威瑟亚柏？"

"是的，先生。"

"你出来时没遇到麻烦吧？"

"没有，先生。彼得先生去伦敦了，很容易就出来了，要是他在肯定能听到响动。"

"我知道他走了，所以我才给你打电话，我觉得这样你会更好安排。"

"是的，先生。您做出决定了吗，先生？"

"做了，"查尔斯说着，走进船屋关上了门，"得快找个有亮的地方，我们可不想从远处被看到。是的，我仔细考虑了一下这件事，发现你说得很有道理。不管你主观可能多希望这样做，都没办法使我相信你美好的想法，除了正式以你的名誉担保。因此，我会相信你——我承认，因为我无法自救。"

"您应该这样做，先生：我极其严肃地向您保证，我一拿到这笔钱就会立即前往美国，您永远不会再听到我的消息。"

"好，我这里带了一些钱，当然不是全部。你应该能理解，在遗嘱认证得到许可前我不可能碰得到将来属于我的那笔钱。我带来的是目前我能找到的所有现金了，共计将近2000英镑。"

即使在黑暗中查尔斯相信自己也能感觉到这位管家贪婪和满意的微小动作，当他回答对此表示高兴时声音显然有些紧张和沙哑。

"好了，我不想整夜都在这儿，"查尔斯继续说道，"你带手电筒了吗？"

"带了，先生。"

"那很好，赶紧看一眼那些钱，我不确定它们的面值是否足够小。最好别在我们现在站的位置打开手电筒，到那个没有窗户的角落里去。"

查尔斯说着，把他那个用叠好的报纸装得鼓鼓囊囊的皮夹塞到管家手里，二人离开窗下的蓝灰色平行四边形，朝一片更黑的区域走去。查尔斯设法站到了威瑟亚柏左侧身后半步的位置，威瑟亚柏急切地攥紧皮夹向前走去。查尔斯一边跟在后面一边从外衣下面拿出了那根铅管，这时威瑟亚柏恰好打开手电筒，他悄无声息地挥起铅管，用尽全身力气击中了毫无防备的管家的头部。

威瑟亚柏一声不吭地栽倒在地，躺在那里一动不动了。查尔斯拿手电筒照了一下尸体，没错，任务已经完成了。这个男人显然已经死了，颅骨已经变形，但多亏铅管上裹的帆布还有他自己的帽子，头部表皮几乎没有破，基本上没有出血。

查尔斯擦了擦额头的汗，刚才真是个糟糕的时刻。不过现在事情已经做了，他已破釜沉舟，不可能再停下来自怨自艾。现在需要的是冷静和勇气，他告诉自己，自己二者兼具。

他首先要做的是从死者手指间拿走他的皮夹。在迅速检查过确保上面没有血迹后，他把皮夹重新塞进了自己的口袋里。接着，他努力抑制自己的厌恶，开始翻他所有的口袋。

啊，裤子口袋里翻到了他希望找到的东西：一把钥匙。查尔斯不完全确定这是什么钥匙，但觉得应该是开书房落地窗的，如果是这样的话，那就太合他心意了。根据"城壕"的房间设置，书房离卧室的距离较远，但是门厅刚好在楼下两室中间。

不过应该还有一把钥匙，也就是船屋的钥匙。他走到大门那里，是的，钥匙正插在门上。他走出去，拿来撬棍、细绳和那截长铅管，从船屋里面锁好了门。

为了完成接下来必须要做的事，查尔斯鼓足了勇气。首先，他把口袋全部翻完，以确保如果遗体被发现，不会有任何足以定罪的东西。然后，他把那顶帽子塞进外衣里，扣好外衣扣子。接下来，他用细绳把两截铅管绑在尸体上，绑了一圈又一圈，就为了保证铅管绝不会脱离漂走。最后，他将遗体搬到了停泊在水池中的两条小船中的一条上。

解开缆绳，他悄无声息地把船推到静止的水面上。他用尽可能安静的方式摇桨，船逐渐离开船屋来到湖中央。这时他住了桨，终于决心要扔掉这个他行动中的可怕证据了。

在不把这条小窄船弄翻的前提下将遗体扔到船外并不容易，不过他还是做到了。他万分小心地将尸体抬过船尾，直到他松手，尸体突然像是又活过来似的，猛地离开他的双臂，伴随着轻微的水花溅起声落入水中。这时水中冒出了一个气泡，接着一切都再次归于平静。

汗珠从查尔斯脸上落下，在仔细检查过船底后，他将小船悄悄荡回船屋。他像之前看到的那样系好缆绳，在用他的手帕擦拭过船桨以确保它们不会把水滴到地面后，他把它们重新放回了桨架。然后他四处仔细察看，确保不会留下任何线索，完成后拾起撬棍走出船屋，锁好身后的大门，把钥匙放进了口袋。

他在夜间的任务还没有结束，那封信还需要处理掉。尽管现在他几乎不相信存在这样的信了，但还是必须要做到让事情不存在任何疑问。

他悄无声息地缓步慢行沿小路来到"城壕"，不多时便到了书房的落地窗处。那把钥匙正是开窗锁的，他极为小心地打开窗户，蹑手蹑脚地走进去，关上了身后的窗户。

他首先要做的是偷偷经过房间，穿过书房门来到门厅，把船屋钥匙挂到他知道一直挂这把钥匙的钉子上。他希望用这种方法能避免引起怀疑，不会使人想到船屋也牵涉其中，这样就能避免关注点直接指向小湖。

回到书房，他锁上了通向门厅的门，然后静下心来寻找。如果威瑟亚柏的那封信在这间屋里，他一定要找到。

他有条不紊地找着，从房间的一个角落开始，按部就班直到检查过了他能看到的每一件家具和每一张纸。幸好这里没有保险箱，大部分抽屉都没有上锁而且很容易滑出，事实上只有写字台被锁住了。然而写字台也是最有可能放信的地方，等把房间其他地方都找完，他再次来到写字台前。

查尔斯将撬棍的凿尖插进抽屉盖板和桌子之间，缓缓撬动。这形成了一个省力杠杆，木头出现了凹痕，锁的内部构件慢慢露了出来。一切都进行得再令人满意不过了，谁知就在刚能看清抽屉时，木板随着一声枪响似的爆裂声裂开了。

"这把抽屉扯裂了，"他眼观六路耳听八方的同时思索道，"他们一定听到这声音了。"

他迅速把抽屉推回原处，来到书房门前打开门锁，又打开落地窗溜出去，关上并锁好窗户。

他真被听到了！一道光突然从埃尔茜房间的窗户里冒出来，查尔斯绷紧了神经。如果他的计划失败，那他的命运也就注定了；如果他把威瑟亚柏的信留在那张写字台里，他同样要被绞死。

他等了很长时间，这时客厅的窗户里出现了亮光，查尔斯战战兢兢地沿小路来到窗前。窗帘并没有拉严，他正好能看到屋里的情况。

埃尔茜穿着睡衣和拖鞋站在门口，她看起来很害怕，正在向房间四周张望。真是个善良勇敢的小妇人，查尔斯心想。她以为房子里有窃贼，没叫醒任何人，竟然亲自过来看！

完成粗略的检查后，埃尔茜关上灯离开了房间。查尔斯急忙回到书房的窗前，他到那里时灯也亮了。现在他命运未卜！她会看到写字台木头上短撬棍的凹痕吗？当再次透过窗帘缝隙观察时他屏住了呼吸。

快速朝四下扫了一眼，埃尔茜走进房间，站在那里朝墙壁看去，显然她觉得听到的是画坠落到地面的声音。令查尔斯大为轻松的是她并没有查看写字台，显然没看到任何不对劲的地方。

他现在只需要等她回到床上，他会看到她房间里的灯光熄灭。

如果时间在查尔斯开始探险前是拖长了，那现在就是静止不动了。他等待了无尽的岁月，看着埃尔茜窗户里的灯光一刻不停地闪烁着，似乎那就是永恒。没等他陷入绝望的深渊灯就熄灭了，这时他发现他只等了15分钟。然而，他觉得必须给埃尔茜时间等她睡着，接下来的30分钟他不会采取行动。

他下定决心放弃这半个小时。今夜天气寒冷，万籁俱寂，一团湿冷的薄雾正在形成，但这些他完全没有觉察到。他的心中充满恐惧，度过的每一分钟都在和恐惧斗争。他可能会弄得很晚，在他结束之前天可能已经亮了；如果他再次进入那间可怕的书房，埃尔茜势必会听见；如果他一走了之，那封信就会留下。那封信说不定根本没被藏在书房，彼得说不定已经把它存到了银行。事实上，灾难不会暗示自身是可以避免的。

他真希望能有一杯两指量的白兰地。他想，没带来扁酒瓶真是一个失误，白兰地也许会使一切变得不同，它本可以驱除所有的恐惧，使他稳定住心神。他告诉自己下次就会记得了，此时这种重复这样的可怕经历的想法令他感到恶心。

最后他自己设置的这半个小时已经过去，守夜时间终于结束了，随着行动的到来他的神经也稍微稳定了一些。他再次打开那扇落地窗，走进去，锁上通往门厅的门，回到了那张写字台。锁已经坏了，他现在能不费吹灰之力地拉出锁片，这样所有的抽屉也就都打开了，他坐下认真检查每个抽屉。

他很快就确定他至少接触到了彼得的私人文件，里面是他的支票本和银行存折，秘密账簿以及各种私人文件。如果那封信在这个房间，肯定就在这儿。

但查尔斯找不到，他的搜查迅速而彻底，等全部搜完他很确定信不在书房。

查尔斯越来越确信威瑟亚柏一直在虚张声势，信并不存在。无论存在与否，他查尔斯不可能做得更多了，他不知道这所房子里还有什么其他可能放信的地方，自己又不可能去搜彼得的银行。

尽管没找到信，他还是把注意放到了其他一些令他疯狂思考的东西上。这有一卷纸币，查尔斯数了一下，共有135英镑10先令。犹豫了片刻，他把钱揣进了口袋。

查尔斯和他拉开时一样小心地合上抽屉，把所有其他流程反过来做了一遍。他把进大厅的门锁打开，从落地窗离开房间，锁好窗户，把钥匙放进了口袋。然后他动身往家走去，在路上把钥匙埋了起来。

他对做自己已经完成的一切相当满意，既然他没找到那封信，又一直戴着那副橡胶手套，至少他没留下任何痕迹。此外，他越发确信那卷钞票会显著改善他的计划。是的，他觉得一切都在朝他所希望的方向发展。

来到工作间，他把撬棍放回到架子上，他本来想把它藏起来，但罗林斯知道这根撬棍的存在。他在小壁炉里烧掉了那些纸币，小心翼翼地将灰烬化成了粉末。然后他回到挂绳子的地方，脱下鞋，把它们系在脖子上，开始向上爬。他发现这是一个糟糕的任务，如果失败，他的脖子就会受到惩罚，不过他最后还是爬上了窗户。他把绳子拉上来，解开绳结重新盘好，再次锁进衣柜。10分钟后他躺在床上，已经睡着了。

第十六章

查尔斯协助调查

查尔斯对他这一晚的行动总体来说非常满意，他用技巧和勇气完成了一项令人作呕的任务。他的头脑一直保持冷静，并且有效隐匿了行踪。就算这件事是不得已而为之，但也已经做到最好了。

事实上，那些钞票能使他将任务完成得比之前预想的情况更加完美。他相信那些钱的消失会给之前不见的那个人提供——动机。这难道不能证明正需要钱的威瑟亚柏撬窃了彼得的写字台并携款潜逃了吗？

他多希望能去拿走威瑟亚柏的衣服、手提箱和小笔积蓄啊！这样基本就能证明他是主动消失了。他发现这些钞票时考虑过这件事，但他不敢冒这个险。他不完全确定哪个是威瑟亚柏的房间，而且他的房间肯定会和仆妇们的离得很近，她们之中说不定就会有人听见声音。

他意识到接下来的一两天会很伤脑筋，一边穿衣服一边为自己鼓足勇气。

要处理的第一样东西，就是到目前为止，他计划里有必要留下的一件物品——那卷绳子要放回工作间。这并不构成任何困难，他只需要等罗林斯和他妻子离得远远的时候拿下去，几秒钟后它就会挂在平常挂的位置：罗林斯挂的位置。

早晨时间平淡无奇地过去了，查尔斯适时地来到办公室，开始了他一天的工作。还没接到"城壕"的消息令他很惊讶，他心急如焚地想知道那里的情况。他非常想找个理由给那边打电话，不过还是克制住了。

大约11点，他一直热切期盼的消息终于传来了，是埃尔茜打来的。她十分担心威瑟亚柏，他没留下任何消息就消失了。彼得不在家，她不知道对此是否该做些什么。

查尔斯询问了详细情况，然后对这整件事都略微有点不屑一顾。这件事确实很奇怪，但这个男人肯定会出现的，他肯定是外出去办一些自己的事但是耽搁了。他问他以前做过这样的事吗？

埃尔茜说他以前从未这样做过，并认为他根本不可能这样做。她听起来十分不安。

这恰恰都是查尔斯所希望的。他再次表示了对这件事的轻视，不过也说因为埃尔茜显然很担心，他一会儿就会过去和她商量这件事。她表示很抱歉，还要麻烦他过去，不过显然放心多了。他告诉她过不了多久就到。

他知道迟早会叫警察，想成为提出那个建议并实施这一步的人。如果可能的话，他还想在警察到达前看一下彼得的换衣间，免得信由于某些不太可能存在的机缘巧合会出现在那里。

为了证明他相信这件事无关紧要，他拖了半个小时才出发前往"城壕"。埃尔茜看到他显然很高兴，她十分担心，立刻向他诉说了详细的情况。

她说，威瑟亚柏前一天晚上看起来就和往常一样，他的床是被睡过的，但一早晨都没见到他了，也一直没有他的任何消息。从来没出现过这种情况，总而言之这不像是威瑟亚柏会做的事。她问查尔斯有什么建议。

查尔斯眼下没给出任何建议，而是提出了问题。威瑟亚柏真没说过或做过任何可以说明他去向的话或者事吗？他和彼得有过任何争执吗？最近他收到任何信件、电话或消息了吗？知道任何关于他亲戚或者家人的事吗？

显然没什么有用的回答，不过查尔斯注意到他打的那通电话显然没有被无意中听到，这还是令他非常高兴的。他逐渐变得对这件事重视起来。

"有人察看过他的房间吗？"他问道。

"有，女佣们看过了，他的床是睡过的。"

"她们能说出他离开时穿的是什么样的衣服，还有他是否带走了他的东西吗？这也许能表明他是否是有意离开的。"

"这个我问过，他穿着平常穿的管家装，只不过穿的是花呢夹克而不是燕尾服。他的帽子不见了，但除此之外姑娘们没发觉其他物品有丢失。"

"房子周围看过了吗？"

"看过了。"

查尔斯让自己显得更加重视起来。

"彼得什么时候回来？"他问道。

"要等到今天傍晚。"

"好吧，我建议我们对房子及其周边进行更加全面仔细的检查，如果什么都没发现，我觉得我们就该给警察打电话了。你觉得怎么样，埃尔茜？"

埃尔茜双手紧握。"哦，天哪，"她大声说道，"好像我们还没被警察烦够一样！不过我同意，我们必须告诉他们。按你说的做吧，在周围好好找一找，要是再什么都没发现就给他们打电话。"

这是查尔斯的好机会。他叫来了两个女佣，并开始安排搜寻行动。他安排得很巧妙，很自然地从搜寻小队悄悄溜走进行他自己的调查，事实证明这一切都比他预想得要容易。不仅换衣间没有信，也没有其他地方可能藏信了。

检查完房子，他们又到周边查看，这里的搜寻同样彻底也同样徒劳无功。他们回到客厅，查尔斯在屋子里踱来踱去。

"快到午餐时间了，埃尔茜，"过了一会儿他说道，"我不确定我们是否该给卢卡斯打电话。我要不要打？"

"只要你愿意就打吧，查尔斯。"

卢卡斯警司听到这个消息，除了说他会立刻派人过来之外并没有加以评论。他请斯温伯恩先生等到自己派的人过去，这样就能请他说明详细情况了。

布雷警长和一名警员没过几分钟就到了，查尔斯迎接了他们并与之说明了之前被要求的详细情况。他们录取了他、埃尔茜以及女佣们的口供，然后离开去检查威瑟亚柏的房间。

"你留下来吃午餐吧，查尔斯？"埃尔茜邀请道。

查尔斯表示很抱歉，他想回办公室。不过如果有任何事需要他的话，他会再来。事实上，他下午无论如何都会回来，不能让埃尔茜独自一人待太久。

埃尔茜说他人真好，她很愿意再见到他。

事实上，查尔斯几乎已经要到他能承受的极限了。他一直提心吊胆，唯恐说了或做了什么，又生怕少说或没做什么，这都有可能让他露出马脚。这本身就很伤脑筋了，不过并不单单是这些，还有昨晚经过的记忆。不管看哪里，他似乎都能看见船屋地面上那个一动不动的可怕人影；耳边始终会响起铅管击中头颅的轻微但却可怕的声音，以及遗体消失在船尾时令人恶心的水花溅起的微弱声音。查尔斯已经开始觉得他永远不可能将那些画面和声音从他的记忆中抹去了。

他感觉自己无法应对在俱乐部吃午餐时会出现的情况，所以驱车来到一家大约八九公里外的小酒馆，吃了点面包奶酪，喝了一杯苏打威士忌，然后回到了办公室。

都是些无关紧要的事，他花了大约一个小时抽烟和休息。这时的状态已经恢复了许多，他再次驱车前往"城壕"，埃尔茜亲自开的门。

"我看见你开过来了。"她解释道，"噢，查尔斯，这是不是太可怕了！"她握紧了双手继续说道，"猜猜他们发现了什么，他撬开了彼得的写字台偷走了好多钱！"

"不！"查尔斯用震惊的语调回答道，"威瑟亚柏！我本来就不该相信他，我从来都不喜欢他，但我一直以为他极其忠厚老实。太让我吃惊了！"

"可以告诉你，我也吃惊不小。喔，这简直可怕极了！还是进屋说吧。"

查尔斯跟着她来到客厅："毫无疑问，还没有他的消息吧？"

"没有，杳无音讯。警长还在书房里。你知道吗，夜里我听到威瑟亚柏的声音了。"

"你听到他的声音了？"

"是的，大约在今天凌晨3点时。"她坐下来，然后指了指一把椅子。"我听到像是手枪射击似的爆裂声从楼下某处传来，我当时就清醒了。以为是画落到地上了：之前我在夜里就被这样吓到过。所以我下楼去看，但看不到任何异常，以为只是木头开裂了。可现在警长说那肯定是写字台被强拉开的声音。"

"我的天啊，埃尔茜，你胆子真大！幸好你当时没碰到他，要不他肯定就袭击你了。"

"他当时一定就在那里，那位警长是这么说的，他肯定就在写字台后面或者窗户外面。你去见见他吧，他会告诉你的。"

"我肯定会去的，这真是多年来我听过的最令人难以置信的事了！而且在所有人中偏偏是威瑟亚柏！真让我接受不了。"

"我也是。"

"被拿走的钱多吗？"

"我不知道具体有多少钱，我觉得超过100英镑了。"

"噢，这样啊，实际情况说不定会更糟。"

埃尔茜又握紧了手。"这不是钱的事，"她表示，"尽管丢钱这种事已经够糟糕了，问题在于这整件事。喔，查尔斯，这太可怕了，另一件事才发生不久！我真的开始觉得似乎我以后无法正视这个地方了。"

"我实在很遗憾，埃尔茜，恐怕彼得也会有这种担心。"

"彼得！这我都不愿去想了，原来他就够担心的了。他肯定会后悔没留在这儿，你应该明白我的意思，让我独自一人这事儿。"

"我估计这正是这件事发生的原因，你知道吗，"查尔斯一边飞快地思考他评论的方向，一边说道，"如果威瑟亚柏打算要——做他做了的这些事，他肯定会选一个彼得不在的时间；这是理所当然的。"

"我猜也是这样。"她又摇了摇头。

"你吃午餐了吗？"查尔斯问道。

"没有，我吃都不想吃。"

"现在听我说，埃尔茜，去吃点午餐，"查尔斯果断地说道，"如果你吃不下去，就喝点咖啡或者苏打威士忌。你这样就算累垮了也没什么用，你去吃吧，我找警长问问情况。"

"那你自己吃了吗，查尔斯？"

"我已经吃过了，谢谢。"

连查尔斯自己都很惊讶，当穿过门厅时他完全控制住了自己紧张的神经，轻敲书房门，推开走了进去。布雷警长从写字台后面站了起来。

"好了，警长，"查尔斯说道，"我听说您有所发现？"

"是的，先生，而且也有点令人吃惊。真没想到这位管家是会做出这种事的人。"

"我也没想到，"查尔斯回答道，"这到底是什么意思？"

布雷摇了摇头。

"那就是被弄坏的写字台吗？"查尔斯饶有兴趣地盯着它看，"默里夫人说她听到他把它撬开了。"

"她听到了一个声音，我们将其归结为是由它造成的。"布雷更加准确地回应道，"您认识这个人吗，斯温伯恩先生？"

这更像是警察的问话。只问问题，不透露任何信息是他们的原则。

"啊，认识，"查尔斯回答道，"他服侍我叔叔很多年了，我见过他许多次。"

"您听说过关于他亲友或家人的事吗？"

"一点没听过。"

"或者他是否在追求哪位女性吗？"

"没听过。"

"或者，要我说的话，他的任何秘密呢？"

"没听到过那样的事。"

"他在服侍已故的克劳瑟先生时有过逃跑的先例吗？"

"据我所知没有过。您已经彻底检查过他的房间了吗？"查尔斯不明白为什么所有的问题都是单方面的。

"是的，先生，不过我什么也没发现。"

布雷并不很健谈，又交谈了几句后查尔斯离开了书房。他发现埃尔茜正在餐厅喝咖啡。

"很高兴看到你这样做，"他向她保证，然后话锋一转，"你知道彼得是乘哪班火车回来吗？"

"刚好在晚餐前抵达的那班。"

"我去接他。"查尔斯表示。

他在"城壕"又逗留了一个多小时和埃尔茜商量这件事，或者更确切地说是让她谈论这件事，而他只是坐在那里装出一副在听的样子。听到最后他感觉自己已经达到承受的极限了，找了一个要去谈生意的借口离开了。他极其希望能够独处，但是独自离开去任何地方都会显得很可疑，他不能冒这个风险。不过在工厂是仅次于独处的选择了，这个下午不知不觉就这样耗过去了。

当查尔斯在车站告诉彼得这个消息时，他吃惊不已，急切地询问详细情况。查尔斯在仔细考虑过自己该知道什么和不该知道什么后，把详情告诉了他。

"我开车来的，"查尔斯继续说道，"上车我载你回家。"

彼得显然被这件事搞得十分心烦意乱而又困惑不解。"他到底是犯了什么病？"彼得不止一次地问道，"他从未暗示过手头不方便，然后就冒坐牢的风险去偷那样一笔钱！听我说查尔斯，还有另外一个问题，他是怎么知道我那里有钱的？我从未和他说过。我告诉过埃尔茜，可她决不会告诉别人这件事。"

这个问题是查尔斯之前没预料到的。"一定是在你告诉她时他偷听到了。"他表示。

"估计肯定是这样。"彼得心存疑虑地同意道。

这份认可让查尔斯放心了许多，彼得显然认同威瑟亚柏是有罪的。

"埃尔茜的运气真是糟透了，这种意想不到的混乱，"查尔斯继续说道，"尤其还在前一件事发生不久，"他又开始概括发生的这些事。

那天晚上对查尔斯来说就像一场噩梦，他最想得到的就是信息。那些警察在做什么？他们发现了什么？他们是否有任何理由怀疑这件事比它看起来的要严重？目前为止最重要的，他们是否掌握了任何把此事与他查尔斯联系起来的理由？他极其渴望知道自己所处的现状以至他不止一次打算去警察局向布雷警长询问案子的进展情况，希望从那个人的态度上能够读出他真正问题的答案。事实上，单是想想这一举动的愚蠢程度就已经阻止了他。

　　第二天的情况依然如是。啊，要是能让他知道该多好啊！他自然往"城壕"打了电话，不过彼得能告诉他的都不是他想听的。事实上，除了书房落地窗的钥匙丢了这一件事外，彼得基本没有新消息，并没有任何发现。

　　第三天和第四天都是如此，没有得知任何新消息！查尔斯的焦虑到这个时候已经越过了峰值，此后过去的每个小时心情都更加放松。如果有任何可怕的事被发现，他肯定已经听说了，一切进展得如此顺利，应该欣慰而不是心烦意乱。他人生中的第二次重大危机已经过去，和第一次一样，他依然毫发无伤。自己本就不必害怕，他的计划天衣无缝。和之前一样，他安全了！

　　然后在第五天他受到了沉重打击。

　　那是个星期天，他在周日打不了网球的时候都会去打高尔夫。正当他准备动身前往高尔夫球场的时候，彼得打来了电话，从声音查尔斯就能听出有点不对劲。

　　"我得到了一些坏消息，查尔斯，"彼得说道，"这件事比我们之前想的严重得多。布雷警长刚到这里，你猜怎么着？他们要打捞湖底。"

　　查尔斯突然感觉浑身发冷。打捞湖底！他的膝盖开始发抖，然后他猛地掐了自己一下让自己恢复了镇定。

　　"打捞湖底吗，彼得？"他重复了一遍以争取时间，"到底是什么意思？他们不会认为……"

"是的，"彼得回答道，"他们的确是这样认为的，认为他死了，他在湖里……他们现在已经开始打捞了。这真是可怕至极了！"

"但我不明白。他们怎么……他们认为发生了什么？"

"我也不明白，他们来要船屋的钥匙，不管他们发现了什么我不知道的东西，反正他们回来就请求使用那些船。"

查尔斯进一步控制住了自己的情绪。"彼得，我十分遗憾，"他说，"尤其是埃尔茜。如果真有这样的事，那会令她极为震惊。"

"是的，事实上她已经相当心烦了。你知道吗，这件事比另一件还要严重，我并不惊讶，我已经感觉到了。"

"我知道你感觉到了，但我无法强迫自己相信能发生这样一件事，为什么会有人——犯这样的罪呢？"

"我猜是为了得到钱吧，我怎么会知道？"

查尔斯就说他很快会过去，到"城壕"商量这件事，然后就挂了电话。他心乱如麻。在开车时他把在船屋做的事的每分钟的细节又重新回想了一遍。他越回忆那可怕的时刻——每个瞬间也就都铭刻在了他的记忆中——就越确信自己没留下任何他出现过的痕迹。然而肯定还是有某种痕迹被发现了。最关键的问题为：不管那是什么痕迹，它是指向了他本人，还是只说明了有人曾经去过那里？查尔斯不惜一切代价也一定要弄清这件事，如果他不弄清，这种焦虑会折磨死他的。

但他一定不能表现出比场合所需要的更多的兴趣。面对彼得和埃尔茜以及警察他能充当一位关切的局外人吗？能，他必须如此。任何失误现在可能都是致命的。

他很快发现，在彼得看来他不必担心。彼得自己的态度很奇怪，他和埃尔茜无疑都非常关心这件事。一番交谈过后，两个男人步行来到了小湖。有三艘小船正在工作，两艘来自"城壕"船屋，还有一艘是彼得邻居的。每艘船上有两个人，一个人划桨，一个人使用大耙，布雷在其中一艘船上。一名警员站在船屋，当彼得和查尔斯接近时恭敬地向他们敬礼。

彼得忙着交谈，但并未问出结果。打捞是当局的主意，这个警员并不知道这有什么必要。他们到目前为止还没发现任何东西，不过他们才刚刚开始。他不知道他们在船屋发现了什么，如果真有发现的话。他说不好还会打捞多久。事实上，这名警员是一位优秀的警方代表。

这三个人站在那里看了一会儿这不祥的行动，警察们是在有组织地打捞，查尔斯确信如果他们像开始这样继续下去的话，肯定会发现那具尸体。目前他们一直在岸边打捞，不过他们扫过的每片新区域都会更远一点，到达湖中央只是时间问题。

这一天又被无限拖长了，查尔斯做什么事都无法静下心来。他取消了打高尔夫球的计划陪彼得待在"城壕"。他特别想回家一个人待着，可他又不忍放弃这个了解消息的机会而离开。当夜晚来临时，还是没有发现任何东西，他很难说自己是更心烦还是更安心了。

第二天也是一样。事实上，也可以说是更糟了，他知道那几只船到现在肯定已经向湖中央那个可怕地点靠近了一大块。他真打算给人一大笔钱，只求能知道他们还需要打捞多远的距离，但他不敢表现出那种兴趣。不行，除了尽其所能熬过一天的时光，别无他法；除了他的生意，不对其他任何事展现出极大的兴趣。

那天晚上，由于极度疲惫，他浑身上下都在疼。几乎是有生以来第一次，他在睡前喝醉了。

来日早晨，一股头痛欲裂的感觉可以算得上是一种放松了，这让他有别的事可以考虑，确切地说，让他在一定程度上把注意力从那片湖转移到了其他地方。他尝试把精力集中到生意上，几乎已经成功了。

就在这天上午消息传来了。彼得打来电话，说那具尸体已经被找到了。

第十七章

查尔斯安全了

彼得似乎没得到太多消息，只知道尸体已经被发现，这起案子是杀人案。他让查尔斯来吃午饭顺便商量目前的情况。查尔斯战胜了心中的恐惧答应过去。

当查尔斯到"城壕"时，他发现彼得和埃尔茜依然十分沮丧。彼得已经被通知接下来的一两天要待在家里，因为死因审理需要他到场。

"看来这种事我们经历得还不够，"埃尔茜抱怨道，"我为可怜的威瑟亚柏感到十分难过，不过我实在不喜欢他这个人。但我也为我们自己难过，这么快又得经历这些和警察打交道的事。我觉得我们不能再待在这儿了，我已经恨透这个地方了。"

查尔斯询问了发现尸体的细节。

"没太多可说的。"彼得回应道，查尔斯很快发现情况确实是这样。不过彼得还是了解到了两条消息，查尔斯发现其中一条令他不安，而另一条又让他安心了。

"你知道吗，"彼得继续说道，"那个苏格兰场的人还在这儿，所有这些在湖里的打捞工作都是应他的要求完成的。他昨天来过这里询问问题，我在湖边看到他了。我去看他们的进展情况，他当时正在和布雷说话，布雷对他一副百依百顺的样子。"

这是个意想不到的打击，不过查尔斯还是设法给出了值得称赞的回答。

"我以为——他叫什么来着？——法兰奇已经回伦敦了，最近没听到他的任何消息。"

"我也以为是这样，可我们错了。我怀疑他在查的都是他想好了的事。"

查尔斯心不在焉地摇摇头，正是这令他十分不安。

他继续说道："你说这绝对是一起谋杀案，他们是怎么知道的？"

"他的颅骨骨折，显然是被某样重物击中了，布雷认为重物可能是一截铅管。为了让尸体沉下去，两截铅管被绑在了尸体上。如果凶手自带了重物，说明这件事是事先计划好的不是吗？"

查尔斯表示认同。"这让整件事比之前更令人匪夷所思，"他评论道，"首先，如果威瑟亚柏是因为钱被杀，凶手是怎么知道他身上有钱的？"

"我不知道，"彼得回应道，"我也想到这个问题了。其实我问过布雷这个问题了。"

"他是怎么说的？"

"他说他同样被这个问题难住了。警察都不会透露太多信息。"

"我觉得你相信他们同意我的观点吧？"埃尔茜插话道。

"这个嘛，我相信，"彼得迟缓地承认道，"我觉得是这样，但并不确定。我根本没有依据。"

查尔斯转向了他堂姐："你有什么看法吗，埃尔茜？"

埃尔茜回答道："我认为是某个陌生人到这所房子里来盗窃，威瑟亚柏听到声音来到楼下。也许他跟着这个人出去并且质问他，这个窃贼为让自己不被抓到，突然袭击并杀死了他。"

"真是独出心裁，埃尔茜，"查尔斯表示，"在我看来目前这个想法可能性最大。你觉得警察接受了这个看法吗，彼得？"

彼得不安地动了动："我觉得是，但是不能确定。正如我说的，我和布雷提了这个想法，他似乎很感兴趣。我同意这能解释很多事，但这就假定了窃贼知道钱在写字台里，这似乎是不可能的。"

"会有那样的假定吗？"查尔斯表示怀疑，"说不定那些钱只是碰巧被发现的呢？"

"那这个窃贼是在找什么？"

"任何值钱的东西，那里可能会有钱肯定是个足够合理的假设！不过就算没有，也几乎肯定会有值钱的东西。"

"餐厅里全都是银器，他为什么不带走一些银器？"

"银器太笨重了，也不好处理掉。钱正是他想找的，至少我认为是这样。你觉得呢，埃尔茜？"

尽管并不完全令人满意，不过他们也认同这是目前提出的最佳观点。"如果证明确实是这样，我还会比较欣慰。"埃尔茜说，"我不愿去想，这些年下来，这个人不过是个惯盗。"

"是啊，"彼得表示认同，"我也这样认为。威瑟亚柏不是个坏人，那位老人很喜欢他，威瑟亚柏也的确对他非常好。"

"告诉我，"查尔斯说，"你说书房钥匙不见了，它在尸体身上被找到了吗？"

彼得没有听说，他忘了问这件事，布雷也没主动提供信息。

他们在午餐期间继续谈论着这件事，餐后查尔斯陪彼得一同到书房抽雪茄。

"有一件事，彼得，"他们各自坐下，二人中间的桌子上放着一瓶波尔图红酒，这时他说道，"不知道你想到了没有？这件事对你内心的平静可能会起到极为重要的作用。你意识到了吗？现在已经没有证据能证明你在老人死前那晚拿过他的药瓶了。"

彼得连连点头。"我想过这个，"他意味深长地看了一眼自己的内弟，回答道，"事实上，从某种意义上讲，自从尸体被发现，我几乎没考虑过其他任何事。说起来自感惭愧，因为我发现自己其实很高兴发生了这件事。不过，我认为我之所以这样还是有一些理由的。"

"你当然有理由高兴，"查尔斯暖心地说道，"我不明白除了高兴你怎么可能还会有别的感觉，我也从来不认为你有什么可担心的。不过你现在再也不用担心了。"

彼得似乎如释重负："查尔斯，听你这样说我就放心了。虽然我很高兴看到这样的结果，但你也知道，我为威瑟亚柏感到很难过。可怜的家伙，死得太惨了；不过我觉得从某种意义上说这也是最轻松的死法了，不管怎样，他都不会有任何感觉。"

查尔斯设法尽快离开了"城壕"。谈论这件事给他带来了极大的压力，虽然他觉得自己已经表现得非常完美了，但是总会有百密一疏的风险。知道得太多实在是太容易暴露自己了，一旦他说出不该知道的事，就无论如何也解释不清了。

那天其余的时间简直是一种折磨。悬而未决！这正是极其考验他的时候，尽管他的理性告诉他他很安全，可他的想象力却又在一直暗示他各种可能性。

那天晚上彼得打来一通电话，警察刚才通知他死因审理将在第二天上午10:30在镇公所举行。彼得觉得查尔斯应该会愿意出席。

"是的，我会去的。"查尔斯回答道，"埃尔茜怎么样了？"

"啊，还行吧。她对于明天并不太期待。"

"她不会被传唤的，对吧？我早该想到他们会确定尸体身份然后休庭的。"

"过来通知的警员并不确定，不管怎么说她都有被传唤的可能。"

令查尔斯惊讶的是那天他整夜都睡得很沉，醒来时情绪依然十分沮丧，对于自己所作所为的记忆沉重地压在他的心头。他先是感觉自己刚刚做了一个可怕的噩梦，接着意外地感觉如释重负，他并没有真正处于自己设想的骇人处境中。一时间他沉溺在这种恐惧并不存在的想法中不能自拔。这时他想起来了！这个噩梦是真实的，这种恐惧实实在在，他是杀害了两个人的凶手，而且这种认知会一直存在，无论他做什么都抹杀不掉。他不仅要承受这可怕的道德重压，肉体上也处于危险之中，他正面临死亡以及更加严重的威胁。

不过早餐以及浓咖啡稳定了他的心神，当来到镇公所时他感觉头脑清醒而自信。今天无论如何情况也不会太糟，他甚至没有作为证人被传唤，只需要静观其变。

当他挤进那个拥挤的房间时，历史似乎重新上演了。布雷警长再一次带他坐到了一个预留的座位上，不一会彼得和埃尔茜以及两名来自"城壕"的女仆在他身边就座了；大部分旁听人员再一次由失业者组成；人们再一次对审理产生了十分浓厚的兴趣。

验尸法官依然是主持过第一次调查的埃默森医生。和之前一样，他以同样的沉着高效开始了准备工作。由于怀疑是杀人案，他与陪审团一同出席，陪审团成员依次回答了他们的姓名。

警方少见地派了多名代表出席，除布雷警长和他的警员们之外，卢卡斯警司和法兰奇督察也都出席了。当他们就座时，查尔斯的焦虑情绪莫名加深了，这时他安慰自己有任何谋杀案他们都是会来的，这对他来说并不意味着什么。

彼得第一个出庭做证。他已经重新振作起来了，尽管心情沉重，但十分镇定，显然已经从不安的情绪中解脱出来了。他留心听了验尸法官的问题，并快速完整地做出了回答。在查尔斯看来他算得上一个模范证人了。

他首先声明已经查看过遗体了，那正是威瑟亚柏，他的管家。接着概括了到目前为止他了解的威瑟亚柏的生平，并且证明了他的卓越品格。他一直认为威瑟亚柏极其忠厚老实，如果知道是他偷了钱的确会非常惊讶。不过对于死者在最后来服侍他岳父——已故的安德鲁·克劳瑟先生——之前的情况一无所知。他也不了解此人的家庭状况，他从未听威瑟亚柏提到过这个话题。他没有任何理由怀疑死者当时正在实施一项阴谋，威瑟亚柏是个很擅于掩藏自己的人，自己的确对他的私生活一无所知。不，他的确不知道威瑟亚柏有任何经济或其他方面的困难，如果了解到这样的情况他肯定会很愿意帮助威瑟亚柏摆脱困境，而且他相信此人肯定知道这一点，也会向他寻求帮助的。他没注意到死者在死前有任何反常行为。

验尸法官接着问了关于钱的问题。彼得说之前要去一个农业机械的拍卖会，因为他想大规模采购，于是取了一些现金。他用掉了一些，剩下135英镑10先令，这笔钱主要由1英镑组成，也有少量5英镑。由于在"城壕"并没有保险柜，他把这一卷钱锁进了写字台里。除了他妻子，他并没有和其他任何人提过这件事。他并不认为在他和妻子提这件事时可能会被偷听到，但当然他也不能完全确定。在盗窃和悲剧发生的当晚他在伦敦。不，他对这件事感到困惑不解，对于可能发生的事无法提出任何看法。

在回答一名陪审员时彼得说，据他所知写字台只有一把钥匙，在他口袋里的钥匙环上。写字台有时的确是不上锁的，但当里面有钱时他会小心地将其锁好。因此不可能有人意外打开它并知晓里面有钱的事。

埃尔茜第二个被传唤。她大体上证实了彼得关于威瑟亚柏人格和死前行为的证词，宣称她对他的家庭和私事一无所知。接着她谈到了悲剧发生当晚的事，她躺在床上一直睡不着，大约凌晨3点她听到楼下某处传来一声巨响。她曾经在夜里听到过画掉到地上，觉得这声音听起来和之前完全一样，她下楼到各房间查看，然而一切似乎都很正常，她觉得声音肯定是由于木板开裂造成的。不，她没叫仆人们，既然已经确信没有任何异常，她为什么要叫人呢？第二天警察让她看了书房写字台开裂木头。她确定那个裂缝是新弄的，她听到的那个声音应该就是木头裂开的声音，不过她当然也不能说得太绝对。

第二天早晨威瑟亚柏不见了，她问那些女仆得知他的床是睡过的。她暂时什么也没做，以为他出去了很快就会回来。然而他并没有回来，大约11点的时候她给她的堂弟查尔斯·斯温伯恩先生打了电话，向他寻求建议。斯温伯恩先生过来见她，他们粗略搜寻了房子及其周边。考虑到他们没有发现任何踪迹，斯温伯恩先生建议通知警方，她表示同意并请他给他们打电话，他也照做了。警察几分钟后就出现了。

不，她不能理解可能发生的事，她一向认为死者十分
老实，如果得知是他偷了那些钱她也会十分惊讶。

接下来女仆们出庭做证。她们宣誓证明由于死者那天
上午没有露面，她们查看了他的房间。她们发现他的床是
睡过的，而死者平常穿的衣服不见了：他的礼服背心和裤
子，以及他夜间外出时常穿的旧花呢外套。前一天晚上他
的行为相当正常，她们都想不到能发生那种事。据她们所
知他白天没接到任何信件和消息。

当下一位证人被传唤时，来旁听的众人对审理的兴趣
又略有增加：苏格兰场的法兰奇刑侦督察。他站在证人席
发誓，看起来是个相当友好和善而又再普通不过的人。他
说话既稳重又彬彬有礼，不过给出的信息比他的旁听者们
希望听到的要少得多。

他解释说，死者失踪时他就在寇德匹克拜，事实上他
当时在调查"城壕"之前的拥有者之死，当地警局请求伦
敦方面让他同时调查此案，他也接到了来自总部的命令。

"非常好，督察，"验尸法官继续说道，"请尽量用你
自己的话来给陪审团讲一下这个案子。"

"先生，我从去'城壕'做了一定的调查开始说吧，
根据得到的信息我请卢卡斯警司对紧邻'城壕'的那片湖
进行打捞，打捞工作完成，结果是死者的尸体被发现了。

尸体是从一个接近湖中心的位置被打捞出来的，似乎已经被沉入水中大约5天了，刚好是死者失踪经过的时间。由于在之前的调查中见过已故的威瑟亚柏先生，我本人就能确认遗体身份。"

只要让他知道"得到的信息"到底有多少，查尔斯肯定愿意交出他所得遗产的一大部分，但显然他不可能得到解释。法兰奇慢条斯理地继续着讲述。

"我检查了遗体，立刻发现了谋杀的证据，颅骨已经骨折，显然是由于重击造成的，后脑勺的确已经被敲进去了。光头没戴帽子，帽子被扣进外衣里了。尸体上绑了两截直径20毫米的铅管，一截36厘米长，另一截89厘米，目的显然是要防止尸体开始腐烂后漂浮起来。"

"你确信这是一起杀人案吗？"验尸法官问道。

"是的，先生，在我看来，意外和自杀都是根本不可能的。我检查过衣服以及口袋里的物品，但没有发现任何与案件相关的东西。"

"没有信件或证件吗？"

"都没有，先生。"

"也没有丢失的钞票吗？"

"没有，先生。"

"很好，请继续。"

"先生，我认为我掌握的所有补充信息都已经在陪审团面前讲了。除了书房里被破坏的写字台，我没在那所房子或死者的房间里发现任何东西能说明当时发生的事。我发现书房里的写字台是借助某些像是窃贼用的撬棍之类的工具被猛然打开的，我还发现书房的落地窗被锁住了，而且钥匙不见了，之前一天钥匙还在那里。"

"你没在靠近窗户的地面上发现任何脚印或是印记吗？"

"没有，先生，由于天气干燥，地面十分坚硬。在检查写字台时，我发现桌体部分是沿锁心一线被猛砸或是劈开的，显然是由撬棍的压力造成的。这使我想到，不发出巨响这里是不会被砸开的，我认为默里夫人听到的就是这个声音，当然并没有证据证明这点。"

"就这样了？这就是你要告诉我们的全部内容了吗？"

"是的，先生，这就是全部了。"

"你现在并不能够向我们解释到底发生了什么吗？"

法兰奇微微一笑。"不能，先生。"他冷冷地说道。

验尸法官顿住了。"我问这个问题的原因是这样的，"他缓缓说道，"目前看来，我们有一个楷模式的人物被发现死亡，当前情况表明他最后的行动中有一项有可能是将他雇主的钱拿来自用。如果现在这样一份污名不公正地落到一个死去的人头上，这将是极为可悲的。因此我怀疑否有其他方式解释这件事。"他停顿了一下，探身向前道，

"告诉我，督察，你能给出如下观点不正确的理由吗？"

埃默森医生又顿了顿，而法兰奇正恭敬地等待着。审理的吸引力越来越大，房间里鸦雀无声。

"假如，"埃默森医生继续道，"死者在夜里听到或看到了一些引起他怀疑的事，假如他下楼发现有人正在书房盗窃，又或者盗窃后正要离开书房。假如当时不可能抓住窃贼——比如那人也许带了武器。假如死者于是决定跟着他，想要查清他的去向。假如在这样做的时候死者引起了窃贼的注意，继而发生了一阵扭打，窃贼为避免以后被认出来将死者杀害。现在，督察，根据你对事实的了解，你认为这套或是某些与之相似的理论，也就是能宣告死者没有犯盗窃罪的理论，有可能是事实吗？"

法兰奇不自在地动了动："先生，我所了解到的并没有与这一理论相矛盾的地方，但我必须指出，我没有证据证明这就是实情。"

"啊，很好，我明白。我只是想知道是否有可能在死者没有犯盗窃罪的前提下解释这些事实。"

"我认为是有可能的，先生，不过这完全未经证实。"

"我明白，这十分有趣，督察。"验尸法官顿了顿，扫了一眼记录。"我觉得我全都问完了。"他缓缓说道，然后经过又一阵停顿，照常邀请陪审团问话。

这一次陪审团团长自己使用了提问的权利："我想问

这位督察一下，他是否寻找过用以将写字台撬开的撬棍，如果找了，他是否找到了？"

在验尸法官点头后，法兰奇回答道："对于问题的第一部分，答案是肯定的，而对于第二部分，答案是否定的。我寻找了那个工具，但没有找到。"

这就是陪审团团长想知道的全部问题了，督察离开了证人席。

然后是格雷戈里医生被传唤。他将法兰奇讲述的死者所受伤害用更加专业的语言重复了一遍，并证实了督察的看法，这些伤害肯定是由于谋杀造成的。

这样证据陈述就结束了，然后埃默森医生开始总结，和在克劳瑟的死因审理时一样，他同样先是有点说教似的陈述了陪审员的职责。和之前一样，他告诉他们必须阐明死者身份，并说出造成死亡的原因。还有，如果他们认为有人应对已发生的事承担责任，他们要说出来，进一步讲如果他们认为这一责任应由某个人或是某些人承担，他们要表明他们的意见。他认为他们决定所有这些问题不会有任何困难。对于死者身份和死亡原因，他们面前有明确的证据，如果他们相信这些证据，他们可能会毫不犹豫地做出裁决。

对于目前的情况在他看来，并没有任何已提供的证据指明某人有罪，如果他们同意这个观点，可以做出由未知凶手实施的故意谋杀这一裁决。他们现在可以退庭并考虑裁决意见。

经过7分钟的商议，陪审团按照验尸法官的建议做出了裁决。

当听到他们宣布裁决时查尔斯心中哼起了小曲。终于，他绝对安全了！警方没有怀疑任何事。在他查尔斯看来，这件可怕的事完全结束了。不仅是威瑟亚柏的这个案子，还有原先安德鲁·克劳瑟的案子他都安全了。他现在只需要忘掉他生命中这个可怕的阶段，再次让心中充满正常的想法，以及已经被打断了很长时间的求婚的事。他一直极度担心以至连尤娜都几乎不能去想，现在那都过去了，他今天就要去见尤娜，设法让她同意早日完婚。

彼得打断了他的思考。"我们找不到他的任何亲属，"他说，"我不知道是否要登讣告。当然了，我正在筹备葬礼。"

"我肯定不会登讣告，"查尔斯回答道，他想越快忘掉这件事越好，"不用弄得他好像是个百万富翁。你人真是太好了，还要办葬礼，不过我相信你在做正确的事。"

彼得摇摇头："如果你认为没必要我就不登报了。嗯，我们一定要多亲多近，多来我们家串串门，查尔斯。"

查尔斯说他会的，然后从停车场取了车，开车来到工厂。

安全了！所有的自然事物都在朝他喊着这个词。他汽车的车轮低沉地对他说着，街上的汽车喇叭向他嚷着，工厂附近的陋巷里正在玩耍的儿童朝他大喊着。透过办公室打开的窗户鸟儿正在唱着：就连利林斯通小姐的打字机发出的模糊的嘈杂声都像是在发出祥和安全的低语。没有任何事被怀疑！一直笼罩他的可怕黑色阴影一去不返，查尔斯感觉自己就像个放了学的孩子。

这时他心里产生了一点小波动，当然了，在某种意义上说两个案子都结束了。不过据说警察永远不会彻底放弃任何一个案子，进一步的调查也许还会进行……

不过，他再次问自己，就算调查又怎么样呢？能查出来什么？什么都查不出来！不：对他来说这件事绝对已经结束了！那尤娜呢？这个下午他就会去见她。喔，幸福的想法！她会理解他表面上的忽略，她会明白这不怪他，她说不定会通过同意确定结婚日期来使他满载的喜悦变得圆满。

但查尔斯在下午得到的却是极度失望，尤娜不在家，她去格洛斯特见朋友了，一周后才会回来。不过，他要到了她的地址，晚上给她写了一封他自己十分满意的长信。

日子一天天过去，查尔斯也一步步回到了原先生活的轨道上。焦虑的表情逐渐从他脸上消失，取而代之的是原来的轻松快活。这段黑暗的插曲被成功从他心中驱除。

工厂的情况似乎也略有好转，新机器在合同期限来临前抵达，已经被安装好，现在已经投入运行。查尔斯很喜欢它们，而桑迪·麦克弗森的一句"伙计，它们不错"展现出了他真正激动的心情。他们运作的主要成本终于可以使用，真是激动人心的一天。

"它们将一级模型的加工成本从2先令3便士降到了1先令5便士1法新；就算每台装置装配10套模具，"麦克弗森兴高采烈地宣布道，"那就意味着，对于诺萨勒顿的那个活儿我们估计的成本总共就会降低72英镑。如果我们没有这些机器也就不会有这样的结果。"

就在当天傍晚，邮差带走了一份对于利兹附近一个大活儿修改过后的成本估价，估价从先前的数字下降了将近100英镑。几天后，当得知他们得到了那份合同时，全体员工都异常兴奋；查尔斯则是在之后得到了一笔大约25英镑的保证金时才得知的这件事。

"关于机器的事看来你说对了，桑迪。"查尔斯评论道，他一向主张给予下属应有的肯定。

"是啊，我的想法看起来也不算太糟吧。"苏格兰人接受了表扬。

在生活中给予查尔斯新兴趣点的另一件事就是让设计师造访他家，为他制订额外增加几个房间、扩大门厅以及安装各种改进过的电器的具体方案。一位园林设计师也来到他家，为改善他将来整修好的房子的周边环境提出建议。查尔斯为他将这些计划在尤娜面前展示的想法沾沾自喜，它们的存在至少能证明她并没有被他忘记——如果这样的证明有必要的话。

彼得看起来也比过去这几个月要开心得多，他雇用了一名新管家，并且正在拟订计划，打算扩大商品蔬菜种植的规模。这个新爱好对他大有好处，从他对于这个世界的更加乐观的态度就看得出来。

事实上，查尔斯感觉已经迈向了自己人生的新篇章，在那里似乎一切都那么顺利，在那里他和别人同样会拥有享受幸福的机会。

这时一件意外事件的发生猛地将他抛回现实，将他所有这些已经摆脱生命中这段黑暗时期的念头无情打消。他再一次被怀疑和痛苦紧紧抓牢，而真正的恐惧正在一点点靠近。

第十八章

查尔斯体验恐惧

某个生产商协会的季度晚宴恰好在纽卡斯尔举行，由于晚宴前有一场重要的商业会议，查尔斯选择前去参加。他周二上午乘火车离开，在当地过夜，第二天返回。事实证明这场宴会正如他所期待得那样有趣，他周三午餐后来到工厂时心情大好。

在办公室中再次安稳地坐好，他打电话给盖恩斯叫他拿来他外出期间收到的信件。查尔斯顺利地处理好了这些信件，这时盖恩斯给予了他巨大打击。

"那位苏格兰场的警官——法兰奇，是他的名字，"他说，"昨天来这里找您。他说您告诉过他您在即将去度假前去过伦敦，但他把日期的记录弄丢了，他想来问一下日期以补全报告。"

查尔斯大吃一惊，法兰奇督察还在这里？这意味着什么？

"啊，没错，"他说道，尽管竭力控制但声音还是有些颤抖，"他可以随意获得这些信息。我猜你能告诉他的吧？"

这个老男人摇摇头。"不，先生，我对此一无所知。我告诉他，他最好来问您。"

查尔斯居然勉强编出一句笑话。"你觉得可能会把我的秘密泄露给警方，对吗？"他咯咯地笑道，"我觉得根本没那么严重，他只想知道这个吗？"

盖恩斯不确定，查尔斯不知道他有什么事是确定的。似乎这位督察待在这里聊了相当长的时间。都聊了什么呢？啊，什么都聊了：贸易萧条，这个地区正在怎样挺过这场风暴；他法兰奇是怎样对比约克和林肯的情况的，他才在林肯工作了一段时间；这座工厂是否免于削减员工或工资；是否有过这种削减危机；出现削减危机是什么时候，以及这一危机是什么时候消除的。

听着汇报，查尔斯感觉心灰意冷；不过他首先想要做的还是快点把这个文书打发走。"这是如今大多数人都会谈论的事——真可悲，"他尽可能轻描淡写地说道，"好了，詹姆斯，这就是你们谈话的全部了吗？下午收信前你能把对阿姆斯特朗公司的报价寄出去吗？"

盖恩斯收起他拿来了的文件离开了，留下查尔斯一个人面对这令人极度沮丧的消息。法兰奇之前毫无疑问离开了寇德匹克拜，这点是人所共知的。他为什么回来？想必这个案子肯定不会重新开展调查了吧？克劳瑟的案子有可能；不会是威瑟亚柏的案子。那个关于他去伦敦日期的问题：这个问题有点拙劣。一个苏格兰场的督察可能会弄丢他的记录吗？专等查尔斯不在的日子来，还问了一个那样的问题。没错，这的确很拙劣，这个人是想弄清别的事。

但是是什么事？他关于工厂的问题也没什么啊，也不可能是关于资金短缺的事；他查尔斯毫不掩饰这一事实，他的确有过一阵资金短缺。那么，到底是什么事呢？

这个不确定的危险令查尔斯十分害怕。话又说回来，真的有危险吗？难道不可能真的只是像这人所说，他不得不补全用于存档的报告，他真把记录弄丢了吗？

查尔斯试图用这些观点打消自己的疑虑，但当晚上到家时，他再度变得十分焦虑。看来法兰奇也已经来过他家了。他与罗林斯和他妻子都谈过了，用了同样的谎言。罗林斯不像谨慎的盖恩斯，他当即给出了警官想要的信息。但法兰奇似乎并不满意。和在工厂一样，他依然用一种看似漫无目的的方式聊查尔斯和他的恋情；问他是否经常不在家，他对恋情的想法到什么程度，就连他见尤娜的次数是否很多都问了。他对这所房子的地理位置大加称赞，问他是否可以到房子周围转一转，从不同角度欣赏一下风景。

查尔斯不在意这些问题，不过这整件事太令人不安了。然而，他再没有得到过法兰奇的消息，这个人似乎再一次离开了这座小镇。日子一天天过去，他感觉自己越发确信法兰奇关于他报告的说法原本就是事实，他查尔斯本来不用如此不安。

事实上接下来的几天似乎一切顺利，只有一个例外：他和尤娜的关系无法更进一步。与她在一起非常愉快，只要他想见就可以见到她，她陪他打高尔夫，还看了对于房子和花园的改造计划，但她不愿做出决定。她也不愿确定结婚日期，事实上她说过一两次还没决定是否要嫁给他。她很欣赏对房子的这些改造计划，但不允许将其实施。总而言之，她大多数时候都是半推半就，很难令查尔斯满意。不过查尔斯还是执迷不悟，她暗示，如果他逼她回答，那就是"不行"，查尔斯不得不见好就收了。

然后在一天晚上，一个可怕而又完全意想不到的打击降临了。

查尔斯在工厂累了一天了。由于某些材料未能送达，一份重要的订单被耽搁了，看起来不可能在合同到期前完成了。每个人都在高度紧张地工作，后果就是产生了担忧和烦躁的紧张情绪。查尔斯把相关文件带回家中，打算在晚上起草一份声明，要求违约的承包商进行赔偿。赔偿的事不会一帆风顺，他预料会有麻烦，也可能要打官司。

查尔斯吃完晚餐，一边读晚报一边悠闲地抽雪茄，在大约9点的时候他拿出那些文件在书房开始了工作。

他有很强的专注力，很快就草拟出了主要观点，接着给出了每个观点的详细证据。他进展得比预期要好，在10点时他觉得再有半个小时应该就能完成。

几分钟后，他听到了汽车轧过道路的声音，然后门铃响了。查尔斯听到罗林斯下楼去门厅开门，接着传来了模糊的说话声。外面出现了沉重的脚步声；书房门被打开了，罗林斯通报："是卢卡斯警司和法兰奇督察。"

看了一眼他们的脸，查尔斯就知道自己大限将至了。两个人表情严峻而不安，仿佛在办一件他们十分讨厌的差事。此外，尽管他们看起来没有过来，但他们可以立即来到他身边。查尔斯迟疑地站了起来，罗林斯离开房间关上了门。

那之前二人都没说话，不过当门关上时警司打破了沉默。

"斯温伯恩先生，我们很抱歉因恼人的公事前来，不过我有义务向您说明，我持有一张对您的逮捕证，指控您谋杀了您的叔叔安德鲁·克劳瑟以及他的男管家约翰·威瑟亚柏。我也必须警告您，您所说的一切都会被记录在案并被作为证据使用。我这里有一辆车，如果您安静地跟我们走，如非必要，我保证不会为难您。"

查尔斯的腿似乎没了力气，重重地摔回到椅子上。他的心似乎在以一种奇怪的方式跳动，导致呼吸困难。他刚听到的这件令人难以置信的事是什么？他们肯定不能只是因为怀疑逮捕他吧？那他们不可能，他们不*可能*有任何证明他有罪的确凿证据。不，没有；这不可能。他没留下任何漏洞，他们彻底搞错了。或者他是在做梦？天啊，这件事不是真的，这不是真的！

意识模糊之中他感觉到有什么在动，这时一个平底玻璃杯出现在他面前，他听到了法兰奇的声音。"喝点这个吧，先生。"

查尔斯将从茶几上的细劲酒瓶里倒来的白兰地一饮而尽，这正是他想要的。他突然间镇定下来，他平稳地放下酒杯，居然露出了微笑。

"没错，我不否认你们吓了我一跳。警司，你们恐怕犯了一个相当严重的错误，不过我知道我这样和你们说也没用。如果我必须和你们走的话，我当然会照做。这件事很快就会真相大白。"

"但愿如此，斯温伯恩先生，"卢卡斯回答道，"您马上就能见您的律师，做出您认为最合适的安排。与此同时，先生，请您和我们走一趟。"

查尔斯站起身："我完全准备好了，我想去拿一件外套。"

"那是当然了，先生。"

令查尔斯惊讶的是，他们不仅完全没有碰或是抓他，更没用手铐铐他。但他也不由得意识到两个人都和他保持着很近的距离，他的任何举动都会立刻被看到。他们这个紧凑的三人组走到门厅，查尔斯要去拿他的外套。

"我来给您拿吧，先生。"法兰奇说。他拿下挂着的外套在后面举着，查尔斯把胳膊伸进袖子穿上，戴上同样是法兰奇递给他的帽子，转身向门口走去。然后他停住了。

"我们最好告诉罗林斯一声，"他说，"或者你们说？"

"随您，怎样都行，斯温伯恩先生。"

"那么请按一下那里的电铃，可以吗？"

罗林斯出现的速度表明他已经意识到发生的事了，他脸上带着一副极其惊慌的表情。

"我要跟这两位先生出去一趟，"查尔斯尽可能轻描淡写地说道，"我估计半天就会回来。"

罗林斯勉强挤出一句还算说得过去的"很好，先生"，然后查尔斯就离开门厅进入了黑夜之中。尽管装出一副无畏的样子，但他已经心灰意冷。对于是否还能再见到那扇大门的疑问困扰着他，这不过只是一个插曲，一个警方暂时的错误，还是说一切都结束了？这时传来了卢卡斯的声音："请上车，先生。"

法兰奇已经上了等候在那里的汽车，麻木了的查尔斯跟在后面。警司跟在查尔斯后面上了车，三个人挤在后排座位上。一名一直等在门外的便衣警察和司机坐到了前排，汽车发动了。

行驶途中没人说话，查尔斯感觉到的只有恐惧，他已经不能连贯地思考了。他无法相信这些人真的会有对他不利的证据，不过他也知道除非获得了他们认为足以定罪的证据，否则警察不会抓人。好了，会有充足的时间考虑这一切，他必须集中精神熬过眼下这段时光，什么也不说，什么也不做，以免露出马脚。他听说过这种警察的询问，也谈不上不公平，但会有数个机智而又老练沉着的人来对付单独一个通常还被吓坏了的人。不过多亏了那杯白兰地以及天衣无缝的计划，他肯定不会被打败。

这段旅程似乎没有尽头。光线很暗，不过查尔斯还是能够辨认出那漆黑的一片是他房子周围的树林，接着是旷野和盖尔河上的那座桥、零零落落的房子、街道，最后穿过一个大门口开进一个院子，大门在他们身后关闭了。查尔斯没时间考虑那扇大门关上的意义，不过那咣当一声留在了他的记忆中，充满了可怕的暗示。他们很快下了车，依然是紧凑的三人组，走进了一个角落里有一张桌子的空房间。警司的行事变得更加高效，流程走得太快以至查尔斯几乎跟不上他们的节奏了。

　　首先，他正式被指控在8月25日和11月1日，犯重罪分别谋杀了居住在寇德匹克拜城壕的安德鲁·克劳瑟和在相同地址担任管家的约翰·威瑟亚柏。接着他被问到是否希望进行陈述，并被告知不必非要这样做，但如果他要说，他所说的话将被用作证据。查尔斯回答说除了声明一个错误已经铸成外，他目前无话可说。

　　这样相关流程就算走完了，他被带到另一个房间，在那里他接受了最为彻底的搜身。最后，他的衣服又还给了他，不过少了口袋里的几样东西，比如，小刀、折叠剪刀和其他一两样锋利金属材质的工具，他被带到一间牢房关了起来。

　　一切的流程都是以十分和善的方式进行的，这令他有些惊讶。并没有人试图质问他，更没有威逼和诱供；搜身的人对他也很客气，尽量保全他的颜面；将他锁进牢房的警员还礼貌地向他道晚安。法兰奇和那位警司处理整件事时都是在十分惋惜而又客观地例行公事。卢卡斯已经通知查尔斯的律师亚历山大·奎尔特所发生的事，安排他上午与查尔斯会面。查尔斯觉得这已经是最好的待遇了。

　　直到查尔斯在坚硬的床垫上躺下，想到陪伴他的只有那扇将他与这个世界上他所珍视的一切隔开的门时，真正的恐惧才袭上心头。他觉得他是安全的，但其他许多已经走到"绝不可能"尽头的人也是这么想的。克里平[①]不仅隐藏了犯罪痕迹，又成功离开了这个国家，他一定十分确定一切顺利。史密斯、马洪、劳斯或是其他许多人，他们哪一个怀疑过自己的安全？为什么查尔斯的结局就能比他们好？

不知怎的，独自待在那个半明半暗的地方，他的计划似乎显得不像之前那么天衣无缝了。读过的故事在他脑海里反复出现，罪犯总会制订完美的计划，但在任何情况下他们都被击败了。奥斯汀·弗里曼那些成双的故事！故事里所有的罪犯都深信自己很安全，他们的计划完美无瑕，在每个案子里这些无懈可击的计划就像筛子一样千疮百孔，满是错误、疏忽和线索。

自从开始他孤注一掷的补救措施，查尔斯已经不是第一次体会内心真正的痛苦了，他简直不敢想象等待着他的恐惧。他辗转反侧了几个小时，然后终于不太安稳地睡着了。直到一名给他送早餐的友善警员把他叫醒，接连不断的噩梦才算告一段落。

"奎尔特先生会在9:30来这里，"警员说道，"11点时你要出庭，不过那只是走个形式：不会超过5分钟。在那之前你可以见奎尔特先生。"

---

① 克里平医生（Hawley Harvey，1862~1910），因毒死妻子而被处死；是用无线电报逮捕的第一个罪犯。后面的几个人也都是历史上有名的罪犯。

"谢谢，"查尔斯回答道，"奎尔特先生会被带到这里吗？"

"是的，是这里。"

尽管查尔斯依旧十分沮丧，但夜里那种极度惊慌已经消失了。起码他现在能连贯地思考了，律师到这里时他几乎已经有点乐观了。

亚历山大·奎尔特是个大块头，长着一张粗犷的脸，他在庭审方面很有名望，强于他解决错综复杂的法律问题的能力。他的搭档敦斯福德则是处理后者的权威，两个人珠联璧合。奎尔特风风火火的，他向查尔斯问好时声音爽朗而洪亮。

"我亲爱的朋友，"没等门完全打开他就喊了出来，"这真是件可怕的事，不过我们很快让你出去。那个警司一天到晚想的都是些什么啊。"

"你怎么样，奎尔特？你来得这么快，真是太好了。"

奎尔特以同样的方式回应。过了一会儿，他开始讲那些鼓励人的陈词滥调，然后他压低了声音开始谈正事。"现在，"他说，"告诉我究竟发生了什么，不许你因为珍视自由而隐瞒任何事，不管是什么事全都说出来，然后我们才会知道该从何处下手。"

查尔斯开始说了，他讲到他资金困难，讲到他几次去"城壕"的拜访，讲到他已故叔叔对于他请求的反应，一切都和发生过的事完全一样。然后他谈到为工厂买的机器，向银行和博斯托克借钱的尝试，也谈到用画作筹钱。他说到了在伦敦的短暂停留，只提及了画作交易和在雷丁考察机器。他解释自己感觉精疲力尽，决定乘船去地中海旅行，描述了在那不勒斯接到消息，回家的旅程以及及时赶回家参加葬礼。最后他谈到购买机器以及公司状况的改善。他说的一切都是真的，除了当他直截了当地否认知道任何有关他叔叔或是威瑟亚柏死亡的事情时。

"听上去还可以，"等他说完奎尔特说道，"尽管我承认有一两件事有点不太合适，不过我们不会因为它有任何麻烦。顺便问一句，你知道根据遗嘱你会得到什么吗？"

"是的，我当然知道，所有人都知道老人打算把他大部分的钱平分给我和默里夫人，他三番五次地说过这件事。"

奎尔特开始问问题——刁钻的问题，有一些让查尔斯相当难回答。不过他表现得很好，他对自己能拼凑出的谎言十分满意，当他讲完时他的案子似乎已经无懈可击，无罪似乎是毋庸置疑的了。

"这是目前我们能想到的一切了，"奎尔特最后说，"11点时你会被带去预审，然后会将你还押候审。然后我们就能认真研究辩护的问题了。"

"我猜预审时什么也不能做？"

奎尔特摇摇头："什么也不能做，肯定会还押候审，警方总是能得到批准。不，你只能忍一忍，不会有取保候审。我很遗憾，老兄，你不必指望如此了，这种指控从来都不允许保释。不过你不会有事的，我承认这是有点烦，不过很快就会过去。等到检方起诉我们能做的事就多了，到时我们就会知道我们需要做什么了。我们可以之后再商量辩护律师和诸如此类的事。"

查尔斯不知道经过这次会面他是该高兴还是难过。奎尔特显然相信这个案子会开庭审理，也就是说，警方能使案件成立。另外，他确信可以笑着迎来结果。不过这是否只是他的态度？当想到各种可能性时，查尔斯再度感到一种失败的恐惧向他袭来。

他并没有太多时间担忧，很快就被带上法庭。在法官席位上坐着的是他在镇上的四位朋友，他们看起来很尴尬，为自己和他都感到难过。他们全都一本正经，听取了警司给出的逮捕证据，未经讨论就同意了还押候审。几分钟后，查尔斯回到了牢房。

这时查尔斯开始体会到了时间的长度，每个小时都被无限延长。他受到的待遇没什么可抱怨的，允许他看书，食物也不赖，没有人对他不客气，可他就是无法逃避自己的那些想法。

而且他极其不安地怀疑在接连不断的来访中奎尔特谈

起案子似乎越来越严肃，他时常还会问出一些极难应对的问题。比如，他问查尔斯是否曾买过氰化钾，他在问这个问题时明显加重了语气。"现在，听着，斯温伯恩，"他说，"和我说实话：你买过还是没买过？"而且当查尔斯说他没买过时，他继续说道："那么，如果控方宣称你买过的话，你有能力予以反驳吗？"查尔斯内心在颤抖，但还是给出了所需的保证。

时间缓慢前行。在预审的最后阶段，当他被送交庭审时，查尔斯被对他不利证词的气势吓得几乎说不出话。不过奎尔特似乎并不太将其放在心上，只是说辩方有所保留。奎尔特一直在努力工作，在这次审讯前后都是如此，直到最后，在庭审前两星期，一切准备就绪了。卢修斯·赫彭斯托尔先生被委托作为辩方律师，他算得上是在刑事辩护方面最有名望的皇室法律顾问了，埃弗拉德·宾先生作为他的助手同样在业内享有极高声望。碰头会已经开过无数次，一切用金钱和专业技术能做的事都已经做了。查尔斯渐渐振作起来，这点强于他的预期，不过紧跟在一段时间的乐观和希望后面的通常是情绪低落和不寒而栗。这种感觉在夜里最甚，他常无法入眠，然后在极度恐惧中被吓得满身是汗。过去一个月他变得消瘦而又面色苍白，头上也出现了几缕白发。

终于，庭审的日子总算如期而至了。

第十九章

查尔斯出庭受审

在9个星期的监禁过程中，查尔斯已将乐观情绪丧失殆尽。虽然他依然无比坚信不可能会有不利判决，但有时他也是极度怀疑的受害者，他愿意花一大笔钱只为知道奎尔特和卢修斯·赫彭斯托尔究竟在想什么。他们从没说过丧气话；他们说话总让人感觉好像庭审只是例行公事，走这趟程序是令人不快不假，但不管怎样庭审都不会得到不幸的结果。但查尔斯总怀疑……那9个星期仿佛让他度过了生命中的9年。

9周后的周二早晨醒来时，他被一层阴影笼罩，那是某种即将降临的灾祸模糊的重压感。然后当他意识到是什么灾祸时，恐惧再次淹没了他。他时常感觉当庭审来临时他会很欣慰，那种折磨再吓人，也比不过这份他有生以来最可怕的悬念了。不过现在他发现丧失希望甚至比提心吊胆还要糟糕。

他实际上要面临双重折磨，奎尔特是这样告诉他的，他的两项指控会分别审理：先要审克劳瑟的整件案子，然后是威瑟亚柏的。查尔斯对这样的安排极其不满，他认为分开审理会不必要地加重他的痛苦，不过奎尔特解释说这是惯例不能更改。

查尔斯得到一份相当不错的早餐，不过他感觉难以下咽。到法院的这段路程就是一场噩梦。他梦幻般地抵达了终点，走过青石走廊他被带到一个房间。房间里有长凳，他在两名监狱看守之间坐下等候。

但没过多久突然有了动静，门上有人喊了一声，两名看守霍然起身。"现在法官大人到了，"其中一人说道，"跟在我后面上楼梯。"

查尔斯跟在第一个守卫后面上楼梯，另一个紧随其后，不一会儿他们就来到法庭。从安静昏暗的等候室来到这个挤满了人的明亮房间，这种突然的变化使人十分难受。查尔斯眨了眨眼，然后他感觉到了——是的，感觉——他周围的眼睛。法庭挤满了人，每个人都在盯着他。他们那样盯着他，一个个都是禽兽吗！他环顾四周，但实在无法忍受那些双眼睛，只能朝下看了。在看守的示意下他举步来到被告席前，站在那里等候。过了一会儿，似乎什么事也没发生，他再次环顾四周。

他记得这间法庭，有一次在一件盗窃案中他曾来过这里做证。在法庭中央，桌前就座的是参与此案的出庭律师，稍远一点是来采访的记者。法庭中央前边是法院官员，他们后面是法官座席，上面坐着一位有些上年岁的绅士，他戴着假发穿着红袍。他后面的墙上挂着英国国徽，在右手边是陪审席，左手边是证人席，两侧后方均有数排紧密排列的座位。

查尔斯草草一看就观察到了这么多东西，接着，面前的动静吸引了他的注意。法官席前的一名法院官员起身讲话，查尔斯惊讶地意识到那人是在和他说话。

"查尔斯·哈格雷夫·斯温伯恩，你站在这里就表示在1933年8月25日，你犯重罪预谋杀害了居住在约克郡寇德匹克拜'城壕'的安德鲁·克劳瑟。你怎么说？你是有罪，还是无罪？"

现在危险就在眼前，查尔斯突然冷静镇定下来，回答时坚定的声音令他自己都很吃惊："无罪！"

辩方律师进入法庭，诉讼程序缓慢而无情地开始进行。这个事关他生死的开始，到场的众人都紧张兴奋地翘首以盼，而在查尔斯看来却极其乏味，缺乏戏剧性。事实上，在他意识到开始前，审理进程就已经开始了。

陪审团首先被传唤。控辩双方均未对陪审团成员提出质疑，顺利进入下一程序。查尔斯急切地想要在心中勾勒出每一位成员的形象，一共是九男三女，被叫到名字的人依次进入陪审席。首先是陪审团团长，一个满头白发的矮胖男人，他看起来是个态度坚决的人，一副上流社会商人或小老板的打扮。这位团长看起来很有主见，但思想极其狭隘。查尔斯确定他属于那种讲求实际的"现实派"，毫无想象力，会对自己能接受每个显而易见的解决方案备感自豪，认为形而上学或心理层面的考虑"胡说八道"并加以排斥。他的名字叫金克斯。

不过被传唤的第二个人平衡了他的作用。这个人削瘦高挑，深邃的眼睛，苍白的脸颊，修长的手指像鹰爪一样。这人一看就是那种想法站在他上级对立面上的人，他会本能排斥"现实派"的观点，形成的意见会经过心理层面考量，但会明显带有他的个人偏见。他跟着自己的领导进入陪审席。

随后10个人依次走进来，查尔斯不得不承认他们是他完全能想象到的一群具有代表性的人。有一个尖下巴的矮个子男人，一看就是那种总会附和上一个发言者观点的人，而与这人截然相反，有一个人看面相就极其愚钝，他的观点没有发言者能够撼动。还有一个长相不错的人，他看起来再普通不过了，显然是那种试图做到公平，希望恩威并施的人。在女性陪审员中，有两个怜悯地看着查尔斯，而第三个瘦女人看起来就很尖刻，或许是脾气不好，或许就是个泼妇。随着第三个女人入席，陪审团成员宣读完毕，接着是他们的宣誓仪式。

法官赫里奥特先生像一尊年老而略显干瘪的斯芬克斯雕像一样坐在那里一动不动，他主持了宣誓仪式，但自己并没有参加。从他面无表情的脸上可以看出他虽年事已高，却有着丰富的人生经验。查尔斯知道他是一个以严苛著称的法官，但也极其公正。他的法学知识被认为和他的人生经验一样渊博，委实不知道有谁从他的判决成功上诉过。

审理继续进行，此时准备工作已经完成，控方首席律师起身进行开庭陈词。

查尔斯久闻理查德·布兰德爵士的大名，他的严苛和那位法官齐名，但这位严苛的斗士也极其公正，他会责无旁贷地为那些不幸者寻求生命和自由。这是一个肩膀宽阔的大个子，他的才能体现在能客观地提出理由和论据，而不是以动人的修辞打动别人。他寄希望于毫不留情地清晰陈述客观事实，也只有他用寥寥数言就能彻底消除辩方一番慷慨激昂的抗辩产生的效果。

他还在弯腰整理笔记时就已经轻声开始说话了。由于很难听清他在说什么，现场立刻鸦雀无声，所有人的注意力都高度集中。这时他的目的已经达到，他挺直了腰板，习惯性地将左手扶在腰间，保证法庭的每个角落都回荡着他浑厚的嗓音。

在几句关于案件严肃性以及陪审团责任重大的套话过后，他开始步入正题。

"这个不幸案件的主要特点并不新奇，"他继续说道，"或许它的历史要上溯到人类发现平行线的时候了，只要人类的本性依然如此，它无疑就会像两线平行一样继续下去。案子属于谋财害命的类型。被告经济拮据，这点我会证明，他还是一笔可观金额遗产的继承人。他被指控谋杀立遗嘱人以得到那一大笔钱，从而使自己摆脱困境。

"站在被告席应诉的查尔斯·哈格雷夫·斯温伯恩于1898年出生，今年35岁。他在巴克斯顿和约克的公立学校读过书，少年时候的他前程似锦，1913年他中学毕业进入利兹大学。然后战争爆发，1916年他应征入伍，在法国光荣地服役两年，两次负伤。复员后他回到利兹大学继续完成学业，最终获得理学学士学位。1921年他进入克劳瑟电动机工厂，当时归他父亲和叔叔共同所有，不过后来他成了工厂的唯一拥有者。

"次年，即1922年，被告的叔叔，同时也是电机工厂的共同所有人安德鲁·克劳瑟从商界退休。他彻底脱离了工厂，拿走了属于他的全部资金，这样工厂就完全属于被告的父亲亨利·斯温伯恩了，被告随即成为股东。5年后，即1927年，亨利·斯温伯恩去世，这样被告就成了工厂的唯一拥有者。"

讲完开始部分，理查德爵士描述了工厂的变迁，表示在查尔斯接管工厂后，工厂享受过一段时间的繁荣，然后陷入困境。他几乎是用数字逐一追溯自大萧条开始以来查尔斯遭受到的不断加重的经济压力。查尔斯遗憾地听出这些信息肯定都是从他的私人账簿上获得的，那本账直到他被捕也没让任何人看到过。"这些数字，"理查德爵士表示，"将以证据的形式呈现在你们面前，从这些数字当中你们会发现，到刚刚过去的这个夏天中期，被告已经走投无路，实际上，破产近在眼前。他不得不采取一些极端措施来自救，不然就会破产。"

"人们可能会认为他的处境为他后来的犯罪行为提供了充足的动机，但巧的是被告要保持现有的生活方式有一个更深层次的诱因。我无法告诉你们这第二个动机和第一个相比哪个更主要，但你们都会认同它一定发挥了极其重要的作用。事实上，被告在谈恋爱。"理查德爵士继而详细阐述这条论点。当尤娜的姓名被提及时查尔斯不禁叹了口气，他追求她的历史被客观而又极其详尽地陈述出来。

"要避免彻底破产，"理查德爵士继续说道，"那么，就必须要有资金。资金能从哪里获得呢？"

"被告尝试过普通方法。这项证据会呈递到你们面前，他的银行账户已经透支了6000英镑，而在8月14日他接洽银行经理商议进一步透支。同一天他向一名放债人借款1000英镑，结果没有成功。"

"普通方法令他失望，不过还有一个资金来源他没有利用过。他的叔叔安德鲁·克劳瑟是个富有的人。"理查德爵士简要叙述了安德鲁·克劳瑟的生平，他的财富，他的遗嘱，他的健康状况，他的古怪脾气。"斯温伯恩决定向他叔叔寻求帮助，他分别在8月15日、17日和25日去见了他叔叔。结果安德鲁·克劳瑟给了他一张1000英镑的支票，在后续是否还会有一笔钱的问题上存在疑问。被告自己的说法是他得到了1000英镑，希望得到第二笔。不过，陪审团成员们，一两千对他来说没什么用。从他私人账簿上摘录的数字显示，至少6000～7000英镑的资金才有可能拯救他。"

"那么，要到哪里，"理查德爵士一针见血地说道，"能弄到这笔必要的资金呢？只有一个来源了，斯温伯恩知道他叔叔的遗嘱。他很清楚要是安德鲁·克劳瑟死了，他自己的未来就有保障了。"

理查德爵士停住了，表面上是去查看笔记，但实际就连查尔斯也明白，因为他雄辩者的直觉告诉他，为了强调他的观点暂停是有必要的，听众都安静下来专心致志地听。查尔斯想要鼓起勇气。在这样无情的*曝光*下，他的动机清晰无疑地暴露出来，就像黑夜中灯塔射出的那一束强光。当然，他提醒自己，他的动机从来不存在任何疑问，他自己也一直承认，他们永远无法证明的是他的行动。

"那么，"理查德爵士继续说道，"巧的是安德鲁·克劳瑟罹患消化不良，为了治疗这种疾病他餐后会服用一种药丸，每日三次。这些索尔特牌的抗消化不良药是一种专利药，市售的都是标准尺寸相同大小的瓶子。你们将听到斯温伯恩了解他叔叔的这种病，也了解他每餐后服一粒药的这种习惯。这时他一定已经清楚如果毒药能被装进一粒药丸，如果那粒毒药丸能被放进安德鲁·克劳瑟的药瓶，他早晚会服下那粒药丸死去，不过放药丸的人到时候要远离事发现场。我会向你们证明毒药果然被装进了其中一粒药丸，而这粒药丸被放进了安德鲁·克劳瑟的药瓶，死者的确服下了那粒药丸，结果他死了。"

那种极度恐怖的打击再度降临在查尔斯身上，他当然知道这会成为对他不利的证据的一部分，可听到它以一种毋庸置疑的方式被宣布出来时，似乎依然显得极其致命。理查德爵士似乎十分确定……但那是当然，这是他的工作，他拿的就是假装确定的报酬。查尔斯重新振作了精神。

"我已经提到过，被告在8月15日和17日和他叔叔会过面，"理查德爵士继续说道，"在17日的这第二次会面中安德鲁·克劳瑟给了他那张1000英镑的支票，我建议我们可以这样理解，那次会面结束后被告知道他的请求失败了。他已经拿到了一个1000英镑，也许还能拿到第二个，不过他想要的是六七千英镑。我认为在那时他已经决定了他的行动方案，而他叔叔的命运已经注定了。

"在21日，也就是那次会面4天后，被告驱车前往伦敦，21日和22日他在那里过夜。他这次行程的表面原因是去拜访一家雷丁公司，打算给他的工厂买一些机器。他的确造访了雷丁公司，但我会证明除此之外他还干了一些别的事：两件别的事。

"第一件事是这样的。如果安德鲁·克劳瑟被杀，肯定要过数周乃至数月被告才能真正拿到钱，因此一定要有一笔资金能让他坚持到更大的那笔钱可以使用。

"好了，我会证明那次去伦敦斯温伯恩在他车里带了14幅画，这些画是他父亲屡次收藏的，总价值大约3000英镑。他表面上是把它们拿去清洁，但其实并不是，他用它们进行抵押，得到共计2100英镑。这笔钱并没有打进他的银行，他得到的是钞票。你们会进一步听到他估计要将那些画抵押6个月的时间，我觉得这表明他知道到那个期限末期他就会有钱了。

"在那次去伦敦期间做的第二件秘密的事更加险恶。我会证明在被告从伦敦返回的那天上午，他进入了滑铁卢车站附近一条街上的某家药店，在那里他用一个假名

317

字以希望捣毁黄蜂巢为借口购买到了28克氰化钾，安德鲁·克劳瑟正是因这种毒药而死。"

听到这段陈述，法庭上有了点动静，好像人们都下意识地认可了这件事的意义，这段发言起到了它的效果。查尔斯急不可耐地观察了每位陪审员的脸，想知道这件事给他们留下了怎样的印象。那位陪审团团长似乎已经做好了决定，他的表情就是在说"有罪"！查尔斯猜想如果有办法，他肯定已经让审理停止，当场做出裁决了。他旁边那个瘦弱的男人看起来持怀疑态度，不过查尔斯感觉很难想到有什么问题能让他不怀疑。其他人似乎认为案子已经清晰明了了，就连那两位平易近人的女陪审员的表情也有了变化。她们看起来依然很惋惜，不过在查尔斯看来现在她们像是有意避开他的目光。那个瘦女人看起来倒是很满意。查尔斯在观察他们时内心感到沮丧。

理查德爵士没完没了地继续着他的演讲，他精准调节的嗓音如音乐般抑扬顿挫。查尔斯惊恐万分地注视着他，在他眼里这个男人的长相越来越邪恶可憎。他那张特征极其明显的脸是如此冷酷无情，大鼻子、方下巴、薄嘴唇以及他极有说服力的表情。一个十分危险的人！是查尔斯的敌人，而他的战斗只为要了查尔斯的命。

有一会儿查尔斯被头脑中的这个想法搞得失去了理智以至漏听了几句话，这会儿他的注意力又回到了法庭上。

理查德爵士这时在讨论查尔斯8月25日到"城壕"拜访的事——三次拜访的最后一次。

"现在让我们问自己一个问题，被告这次为什么到'城壕'拜访？正如我所说，我会证明被告在8月23日在伦敦买了氰化钾，我也会证明死者后来死于服用了一粒含有氰化钾的毒药丸，我会证明那次去'城壕'的拜访是被告这两个月中见死者的最后时机。因此，如果被告的确把毒药放进了死者的药瓶，那一定是在那个场合下完成的。

"让我再问一次那个问题：被告这次为什么到'城壕'拜访？我会证明他在之前几天已经去过那里两次，因此这次几乎不可能只是一次社交拜访。类似地，这也几乎不可能是为了借钱：他已经朝那个方向最大限度地努力过了。要我说那次拜访有且只可能有一个目的，那就是把那粒毒药丸放进死者的药瓶。这种说法是否是事实要由你们来判断。

"关于这次拜访，在这里我希望一个要点能引起你们的注意，我会证明那天晚上用餐过后，女士们离席，这时只有被告一个人和死者待在一起。在只有这两个人的这段时间中，一杯红酒洒在了桌布上。当你们听到这项证据，这里还是要由你们判断，这是个意外，还是被告在放置致命药丸时为分散死者注意的手段呢。"

理查德爵士接着开始讨论乘船旅行。"我们认为被告实施的这项计划的一个基本特征，就是要给他自己提供一个不在场证明，安德鲁·克劳瑟死的时候被告必须远离事发现场，事实上他当时在那不勒斯。"接着叙述了查尔斯订票，那次乘船旅行，在那不勒斯接到的无线电报，以及查尔斯及时返回寇德匹克拜参加葬礼的经过。

"现在，"理查德爵士继续说道，"关于这次乘船旅行有两点我想引起你们的特别关注。第一点是这两个日期之间的联系。我会证明被告预订他的这次旅行是在8月26日上午。陪审团成员们，在25日晚上，也就是他订票的前一天晚上，他和他叔叔共进晚餐，而我们认为他换了药。我们认为他是等药换好之后才决定离开的，这件事一做完他就参加了旅行公司提供的第一趟乘船旅行。"

"第二点是这样的。证据将会呈现在你们面前，被告在旅行期间一直处于一种紧张不安的状态；从短途旅行回来他首先就会询问有无信件，当有无线电报送到甲板上时他的不安是显而易见的。有位同行的旅客希尔曼夫人会告诉你们她注意到了他的心理状态并加以评论，当时被告解释说他最近身体一直不舒服，出来就是为了散散心。要我说这种不安无法解释，除非假设他在期待他叔叔的死讯。"

"还有一点，我就讲完了。悲剧发生时，被告的14幅画正在伦敦的一家公司作为抵押。于是，被告家的墙壁上当时就有14处空位，能够想见这些空位显然会引起疑问，而这些疑问可能会揭露被告经济拮据的确已经迫在眉睫。如此大的风险当然有必要避免，被告竭力避免此事，我会证明……"理查德爵士继而详细叙述了查尔斯从斯皮勒-摩根公司贷款5000英镑的事。

这是理查德爵士讲的最后一点了。在用几句话简短地总结后他坐下了，而他的下属，莱昂内尔·科珀德先生起身传唤"珀西瓦尔·克罗斯比"！

这时，似乎是从庭审程序开始以来的第一次，法官大人动了动。"马上要到吃午饭的时间了，科珀德先生，我觉得我们现在最好休庭。请在两点继续。"

一名看守立刻碰了一下他的手臂，示意他跟着他下楼梯去下面的等候室。当查尔斯转身时，他看到出庭人员全体起立，恭敬地等待法官走出法庭。

查尔斯对那些不利证据的强度感到极为震惊。在预审时他当然已经听过这些证据了，但不知怎的，当它们被理查德爵士说出来时，整件事似乎就比他想象得要糟糕多了。在他看来，定罪的可能第一次变得真实。然而当奎尔特过来和他说一两句鼓励的话时，他似乎丝毫不为所动，"等赫彭斯托尔对付他们"是他唯一想说的。这句话是很叫人安心，但就这么一句怎么叫人放心得下！

查尔斯吃不下东西，尽管一名粗鲁而又好心的看守命令他打起精神，并补充说食物会让他做好战斗准备，不过他只是感觉自己能把大海喝干。他把饮品喝完然后麻木地坐在那里等待。

再次开庭后并没有任何耽搁直奔正题，克罗斯比立刻被传唤，科珀德起身对他进行询问。

也许从他的职业就能想见，克罗斯比是个很好的证人。他的回答声音清晰，简明扼要，但又能完整回答被问到的问题，没问到的从不主动回答。科珀德对他态度十分温和，说话也很客气。

在问过他的地位和资历后，科珀德引导他的证人讲述了克劳瑟家族和电动机工厂的历史。克罗斯比多年来一直是安德鲁·克劳瑟的事务律师，他讲述了他的委托人退休后发生了什么，以及他遗嘱的拟订。据他所知被告知道遗嘱条款以及这些条款对他自身的作用。等他讲完，查尔斯的动机已经毫无疑问地被证实了。

等科珀德坐下，埃弗拉德·宾先生起身进行盘问。他对这位证人也十分礼貌客气。在查尔斯看来他似乎并不重视他的工作，看起来漫不经心，查尔斯看不出他的问题有任何意义。他重复了许多科珀德先生已经问过的问题，不过他的确使克罗斯比说出，可能除了威瑟亚柏，遗嘱中其余继承人也都知道自己会得到的遗产金额。他还说出在安德鲁死前的那天晚上，克罗斯比和彼得在"城壕"吃过晚餐，并且商量了彼得寻求经济援助，以及可能用奥特顿农庄抵押贷款的事。

"好了，克罗斯比先生，那天晚上你和死者有过任何私下交谈吗？"

"没有。"

"你的意思是说，当晚你在'城壕'的所有时间里，哪怕连一分钟也没和死者单独待过吗？"

"我就是这个意思，我没和他单独待过。"

"很好。那么，据你所知，彼得·默里先生有过任何和死者私下交谈的机会吗？"

克罗斯比第一次犹豫了。"我不这样认为，"过了一会儿他说道，"我——"

宾突然高声打断了他："在当晚的任意时间中，出现过你离开并将他们两个留在那个房间的情况吗？"

科珀德站了起来："我反对，法官大人，这完全无关紧要。"

"这并非无关紧要，"宾迅速反驳了他的同行，接着他转向法官大人，"我希望得知在死者生命的最后一晚，是否有可能进行过有嫌疑或其他情况的私下交谈。"

这里有了一小段争论，法官最终认可了这个问题。

"现在，克罗斯比先生，"宾理直气壮地继续说道，那感觉就像本打算战胜正义，现在幸运地得逞了似的，"请你回答我的问题：在当晚的任意时间中，出现过你离开并将他们两个留在那个房间的情况吗？"

"嗯，是的，我离开过，"克罗斯比回答道，"不过只离开了两三分钟。晚餐后我到门厅从大衣口袋里拿一些文件，他们在餐厅。"

宾又问了几个查尔斯认为完全没意义的问题，他问问题的时候看不出任何自信和对案件的关注，没过多久他甚至放弃了努力坐下了。

这令查尔斯极其失望，所有这些对话没有任何意义。如果他的辩护律师不能比这个人表现得更好，他就真完了。

彼得是下一个证人，他被理查德爵士亲自询问。他首先说了去法国旅行的全部情况，以及安德鲁·克劳瑟死亡的细节，包括彼得以及威瑟亚柏在午餐后看到安德鲁服下药丸的事实。接着理查德爵士的问话变得更针对个人，彼得重复了许多克罗斯比已经陈述过的话。他彼得同样是资金困难，他也和被告商量过那些难题。他妻子和被告都是已故的安德鲁·克劳瑟遗嘱中主要的遗产继承人，他知道此事，相信被告也知道此事。他大体上证实了克罗斯比关于家族地位和历史以及工厂发展历程的证据。事实上，他没说出任何一件能引起人们关注的事或者新鲜事。

埃弗拉德·宾先生的盘问也没问出一丁点有用的事。宾几乎没提那次旅行，他的问话同样针对个人。被问到了那个非常直接的问题，彼得承认当时如果没有现成的资金就会破产。进而承认他岳父一直不愿意帮助他，给出的理由相当荒谬，竟然说他的困境是由于在农庄工作不够努力。然而，正当似乎马上要得到一些有价值的东西时，宾放弃了。他坐下了，这让查尔斯气得直哆嗦。查尔斯气冲冲地对自己说，他付给这些人大笔的钱是为了让他们给他办事，可不是像那样偷懒，到现在辩方律师还什么都没做过。查尔斯在他一生中还从未感到过如此走投无路，如此孤立无援，如此一筹莫展。

"亨吉斯特"号上的服务员詹姆斯·布拉德利接下来被传唤，他描述了从克里登到博韦的飞行和飞机上的午餐。死者吃了每道菜，也喝了咖啡，证人收走了用过的餐盘和杯子。来自法国医生的宣誓过的证词被呈至庭上，警方也来到法庭。阿普尔比督察分别描述了将遗体运送回家，将那些药丸交给格兰特先生，和发现查尔斯秘密账簿的经过。他宣读了在调查开始时查尔斯对他的原始陈述，出示了那本秘密账簿，并被要求逐一公布了那些数字，又介绍了许多技术性的常规问题。盘问并没得到任何有用的信息。

威尔弗雷德·维瑟罗是下一位证人，他说他是北县银行寇德匹克拜支行的经理。他详述了查尔斯的财务状况由盛转衰的逐步改变，提到了查尔斯的透支，提到了他再贷款1000英镑的请求（他承认当时如果再被施压就会表示拒绝），以及他付清了死者那张1000英镑的支票。

这次卢修斯·赫彭斯托尔亲自起身盘问，查尔斯立刻变得十分期待，这次肯定能问出点有用的东西了吧？

但是赫彭斯托尔展现出的是和他下属相同的懒散和漫不经心，他没得到任何有用的东西，甚至好像都不想尝试。他让维瑟罗承认了查尔斯后来告诉他——叔叔正在帮助查尔斯，因此不需要那笔额外的透支了，不过仅此而已。

等这场闹剧——查尔斯在他现在几近绝望的内心中这样称呼它——结束，博斯托克走入证人席。他的证据很短，描述了查尔斯向他申请一笔1000英镑的贷款，他不得不遗憾拒绝的经过。他向宾承认查尔斯后来告诉他不再需要那笔贷款了，多亏了他叔叔给予他的帮助。

下一位证人使查尔斯的内心痛苦到了极点，尤娜·梅勒走入证人席。查尔斯在法庭上一直没见到她，因此她的出现是一次双重打击。她脸色十分苍白，不过除此之外看起来并没有任何不安。查尔斯知道，不管审判的结果如何，他已经不可挽回地失去了她。

起身询问的理查德·布兰德爵士的确十分礼貌。他很遗憾不得不问些不愉快的问题，但是他别无选择。在他和颜悦色的询问下尤娜说查尔斯当时一直想娶她，在多个场合向她求过婚。她没给过他明确的答案，因为她在当时并没有拿定主意。因此之前并不存在订婚这种事，现在更没有。

然后赫彭斯托尔起身说他不想进行盘问便再次坐下。在查尔斯看来，这就是压垮他的最后一根稻草，他差点叫出了声。这些人是打算*什么事都不为他做吗？*这就是一名辩护律师的想法——拿大笔的钱，什么也不做就把钱挣走吗？恐惧又一次降临到查尔斯身上，如果他们什么事也不做，他就完了！他试图引起奎尔特的注意，却是徒劳。

不过此时尤娜已经消失不见了，正在讨论的是是否需要休庭的问题。克罗斯比关于家族历史的证据花费了很长时间，彼得和维瑟罗的也是一样，已经5点多了。最终，法官宣布休庭。由于疲倦、恐惧和饥饿而处于几近崩溃的状态，查尔斯忍受着痛苦无精打采地被带回了牢房。

他的动机已经被证实了——最大限度。明天他又会怎么样呢？想到这里他不禁大声呻吟起来。

第二十章

查尔斯忍受绝望

对于一件事查尔斯有理由心存感激：他一觉睡到了天亮。他实在太累了，尤其腿疼得厉害，一进牢房他就倒在床上，立刻进入了梦乡，就像是被麻醉了一样。他没有做梦，直到第二天早晨牢房门打开，有人送早餐时他才醒来。

经过前一天的打击之后，他感觉自己比想象的要乐观得多。他告诉自己庭审一向如此，当案件由控方收尾时，在场的旁观者就会认为被告有罪。几乎完全相同地，当辩方完成他们的辩护陈词时，旁观者会认为被告一定是无辜的。在听到赫彭斯托尔的结案陈词前，查尔斯都不会绝望。赫彭斯托尔久负盛名，而且他昨天的表现比查尔斯意识到的要好。查尔斯现在明白了他没有盘问尤娜是对的，假如比控方更让尤娜难堪肯定就不会博得同情了，赫彭斯托尔知道他在干什么。

和第一天一样，上午依然是在法庭楼下的等候室，同样沉闷的等待；随后当法官入座后，同样被突然带上法庭，忍受光线从暗到明的突然变化，不过这个上午不用进行同样的准备工作了。宣读完陪审团成员的名字，他们依次入座，然后审理继续进行。

第一位证人是佩内洛普·波利费克斯。她和尤娜一样面色苍白，而她做证时显得极不情愿。是的，她告诉了被告关于他叔叔喝抗消化不良药的事，提到过他每天三餐后服药。是的，被告8月17日在"城壕"吃了午餐，25日吃了晚餐。每次用餐结束时女士们都会离开房间，他会和死者单独待在一起。

"现在告诉我，波利费克斯夫人，"科珀德继续说道，"在'城壕'日用织品柜是由你来掌管吗？"

"是的，由我掌管。"

"你记得被告和你们共进晚餐的那个晚上吗？"

"记得。"

"8月25日？"

"是的。"

"在第二天，也就是8月26日，你们已故的管家约翰·威瑟亚柏向你提出过任何与织品有关的请求吗？"

"是的，他提过。"

329

"他要的是什么？"

"他找我要一块干净的桌布。"

"要一块干净的桌布。他是以什么理由找你要的？"

"理由是前一天晚上晚餐后一杯红酒洒在了旧桌布上。"

"你自己看过那块旧桌布吗？"

"我看过。"

"桌布上的污渍和给出的理由一致吗？"

"一致。"

除了承认这件事以外，据证人所知，红酒应该是威瑟亚柏洒的，而不是其他用餐的人，宾并没有过分盘问，他只明确了一点。证人发誓在查尔斯来吃晚餐的那天晚上——也就是他被指控更换药丸的那个晚上，他并没有表现出任何不同于以往的兴奋。

接下来是罗林斯被传唤。他明显很愧疚地讲述了查尔斯拿画去清洁并带回画的经过，每件事他都给出了日期。

当传唤塞缪尔·楚勒弗时，查尔斯明白关于画的整件事都查清楚了。他想象不到警方是怎样找到楚勒弗的，或者确切地说他们是怎样想到画作这个问题的。

和之前的证人相比，这位他在阿伦德尔街见过的油腔滑调的绅士在证人席显得更加自在。查尔斯不得不承认，他十分公正地讲述了他们的会面经过。查尔斯拿来了那些画，说他希望用它们借一笔钱，期限6个月。证人将画估价，这些画他能给2100英镑，查尔斯同意了这个数字，钱以现金的形式交付，他说是为了避免交易经过他的银行为人所知。

宾随意慵懒的盘问令查尔斯十分恼火。被告提到以6个月作为他需要借款的大致时间，他确切地说过是6个月吗？没提过其他时间期限吗？

作为回答，楚勒弗说起初查尔斯不知道他想借多久，然后为了商量说了6个月。不过后来他弄清了，由于可能存在的赎回，这家公司会将画保留2年。他评论说这正好适合他，因为到第二年年末，他的生意要么兴旺发达要么已经完了。

对于查尔斯的安全保密措施，楚勒弗承认这是和他的公司做生意常会伴有的要求，除了客户不希望外界知道他们缺钱外并不能说明什么。

这还并不太糟，但看到下一位证人时查尔斯颤抖了。他是一个驼背的瘦老头，透过眼镜眨着眼睛，活像一个走路慢吞吞的老狐狸。他说出了他的名字——埃比尼泽·皮博迪。

理查德·布兰德爵士起身询问他。他陈述说他是伦敦滑铁卢车站附近斯坦福德街的一家药店的老板，他记得8月23日的事。一位绅士在那天来到他的药店，想买一些氰化钾捣毁一个黄蜂巢。证人提出异议，指出他不被允许把毒药卖给陌生人。这位绅士于是立刻说他理解这种规定，但他的身份毋庸置疑。他出示了一张名片，上面印有"弗朗西斯·卡斯韦尔，鸽舍，梧桐大街，瑟比顿"的字样。他还从口袋里拿出几封信递了过来，这些信上写着相同的收信人而且是经过邮寄的，因为邮票已经盖销了。证人确信了来人的身份，不过在他交出氰化钾前，他做了两个他认为的确证试验。他自己了解瑟比顿，那里的医生也认识一些，他问来人是否认识其中一位戴维斯医生。来人问是不是"伊登路的那个"给出了正确的地址，然后又提到了另一个他自己的医生，也给出了正确的地址。这使证人完全确信一切都没有问题，不过即便如此，为了安全起见，在去拿氰化钾时他还是趁机去查了电话号码簿，他发现上面有卡斯韦尔先生的名字，地址也完全正确。

"那么，"理查德爵士继续说道，"你给他毒药了吗？"

"是的，先生，我把毒药给他了。"

"给了多少？"

"一个装有28克的铁罐——这类用途的常用量。"

"你让他在你的毒药册上签字了吗？"

"是的，先生。"

"这是那本毒药册吗？"理查德爵士从他下属那里拿过一本册子递了过来。

"是的，先生。"

"这是那个人的签名吗？"

"是的，先生。无论如何，这就是他写的。"

"很好。现在，皮博迪先生，"理查德爵士变得十分夸张，"看看你周围。你在法庭上看到那位告诉你他叫弗朗西斯·卡斯韦尔，并且你卖给他氰化物的人了吗？"

老头近视地朝查尔斯的方向眨了眨眼。"是的，先生。"

"谁是那个人？"

"被告，先生。"

"你对此有十足的把握吗？记住你发过誓了。"

"我有十足的把握，先生。"

理查德先生坐下了。陷入无尽绝望之中的查尔斯忍不住去看这项证据对在场所有人的影响，尤其是对陪审团的。在这项证据公布后，审理毫无疑问来到了尽头，继续下去还有什么用？让审理立刻结束，尽快将案子了结吧。他已经完了！

不过赫彭斯托尔漫不经心地站了起来，他显然有点厌烦了。在开始盘问前他俯身对宾低语了几句，听了那个比他年轻的男人的回答笑出了声——居然笑*出*了声。就这一点，其他事都不再重要了，查尔斯真想起身将他无奈的愤怒大喊出来，对什么也不做就挣走他的钱，对审理已经到了这种地步居然笑*出了声*！查尔斯已经无法用语言来形容他的感觉了。

"好了，皮博迪先生，"赫彭斯托尔用一种友好礼貌的语气开始了盘问，"你说你在 8 月 23 日在你的店里见到了被告，也就是在那时你卖给了他一些氰化钾。你下次见到他是什么时候？"

这个人想了想。"我可以看下我的记事本吗？"他问道，当得到准许后他继续说道："10 月 31 日星期二。"

"10 月 31 日星期二，"赫彭斯托尔重复道，"很好。你是在哪里见到他的？"

"在寇德匹克拜。"

"那你是怎么想到要来寇德匹克拜的？"

"警察叫我来的。"

"他们告诉你原因了吗？"

"是的，先生，他们告诉我了。"

"是什么原因？"

"他们想让我来看看是否能认出买毒药的那个人。"

"很好。"

赫彭斯托尔大加摆弄他的单片眼镜，摘下眼镜查看他的辩护状，然后再次戴上注视着这位证人或是陪审团。现在他戴上了眼镜，用温和友好的声音问出了他的下一个问题：

"买毒药的这位顾客在你店里待了多长时间，皮博迪先生？"

"多长时间？"这个人想了想，"三四分钟吧，我想应该是，也许是5分钟。我没看表。"

"肯定是没看。我只想要一个估计的时间，你估计时间是在3～5分钟。现在告诉我，你店里光线充足还是昏暗？"

"还不赖吧。"这个人有点犹豫地开口道，不过赫彭斯托尔打断了他。

"还不赖？这并不是一个回答，皮博迪先生。我问你，你店里的光线好还是不好？记住，我们很多人都去过那里，知道里面的情况。"

这个人显得有些垂头丧气。"店里的光线恐怕不太好，"他抱歉地说道，"我想过改建一下以改善这种状况，可经济一直萧条，就把这件事给搁置了。"

"很好。不要认为我在批评你，我只是在设法获知真相。这家店的光线不好，是怎么造成的？是光线因为什么原因被挡住了吗？"

"就药店面积而言那些窗户太小了。"

"店内光线不好是因为窗户太小了。现在来说另外一点，你能告诉陪审团这份毒药的购买者是向光还是背光站的吗？"

这个老头犹豫了，接着承认道："背光。"

"他是背对光线站的。他当时戴的是哪种帽子？"

皮博迪先生再次犹豫了。赫彭斯托尔有些严厉地重复了这个问题。

"我刚好没注意到这一点，"药剂师无疑有些生气地回答道，"我当时想的是我的生意，没注意他戴了什么帽子。"

赫彭斯托尔简直就是温文尔雅的代名词。"你当时想的是你的生意，而不是你顾客的外貌。这十分正常，皮博迪先生。正如我之前所说，你一定不要认为我在批评你的行为，我只是问你是否注意到了他的帽子，而你没有。他当时戴眼镜了吗？"

很明显皮博迪眼看就要回答了，这时他的眼睛突然看向坐在被告席的查尔斯，他犹豫了。

"他当时戴眼镜了吗？"赫彭斯托尔重复道。

"我'记得'他戴了，"这个老头说，他立即改口道，"我'认为'他戴了。"

"你原来认为他戴了，但你看向被告看到他不戴眼镜，现在你不能肯定了。是这样吗？"赫彭斯托尔的声音变得更加严厉。

理查德·布兰德爵士立即起身反对卑劣动机的归罪。

"我没有归罪任何动机，不管是卑劣的或是其他的，"

赫彭斯托尔反驳道，"我问证人他的顾客当时是否戴了眼镜，他告诉我的实际上是他不知道。我这样说对吗，皮博迪先生？"

皮博迪不安地动了动。"不，"他回应道，"我现在记起来了，他当时戴了眼镜。"

"喔，"赫彭斯托尔说，"经过重新考虑你认为他当时戴了眼镜。你注意到那是夹鼻眼镜还是框架眼镜了吗？"

"框架眼镜，我认为。"

"你认为？你发誓那是框架眼镜吗？"

皮博迪没发誓。他不确定，他也无法说出眼镜是无框的，还是金边的，又或者是玳瑁的。

意识到赫彭斯托尔想要做什么的查尔斯这时正极为尴尬地听着。

他发现他误会赫彭斯托尔了。这个人是在挣他的钱不假，可他知道他想要什么，并在用他娴熟的技巧达到目的。查尔斯再一次相信还有希望。

在赫彭斯托尔礼貌却又连绵不绝地盘问下，皮博迪变得十分慌张，赫彭斯托尔带着他有条理地通身问了一遍他顾客的衣着。这个人发誓来人穿了一件浅黄褐色的长大衣或者雨衣，不过他说不出是哪一个；他不知道来人是否戴了手套，也没看到那人手上有戒指。另外，他不能发誓这些都没有。当赫彭斯托尔转到其他话题时，他作为一个证人的可信度已经被动摇了。

赫彭斯托尔接着问了他关于提供毒药给顾客的法规，迫使他承认在上述讨论的事例中他违反了规定。不过，皮博迪十分迅速地承认了错误，导致在这一点上并没有像之前那样降低他的可信度，于是赫彭斯托尔不露痕迹地转移了话题。

"现在，皮博迪先生，"赫彭斯托尔继续说道，"看一下这张平面图。"他递过去一张图。"你之前看到过吗？"

"是的，我看到过。"

"这是一张什么的平面图？"

"我店里的。"

"你店里的。你看到图上分别标着'A'和'B'的两个点了吗？"

"是的。"

"这两个点表示的是什么？"

"它们应该表示的是我卖那份氰化物时顾客和我站的位置。"

"它们的确准确地表示出了这些位置吗；我的意思是大致准确？"

"是的，它们表示出了。"

"哪个点表示的是那位购买者？"

"'A'点。"

"那么'B'点代表的是你当时站的位置吗？"

"是的。"

"我稍后会证明那张平面图，法官大人。"赫彭斯托尔说话的同时那张图被呈交给了法官。

这样盘问就结束了，接着传唤上来一位霍勒斯·德林克沃特先生，他说他是一位笔迹专家。他之前得到了被告笔迹的样本，并将其与上一位证人毒药册里的词条比对。在他看来，这两份笔迹出自一人之手。

赫彭斯托尔对他的盘问非常短。事实上，他只问了他三个问题。

"德林克沃特先生，你说在你看来，这两份笔记出自一人之手。你能发誓它们出自一人之手吗？"

"不能，"证人回应道，"没有笔迹专家会这样做。我能说这在我看来准确无误，但我当然不可能发誓。"

"很好。那么，你有很丰富的比对和鉴定笔迹的经验吗？"

"我做这个已经超过25年了。"

"现在，告诉我，德林克沃特先生，"赫彭斯托尔的态度突然变得尖锐，"在这么长的时间里，你知道你的意见有过不正确的情况吗？"他身子向前探，皱着眉头，严厉地瞪着证人，吓得证人动弹不得。

德林克沃特犹豫了。"什么，没有，"他终于说话了，

"我认为没有。总的来说，不经常有。"

"*并非全知全能。*"赫彭斯托尔*低声*嘀咕了一句坐下了。

一位伊索贝尔·卡明女士接下来被传唤以证明印有弗朗西斯·卡斯韦尔信息的名片购买一事。她说被告很像那位购买者，但她向宾承认她不敢说他们就是同一个人。

真正的弗朗西斯·卡斯韦尔先生宣誓做证说他在8月23日没去过皮博迪先生的店，没从他或其他任何人那里买过氰化钾，也没从前一位证人那里订购过名片。辩方没有进行盘问。

希尔曼夫人明显不情愿地描述了查尔斯在乘船旅行期间的易激动和焦虑，讲到她对此发表过评论，而他解释说他最近身体一直不舒服，精神状态不是太好，因此他出门来散散心。在她后面的是"*朱庇特号*"上的一名服务员，他给出了关于查尔斯急切询问信件和电报的证据。

在这后两次盘问中，宾都努力使证人承认了所谓事实不过是证人自己的看法，并没有查尔斯本身的明确行为作为支持。查尔斯觉得这已经令他相当满意了，这些证据显然没太引起陪审团的注意。

一名来自库克公司的职员给出了查尔斯为乘船旅行订票的证据，对他的盘问并没有什么结果。

斯皮勒-摩根公司的斯皮勒先生给出了他的公司贷款

给查尔斯5000英镑的证据。和对上一位证人的盘问一样，并没有问出任何实质性的内容。

接下来，格雷戈里医生被询问了相当长的时间。他重复了他在死因审理时给出的有关死者健康状况以及他适宜乘机旅行的证据。他描述了氰化钾的药效，并且表示毒药是通过药丸服下的这个假设在他看来可以解释之前已经观察到的所有事实。

那位化验员加文·格兰特向他之前提供的证据中进行了一些补充。他在给他送去的从死者身上取出的器官中发现了氰化钾，这在之前的证据中已经说过。此外，氰化钾的含量——大约0.2克——刚好是能被放进死者服用的那种大小的药丸的大致剂量，这个剂量已经足以导致死亡。

"那么，格兰特先生，"布兰德继续说道，"你化验过死者药瓶里剩下的药丸吗？"

"阿普尔比督察交给我一瓶索尔特牌的抗消化不良药，据我理解是在死者身上找到的，我把它们都化验了。"

"你不必详细叙述，那你发现它们含有确定的物质了吗？"

"是的，我准备了一份完整的分析报告。"

"现在，告诉我，你在死者的器官里发现相同的物质了吗？"

"没有，我一点没发现。"

"从这点来看，你能不能说在飞机上的午餐过后死者服的不是这些药丸中的一粒呢？"

"假如他在午餐后不久就死了，正如之前所说，我已经做好准备发誓说他服下的并不是这些药丸中的一粒。如果他这样做了，我肯定会发现少量成分。"

"我们有彼得·默里先生的证据表示死者在午餐后的确服下了一粒药丸。如果这条证据无误，你能解释一下这里的矛盾吗？"

"如果一粒药丸被服下，它里面含有的肯定是其他东西，而不是消化不良药。"

"很好，这正是我想知道的。"

查尔斯再一次觉得盘问极其敷衍。辩方试图使证人出差错，但没有任何实际效果。

当格兰特离开证人席，理查德·布兰德爵士起身说这就是他的全部证据了。此时已经过了1点，法庭立即休庭去吃午饭。

就在查尔斯离开被告席走下楼梯时，他觉得他终于知道了最糟糕的情况，这比他之前能想到的任何情况都要糟糕100倍。警方是怎样发现他买氰化物这个可怕事实的，他想象不到，即便是现在他也不明白自己遗漏了什么。

他一直充满了痛苦与绝望，到现在几乎已经变得麻木了。他似乎脱离了自己的身体，从远处俯视着自己，开始十分客观地感受整个庭审。如果有机会，他会思索有怎样的机会，似乎全然意识不到这关乎着他的性命。

他机械地强迫自己吃东西，然后机械地走上那段悲剧的楼梯，有太多从上面走下的人走向了绝望和死亡。说不定天黑之前他就已经加入他们的行列了。

第二十一章

查尔斯重拾希望

再次来到被告席，查尔斯感觉极度厌烦。他是多么厌恶法庭以及和它相关的每一个人！讨厌理查德·布兰德爵士和他的大鼻子、方下巴、薄嘴唇，讨厌他坚毅的眼神；讨厌赫彭斯托尔和他的单片眼镜；讨厌那位彻头彻尾的"现实派"陪审团团长和他那位瘦弱爱空想的邻座；讨厌那两位平易近人的女陪审员和她们恶毒的瘦同伴；讨厌法官和他疲惫而干瘪的脸；讨厌一名书记员和他斜视的左眼。啊，他是多么厌恶和痛恨他们所有人！

不过他没时间考虑这些事了。他刚坐下，赫彭斯托尔就起身开始进行辩护。

"陪审团成员们，"他以低沉和缓的嗓音开始了发言，"由于我只会传唤4位证人，而且没有一位会占用大家太长时间，因此我会打破一些惯例，在为被告辩护之前先传唤这些证人。不过有一件事我希望现在就说，那就是我不打算传唤我的当事人做证。

"被告进入证人席为自己做证的权利得到法律认可已经有很多年了，这一权利直至法律生效后才得到认可。对于明显可疑的情况，不能由被告给出正确的解释是一件可怕的事情，而被告又常是唯一能给出真相的人。幸好这种不公正的待遇现在已经不存在了。

"不过，和其他所有好的事情一样，使被告进入证人席做证的这份权利也存在弊端。一个令人意外而又十分遗憾的后果随之而来，如果不被传唤至证人席，审理居然就会变得对被告十分不利。陪审团成员们，这种情况极其令人遗憾，因为不管无辜还是有罪，很多人由于身体原因无法在不表现出不安迹象的前提下接受盘问，不幸的是这些迹象通常——尽管是错误的——被视为有罪的象征。由于这个原因，至少我决定站出来抵制这种已成风气的惯例，除非我确信他能给出用其他方法都无法获得的重要证据，否则在任何情况下我都不会让我辩护的被告人进入证人席。我认为在当前情况下，我们掌握的所有能由我的当事人提供的证据都是从其他来源获得的，因此我不打算传唤他。我说这番略显冗长的题外话只是为了让你们不会误解我的动机。

"说完这段开场白，我将传唤我的证人。戈弗雷·安德森先生！"

查尔斯从未听说过戈弗雷·安德森先生，当一位机警的年轻男子走进证人席发誓时，查尔斯感觉又突然来了兴趣。

"你在英国气象局担任记录员的工作吗？"宾在核实过他的姓名和资历后问道。

"是的。"

"你带来刚过去的8月23日伦敦的天气记录了吗？"

"带来了。"

"你能告诉陪审团那天上午从11:00 ~ 12:00这段时间的天气吗？"

"深低压中心……"

"算了别说那个了，安德森先生。用我们都能理解的日常用语来说的话，当时伦敦是什么天气？"

"好，气压计达到29点……"

"即使是这样也比我想要的更加专业。告诉我，当时是晴天还是在下雨？"

"事实上当时并没有下雨，不过当时阴云密布，而降雨……"

"当时阴云密布，这正是我想要的。换句话说，当时是阴天还是晴天？"

"当时是阴天。"

"很好！当时是阴天，阴云密布。"宾坐下了。

控方很满意他们使证人承认了阴天只是太阳没有照耀大地的普通昏暗，并没有任何反常。

"亚瑟·希金博特姆！"赫彭斯托尔传唤道，另一个查尔斯不认识的男子走进证人席。他是个面部轮廓分明的矮个子，他热情而自谦的态度非常像猎狐犬。

他解释道，他是一名摄影师，已经从特定角度拍摄了埃比尼泽·皮博迪先生店里的情况。是的，这些——73，74，75和76号物证被呈交——即为上述照片。证物被交给法官和陪审团查看。希金博特姆先生承认这些照片拍得不好——远低于他平时的水平——不过他发现那家店非常暗，不得不给出极长的曝光时间才能拍到东西。他是在一个晴朗的日子，大约在正午时分拍摄了那些照片。不，他没使用任何人造光源。

第三位证人查尔斯依然不认识。莫里斯·巴洛先生说他是一名建筑师，他给皮博迪先生的店绘制了一张平面图。（那张赫彭斯托尔向皮博迪出示的平面图被再次出示。）是的，就是这张平面图，我认为这张图准确无误。他在上面标注了特定的位置，A和B，这两个位置是皮博迪先生向他指出的。他在店里做过一个试验，他让皮博迪先生站在位置A，也就是已经在之前的证据中给出的，那位购买者在购买时所站的位置；而他让自己站在位置B，也就是如上所述皮博迪先生当时站的位置。他发现由于皮博迪先生背对光线，无法看清其面部特征。

他还对那家店做过专业的检查，店内昏暗——有两个原因。首先，窗户对于那样面积的房间来说太过狭小。这里巴洛给出数字将窗户的实际面积和标准的建筑实践所需面积进行了对比。其次，本来狭小的窗户，还被在窗旁摆放的东西挡住了大部分。他指出照片，即75号物证，可以作为他这项证据的证明。75号物证被再次交给法官和陪审团查看。

只有这次，查尔斯觉得控方的表现是敷衍的。科珀德先生进行了盘问，不过就连查尔斯也能看出他并没有太重视。事实上，只是走形式地问了一个问题后，他就坐下了。

"亚瑟·纽波特！"

第四位辩方证人查尔斯认识。他是一个驼背的矮个子老头，一脸高傲的表情，态度冷冰冰的。他说他是一名科学家，换句话说，是一名笔迹专家。他有着确定无疑的资历，身兼数职，所有这些他都进行了详细叙述。宾递给他一页纸。

"你之前见过那页纸吗，纽波特先生？"

"我见过。"

"那是什么？"

"这是一份被告笔迹的样本。这是他在我在场时写下的。"

"出示57号物证。"

有人把皮博迪先生的毒药册交给了证人。

"你看到那条声称是弗朗西斯·卡斯韦尔,日期是8月23日的签名记录了吗?"

"看到了。"

"你能说出它是否由被告所写吗?"

证人不安地动了动:"这不可能绝对确定,但这在我看来不是。"

"你认为这并非由被告所写。谢谢。"宾坐下了。

莱昂内尔·科珀德一跃而起。

"你说不可能确定这条记录是不是由被告所写吗?"

"不可能绝对确定,但在我看来那不是他写的。"

"你可以确定一件事,也可以不确定一件事。你说你不确定。"科珀德以一种挫败了蒙混过关企图的胜利者的正义姿态坐下了。

宾立刻又站了起来。

"既然你承认不可能绝对确定这条记录不是由被告所写,你是否相当确定这在你看来准确无误?"

"是的,我确定在我看来准确无误。"

不再有其他证人了,赫彭斯托尔先生起身说他的结案陈词。

查尔斯浑身打了个寒战，终于到这个时候了！这是他最后的机会了。如果赫彭斯托尔能发表一段完美的演说，一段真正完美的演说，那还有希望。如果他搞砸了——查尔斯知道他就完蛋了，必输无疑，死定了……焦虑之中他尽力使自己平静下来倾听。

他忍不住看向陪审团，他们的表情告诉他机会有多么渺茫。所有人似乎都已经下定了决心。他们会继续听，因为这是规矩，也是他们的责任，但就连那个瘦高男人似乎对案件也没有任何怀疑了。

赫彭斯托尔以一种温和亲切的谈话式的语气开始了发言，他的态度给人一种他在向推心置腹的老友们吐露某个有趣秘密的感觉。把陪审团当作自己的知己：就是这样。帮助他们应对身上的重任，尤其是帮助他们卸下由于代表王国政府被强加在身上的重担……

"法官大人，陪审团成员们，请允许我，"摆弄了好一阵他的单片眼镜，他开始了发言，"让我现在有机会为我的当事人，查尔斯·斯温伯恩先生辩护。我不需要再提醒你们他的糟糕处境了，他的一切岌岌可危：他的幸福，他拥有的一切事物和地位，他自己的性命。你们不可能，我知道你们也不会漫不经心地对待一件如此重大的事。我知道你们会考虑所有能极力主张他无罪的证据，还有那些似乎对他不利的证据。正如法官大人会告诉你们的，你们有双重责任：对他负责，同样也对这个国家负责。你们会竭尽所能地尽职尽责，在这个法庭上没有人会怀疑这点。

"你们现在应该都很熟悉这句话，也就是告诉你们当对被告有罪心中存疑时一定要认为他是无辜的，如有错误还请法官大人纠正，我要请你们考虑一下这句话的真正含义。这句话并不意味着除非绝对确定有罪你们才能定罪——几乎不存在陪审团会喜欢的那种绝对确定的案子。不，这句话意味着一些更老生常谈的说法。它意味着，你们必须以与你们在日常生活中处理普通事务完全相同的方式，行使你们判断被告无辜或有罪问题的权力。

"让我这样来向你们解释。假如有人向你们提出索赔，而这会使你们面临极大牺牲。你们自然会调查索赔之事，以使自己确信索赔之事是否合理。索赔合理性的证据可能并不绝对，但如果你们大致确信索赔是正当的，你们就会做出牺牲；如果不正当，你们就不会。在当前案件中也完全一样。如果你们确信被告有罪，也就是在相似情况下你们会做出极大牺牲，那你们就做出有罪裁决。但如果你们感觉证据不足以说服你们做出牺牲，那你们就做出无罪裁决。

"现在我要告诉你们一个明确的事实，这个事实必定会使你们对报告是否有罪产生充分怀疑，从而对他做出无罪裁决，这个事实就是控方提出的所有事实同样也能用来解释其他某些人的行为，而不是报告有罪。换句话说，这个事实就是警方抓错人了；简而言之，这就是我要在辩护中陈述的主旨。我现在希望向你们证明，虽然你们已经听到了可能能证明有罪或是无罪的证据，那份罪责都不是我当事人的。如果我成功证明了此事，我就能够充满信心地请求你们在做出无罪裁决时举手。"

查尔斯的心脏开始吃力地跳动。真的是这样吗？这到底是不是在辩护？如果赫彭斯托尔能证明这样的事，那他就得救了！查尔斯感觉自己快要受不了这种紧张了，他攥拳头攥得指节都发白了。

"我现在完全承认，"赫彭斯托尔继续说道，"对我当事人不利的证据让一切看起来毫无希望。要不是我学识渊博的同行理查德·布兰德爵士经办此案，情况就大不相同了。不过，对我的当事人来说，幸好这只是表面情况。这毫无希望的表象是由于对事实做出的主观臆断的解释造成的。幸好有其他解释——其他两个解释——完全能说明他的无辜，将它们讲述给你们是我的责任，也是我的荣幸。

"当我列举完所有证据，你们会和我一样看清楚，只有一项对被告的定罪起决定性作用。如果他真走进了一家药店，通过假冒身份和伪造签名得到了氰化钾，无法用无罪的用途做出解释，到那时我会说，让他被绞死。如果我认为他做出了这种事，我也不会出现在这里为他辩护。但我要再重复一遍，这项证据是*唯*一起决定性作用的证据，其余所有证据都能以假设另外一个人有罪得到同样完美的解释。我马上就会向你们详细地证明这点。让我先将重点放在这一项上：被告是否买了那份毒药?

"现在肯定有人买了那份毒药。此外，肯定有人通过欺诈手段买到它。皮博迪先生和弗朗西斯·卡斯韦尔的证据整合后已经十分清楚地印证了这点。你们只需要问这一个问题：买到那份毒药的人是被告，还是其他某个人?

"你们会告诉我皮博迪先生已经证实了那个人绝对就是被告，我要告诉你们皮博迪先生搞错了。我现在的这种说法丝毫不是在质疑皮博迪先生的*诚实信用*，你们和我都看到了证人席上的他，我相信我们都认同他说话极为坦诚。但皮博迪先生有着你们和我也同样拥有的缺陷：他是个凡人。和我们大家一样，他也会犯下无心之过。现在请你们仔细考虑进行辨认所处的条件。

"首先，皮博迪先生的视力不是特别好。你们自己观察他的眼镜就会发现，镜片非常厚，证明他近视。其次，皮博迪先生的店非常昏暗，他自己已经告诉你们这点了，你们也已经掌握了十分明确的证据。再次，这份毒药被买走的当天是阴天，你们已经听到在毒药被买走的那个时间天空阴云密布。最后，那位购买者背对光线站立。陪审团成员们，请你们在心中想象一下：在一个阴天，一个近视的人在一家昏暗的店里看向一位背光站立的顾客！你们一定也都像我一样意识到了，根据自然规律，在这样的条件下不可能做出令人满意的辨认。事实上，无论我们意识与否，这点都是毫无疑问的。有明确证据表明皮博迪先生其实并没有仔细观察他，他不知道——你们听到他这样说了——他不知道那个人戴了哪种帽子，他不知道他是否戴了眼镜、手套、戒指。他不知道是因为他当时没有仔细观察他；他没有仔细观察他是因为当时光线太暗了。难道不能从他的证据中十分清楚地表明这点吗？当然能，我可以毫不犹豫地说，当那位无名氏离开店里时，皮博迪先生对他的长相没留下一点清晰的印象。为什么？因为他从未看清过。

"你们现在一定不能忽略另一个非常重要的细节，那位无名氏在店里的总时间是3 ~ 5分钟：假设是4分钟吧。在这4分钟期间，皮博迪先生干了几件事，在干这几件事的过程中他不可能一直盯着他的顾客看。他在仔细查看那张名片，他在仔细查看那4个作为伪造的身份证明出示的信封。他不得不到后面去拿毒药，他告诉我们当他离开时他还在电话号码簿里查了卡斯韦尔的名字。我问你们，他实际看了那位不速之客多久？不可能超过1分钟，最多最多也就是2分钟。

"现在仔细想想！从那一两分钟半暗的会面到在寇德匹克拜的身份辨认过去了多长时间？皮博迪先生已经告诉你们了。不少于69天；大约10个星期！陪审团成员们"——赫彭斯托尔探身向前，语气很有说服力——"你们不会真相信皮博迪先生在这样的条件下能够确定的。你们和我一样都清楚他不可能看清，这在自然规律下是不可能的。"

赫彭斯托尔再次站直身子，在继续说话之前稍微顿了一下。"你们会问我了，那么为什么，动机无可争辩的皮博迪先生，为什么他相信他能进行辨认呢？我来告诉你们，这是由于一个共同的人性特点。由于这样一个事实，你们和我以及皮博迪先生，我们所有人都会倾向于看到我们希望看到的东西。仔细想想这次辨认是怎样完成的吧。

"皮博迪先生在伦敦被警方询问，他们请他来到寇德匹克拜，看他是否能认出去过他店里的那个人。我并不是在控诉警方使用了不恰当的方法；他们也别无他法。但事实仍然是皮博迪先生过来希望看到这个人，他看到了一个似乎和那人很像的人，他下意识地认为这个人就是前面提到的那个人。这不过是人之常情。

"好了，陪审团成员们，你们要对这次身份辨认给出一个意见，而你们的意见直接决定一个人的生死。和你们说我是做不到，其中有比一个理性的怀疑更重要的东西。

对于一件无足轻重的小事你们也许可以接受这样的证据，对于一个人的生命，不行！现在这里存在如此大的疑问，要是还不认为他是无辜的就会——请恕我直言——那就会出现一个你们或是其他任何人都不敢面对的责任。

"尤其是买那份毒药的人是否*和被告长得很像*，你们考虑过这个问题吗，陪审团成员们？如果没有，请考虑一下吧，你们必须排除所有合理的怀疑。我告诉你们，没人会在这样的证据下绞死一只猫，你们是明白这个道理的！

"现在我不是要提出任何形式的控告，不过有其他两个人，他们中的任意一个都可以轻易化装成我的当事人，与目前呈现在你们面前的所有证据完全相反，他们中的一个完成了这项谋杀。你们知道我提到的人是谁：彼得·默里先生和那位已故的约翰·威瑟亚柏。事实上我绝不是在说他们中的某一个人干了这件事，但是你们必须单独捋一遍这些证据，这些证据中的关键点对于被告和那两个人是完全相同的。你们没被告知任何信息——我说这话是经过深思熟虑的——你们没被告知任何信息能使你们决定这三个之中谁是凶手。

"不过还有另外一点，极其重要的一点，希望引起你们的特别关注。有什么证据证明这份毒药的购买者就是我提到的这三个当中的一个？有什么证据证明这个人和这起谋杀有任何关系？有人买了毒药——你们怎么知道他用毒药是为了杀死安德鲁·克劳瑟，或者他居然知道安德鲁·克劳瑟这个人的存在？举个例子说，你们怎么知道他没有用毒药来自杀？

"我认为根据目前你们所看到的证据，无论如何你们也没有理由把氰化物的这次购买和这起谋杀联系在一起。现在只有皮博迪先生本人的证词，还是那句话，我不是在质疑皮博迪先生的诚实信用，而我已经向你们说明了，由于这个案子的性质，这样的证词不可能令人信服。

"说了这么多关于那位氰化物购买者的辨认问题，我这里要说的是这位购买者和我的当事人绝对不是同一个人：进一步来说，无论如何都没有真正的理由表明那是我的当事人。现在我们十分简要地回顾一下其余对我当事人不利的证据。

"我不打算说关于记录在那本毒药册上的那位购买者笔迹的事了，笔迹已经被两位专家鉴定过了，如你们所知，其中一位说那是被告的笔迹而另一位说不是。好了，陪审团成员们，这并不意味着其中一位专家是诚实的人而另一位是骗子，我十分肯定，他们都是品格十分高尚的人。而这两个结论意味着他们被问到的问题很难回答，在这件事上没有真正的方法能得出确定的结论。你们一定已经注意到了，他们中没有一个人固执己见，均明确指出自己只是给出一个意见。我要向你们说明，从他们的证据中你们唯一可能得出的结论就是，被告是否进入过那家药店存在重大疑问。

"另外一项完全没有说服力的证据就是希尔曼夫人和'朱庇特号'上的服务员提供的证据。虽然无可否认这两个人十分诚实，出发点也是好的，但他们居然声称能告诉你们我当事人的想法！如果你们熟悉一个人，了解他的脾气，当他兴奋或难过时肯定地说出来，这合乎常理。但我的当事人对这两个人来说是陌生人，在他们不知道他日常举止是什么样的情况下，他们怎么可能区分他的举止是否反常？而且他为什么就不该急于拿到他的信？他的生意难道没有处于困境吗？他难道不是在急切地关心它的情况吗？我认为以如此含糊的说法为根据的任何观点都是不成立的，我请你们将其视作与本案不相关，对这些所谓的证据不予考虑。"

希望，难以置信的希望，再度使查尔斯重新振作起来。他一度认为赫彭斯托尔根本没操心过这个案子，他不值得请他花的这些钱。现在查尔斯明白了，他花再多的钱也还不清他欠赫彭斯托尔的人情，赫彭斯托尔要救他的命：这是他唯一要做的。他把精神完全集中在赫彭斯托尔身上，甚至连眼睛都瞪疼了。

这番发言无疑对陪审团产生了影响。除了那位陪审团团长，那种心意已决的可怕表情已经从他们脸上消失了。

他们中的大多数人现在看起来愿意听取不同的意见了，两三个人看起来迟疑不定，感到困惑。查尔斯沾沾自喜，目前的形势的确不错。

"眼下，"那个令人信服的声音继续说道，"控方劳心费力地要证明被告有杀害他叔叔的动机，他们本可以完全省去那份麻烦。他们起初是怎样得知这一动机的？是从警方调查或巧妙的侦查工作中得到的吗？并不是，而是来自被告本人。你们听到宣读过的他最初的陈述了，那是他*主动说出来的*，他完全承认他有充分的犯罪动机，但这与他真的犯了罪完全是两码事。

"我会用寥寥数言向你们证明这点。除被告外，另外4个人有相似的犯罪动机。彼得·默里先生有更强的动机。他和被告都向死者寻求过帮助，不过被告倒是得到了帮助，彼得·默里先生反而没有，因此他的动机其实比被告更强。波利费克斯夫人、波利费克斯小姐和已故的那位管家约翰·威瑟亚柏同样有杀人动机。他们都能通过安德鲁·克劳瑟先生的死亡得到好处，不过他们得到的不如其他两个人多，与我们所了解的一切截然相反，他们中的任何一个都可能更急着用钱。

"现在共有5个人有谋杀死者的动机，他们不可能都实施了谋杀，因此他们中的一些人——他们中的4个，要么就是全部5个——是无辜的。我的观点是那4个无辜的人和那个有罪的人一样，都有犯罪动机。因此只有动机不是有罪的理由，我和你们说，你们可以不用再考虑动机问题了，这几个人有同样的动机。既然如此，让我们来到下一个关键点：服下一粒毒药丸。"

这里赫彭斯托尔先生卓有成效地稍微停顿了一下，他弯腰查看他的辩护状，毫无节制地熟练玩弄着他的单片眼镜，以一种友好的方式看了一眼陪审团，然后继续道：

"在这点上我承认对我学识渊博的同行控方首席的态度有些惊讶，这有点不像他，居然提出这样一条完全没有根据的论断，说被告把毒药放进一粒药丸并设法使他叔叔服下。这是这件案子的一个基础；事实上我完全可以称其为这件案子的*唯一*基础。我相信你们已经和我一样惊讶地发现，在这个基础问题上连一丁点证据都没有被给出。我学识渊博的同行对此是怎么说的？我引用一下他的发言。'他一定已经清楚——这里的他指被告——如果毒药能被装进一粒药丸，如果那粒毒药丸能被放进安德鲁·克劳瑟的药瓶，他早晚会服下那粒药丸死去。'这里，"赫彭斯托尔打了个十分显眼的手势，用响亮的嗓音大声说道，"这就是你们被要求给这个男人定罪的根据！只是提到了一个可能性，根本没有一丁点支持性的证据！尽管我学识渊博的同行接着说他会证明毒药被装进了其中一粒药丸，而这粒药丸被放进了死者的药瓶，死者服下了那粒药丸，结果他死了——尽管他说他能证明所有这一切，但我认为他并没有这样做，所有这些陈述他一条也没有证明。

"因为请记住这个事实，死者可能服下了一粒毒药丸完全不会将我的当事人和他的死亡联系起来。陪审团成员们，我问你们，你们会根据这样的证据给一条狗定罪吗？如果根据它就剥夺一个人的生命，后果不堪设想。

"控方主张因为在 8 月 25 日晚餐后被告与死者单独待在一起，他一定将毒药放进了死者的药瓶，或者将死者的药瓶换成了另一个装有那粒毒药丸的药瓶。我请你们仔细分析一下这一论点，由于两个原因我也请你们无视这一论点。首先这一论点不合逻辑。如果这一论点是合理的，那么随之而来的是每个和死者单独待过的人都一定往他的药瓶里放了一粒毒药丸——这显然很荒谬。其次，被告不是唯一和死者单独待过的人。你们已经听到证据表明在彼得·默里先生和克罗斯比先生在'城壕'吃饭的那个晚上克罗斯比先生离开餐厅去拿文件，留默里先生和死者单独待在一起。因此为什么不认为是默里先生放了那粒药丸？从本案的性质我们可以确定，管家威瑟亚柏以及其他同住的人，波利费克斯夫人和小姐同样，或者说肯定在餐后和死者单独在一起待过，然而这不是推断他们在他的谋杀案中有罪的理由。在此我再次向你们表示，你们不能说犯罪的是我的当事人，而不是其他这些人中的一个。

"我学识渊博的同行告诉我们洒那杯红酒是推断我的当事人更换药瓶的一个论据。如果我的同行证明了被告真洒了酒，说不定还真可以往那个方向想一想。可他并没能证明，已经向你们提出的证据中并没有哪项将我的当事人和那杯洒了的红酒联系在一起。更有可能的会不会是那杯红酒是被死者打翻的？他年老无力，健康状况又不好，手大概会相当不稳。关于这一点，你们怎么知道酒不是威瑟亚柏酒的？

"我不必再用更多细节使你们伤神了。那些画的事，还有一笔5000英镑贷款的事，这些事与案子毫无关系。正如我之前所说，被告从未对他手头缺钱的事实有过任何隐瞒，同样也没隐瞒过他度假的事。为什么他想度假还不能拥有一个假期呢？显然当控方通过他订票的日期立论时他们面临的困难小了许多。仔细想一下，他在8月23日得到了有关乘船旅行的信息，26日订了票，有什么比这更自然的？陪审团成员们，你们之中难道有谁曾经不是在做出决定前获取可选择行程的信息再预订乘船旅行的吗？我的当事人想度个假，他有了那个机会去度了假，正如你们和我在类似情况下也肯定会这样做。我还认为尤娜·梅勒小姐的证据和本案完全无关，我公开谴责控方认为有必要给她和被告如此多不必要痛苦的事实。"

赫彭斯托尔再次引人注意地顿了顿，不过这次没有太久，然后他继续道：

"陪审团成员们，请允许我总结一下我的辩护内容，简言之，那就是控方没有成功将我的当事人和这起谋杀联系在一起。有人买了氰化物，但没有证据表明是我的当事人。皮博迪先生的证据——在这个至关重要的问题中的*唯一证据*——从本质上讲是靠不住的。其他所有证据都与本案无关，因为这些证据都有多种可能性。

"陪审团成员们，这就是所有我要和你们说的，另外我明确请求你们做出无罪裁决。"

赫彭斯托尔先生坐下了，审理由于天黑休庭了。查尔斯整个人再次乐观起来，这真是无可辩驳的辩护，没有陪审团能够无视这样的辩护。从他先前的绝望到现在这样，如此巨大的逆转，他真想起身歌唱呼喊，挥动他的手臂。他安全了！他们无法对此定罪！剩下的诉讼程序只不过就是走形式了。

第二十二章

查尔斯得知下场

第二天上午走进法庭时，查尔斯的大部分乐观情绪已经褪去。他很庆幸这段焦虑不安的可怕时光的尾声终于临近了，但与此同时，当他意识到结局可能会包含的内容时，恐惧的波澜袭遍他的全身。这时他又重新提振了自己的精神，经过如此一番辩护结果不可能有任何疑问了，今天傍晚至少会看到证明这项指控他是无罪的了。除非……不过他不愿让自己去考虑那种情况。

然而，他并没有太长时间考虑这些。审理程序刚一重新开始，理查德爵士便起身代表王国政府发表总结发言。和赫彭斯托尔一样，他也是声音低沉，向陪审团致意，好像他们是他的老朋友似的，极度放心他们的善意和热诚。

"法官大人，陪审团成员们，请允许我，"他开始了发言，"相信你们和我一样，我学识渊博的同行才华过人的辩方发言一定也使你们留下了极其深刻的印象。只有那些做这份工作的人才能体会到那样的发言意味着要花费多少时间、才能和思考。

"与此同时，陪审团成员们，你们一定要记住，众所周知我同行的目的不是向你们提出一个关于本案的毫无偏见的观点，为他的当事人洗脱罪名是他的工作，前提是如果他能洗脱。尽管他讲得一直都还不错，但他向你们提出的观点都是有意偏向一方的。现在我的任务就是要仔细研究一下他的这些论点有多强的说服力，让你们看到本案的另一面，到时法官大人会在我们之间进行平衡。我的讲话会非常简短。

"现在我学识渊博的同行承认，如果皮博迪先生辨认被告就是在他店里买那份氰化钾的人这条证据正确无误，你们就一定会认定他有罪。因此他必然要使你们对被告的身份辨认产生怀疑，而且依我说的话，他做得非常不错。但是，陪审团成员们，你们必须根据你们自己对于事实的理解做出裁决，而不是根据赫彭斯托尔先生或者我说的话，你们一定不能让自己被这些华而不实的论点误导。现在我们来细想一下这些论点。

"首先，我学识渊博的同行说那天是阴天，皮博迪先生的店里也很暗，我们暂且承认这两条陈述。不过，陪审团成员们，请你们不要忘了赫彭斯托尔先生没向你们指出的一个事实，那就是我们的眼睛本身有适应周围环境的能力。在黑暗环境中，瞳孔会放大使更多光进入。因此刚进入一个昏暗的房间时，由于光线问题我们几乎什么都看不到，然而如果整天都待在那个昏暗的房间里，其实我们看东西的情况会好很多。皮博迪先生从早上就一直在那家店里，他的眼睛早就习惯了昏暗的光线，而且他也习惯了在那里工作，他所有的配药、精准称重和小剂量的测量都是在相同的光线下完成的。名片上的字不是太容易看到的，然而皮博迪先生还是轻而易举地看清了那位购买者递过来的名片。

"接着赫彭斯托尔先生告诉你们皮博迪先生近视，不过他并没有指出他的近视已经被那副引起你们注意的眼镜矫正过来了。从法庭证人席到被告席的距离大约是4米，在这段距离下，皮博迪先生告诉你们他能清楚地看到被告。那么如果他的近视能让他在4米的距离下看清人，难道就不能让他隔着一个柜台看清人吗？当然可以。

"赫彭斯托尔先生提出因为皮博迪先生只可能看到毒药购买者一两分钟，他不可能再认出他。陪审团成员们，你们自己的经验会告诉你们，看一张脸几秒钟已经足够记住面部特征了。想想自己的经历，你们就会同意我的话。

"当我们初次见到一个人时，会看他的脸，我们不会一开始就看他的外套、帽子或者手套，而是会看他的脸，这也正是皮博迪先生那天上午在他的店里做的事。他看向了他顾客的脸，他不确定帽子形状等事实不论如何也不能论证他没看到那张脸，你们从自己的经历中也会知道这点。

"陪审团成员们，其实辩方提出的论点并没有哪条能真正推翻这次身份辨认，而我想引起你们注意的是这点：这类论点根本无法对这个问题产生实际影响。关于是否真的看到这个男人的脸由皮博迪先生自己说了算。他告诉你们他看到了，告诉你们他在店里看清了那个男人，他也看到了被告，而他告诉你们被告就是那个人。

"好了，皮博迪先生要么告诉了你们事实，要么说了谎。如果你们认为他在和你们说谎，那你们可以毫无疑问地得出被告无罪的结论。如果你们认为他说的是事实，我不知道要怎样才能避免一个有罪裁决。

"你们一定不要被皮博迪先生犯了错误的提议所误导，他清楚自己在这样的情况下犯错误的后果，他告诉你们他没犯错误。他清楚由于他的证据可能会造成的严重后果，而他依然告诉你们他没犯错误。这里你们得仔细考虑一下他的陈述，由你们自己决定它的可靠性。"

当查尔斯听到这番经过深思熟虑的演讲，一股冰冷的恐惧渐渐落到他的心头，他短暂的乐观时光一去不复返。哎，毕竟赫彭斯托尔的论点都是空洞无物的。啊，案子要是能在赫彭斯托尔讲完话时就结束该多好！之前本来已经让陪审团拿不定主意了，但此时查尔斯已经能够看到，那种疑惑的表情从他们脸上消失了，取而代之的是一种坚决。啊，要是这个男人低沉而无情的声音能被制止该多好！

"还有一件事，现在请你们一定要把一个意见从心中完全清除，这个意见就是在寇德匹克拜进行的身份辨认完全是不公平的。如果警方对皮博迪先生说：'这就是我们怀疑的人，他当时在你店里吗？'那样我同意赫彭斯托尔先生提出的意见有可能存在。但是你们和我都清楚，警方从未像那样做过。一直都是被告和其他一些人被带到有该位证人在场的地方，证人必须从中挑出被告，这种方法极其公平。总之，这还是一个是否相信皮博迪先生陈述的问题。

"赫彭斯托尔先生选择了一个令人反感的方法，试图通过将嫌疑抛给另外两个人从而分散他当事人的嫌疑，他将嫌疑抛到威瑟亚柏这个无法为自己辩护的人身上尤其令人反感。我学识渊博的同行肯定不会认为陪审团不知道在对被告提起这项指控前，警方肯定已经调查过这些明显的'旁路'了。你们可能十分确定，如果存在对彼得·默里先生不利的证据，他现在肯定就站在被告席了。

"我学识渊博的同行试图使你们不再相信关于被告在

乘船旅行期间心理状况的证据，他这样做是理所当然的，因为这项证据对他的辩护是极为不利的。陪审团成员们，我将这个任务交给你们，由你们来判断希尔曼夫人和那名服务员是否能注意到被告易激动和焦虑的迹象。如果处在他们的位置你们能不能注意到？我想你们必定能注意到，他们也能，并且的确注意到了。

"但如果被告真的焦虑不安，会是由什么引起的呢？不会像赫彭斯托尔先生如此机智提出的那样由于他工厂的情况，如果他真像那样完全在为他的工厂感到焦虑，他肯定不会离开那里3个星期。不，我认为他焦虑不安是因为他在等待安德鲁·克劳瑟的死讯，而且我认为这是唯一能解释他当时心理状况的事。

"再有一点我就讲完了。赫彭斯托尔先生称我们没能将被告和那粒药丸联系起来，甚至我们连那粒药丸是怎样被服下的都不知道。如果我没把这部分的控方陈述讲得足够清楚，那么我很抱歉，我以为已经讲清楚了。不过，我现在会努力纠正这个错误。

"让我先使你们回想起我们其实知道死者死于服下毒药丸的原因，共有四点。

"第一，彼得·默里先生在飞机上看到他在午餐后服下一粒药丸。你们听到默里先生描述他是怎样探身向前和死者说话并看到他服药的了。

　　"第二，加文·格兰特先生已经告诉我们，遗体中并未含有组成那种抗消化不良药的任何物质，因此得出结论——正如你们自己也能想到的——服下的那粒药丸并不是一粒抗消化不良药。

　　"第三，死者死于服下了恰好能被放进一粒那样的药丸剂量的氰化钾。

　　"第四，默里先生还告诉你们，死者是在午餐结束后服下的药丸。你们已从那位医生那里获知，这种毒药起效非常迅速，因此午餐吃下的任何物质中都不可能有毒。如果有，我们应该可以确定死者就无法服下那粒药丸了。

　　"我要向你们说明，这些事实的唯一合理解释就是死者服下的那粒药丸有毒。

　　"我承认我无法向你们分毫不差地证明毒药丸是如何被放进死者的药瓶里的：要是能，这次庭审也就没必要持续3天了。不过我可以为发生了什么提出我的意见，我认为被告买了另一瓶药，他在底部附近放了那粒毒药丸。我认为在8月25日的晚上，也就是当他最后一次在'城壕'时，他用他带去的致命药瓶换掉了属于他叔叔的那个无害药瓶。这肯定很容易，安德鲁·克劳瑟每餐过后都会服药，那天晚餐后想必他也服了一粒。那时两个人单独待在餐厅，还有什么比分散那位老人的注意而趁机更换药瓶更容易的事吗？

370 第二十二章 查尔斯得知下场

"那么，与这件事相关的，我希望你们特别关注一下
洒了一杯红酒这件事。洒红酒是一件极不寻常的事，至少
在一顿不存在喧闹或喝多了的晚餐当中是这样，很难想到在
正常情况下这种事怎么可能发生。但如果那杯红酒被打翻
是用来分散老人的注意，与此同时药瓶被调换，发生的这
件事立即就能解释通了。陪审团成员们，我再次承认我无
法证明药瓶是用这种方法被更换的。我怎么可能证明？被
告不太可能会在有证人在场时做这种事，不过我请你们再
次考虑如下事实：

"第一，彼得·默里先生和那位化验员的证据证明死
者死于服下一粒药丸造成的氰化钾中毒。

"第二，来吃这顿晚餐的两天前被告通过一个骗人的
把戏在伦敦买了氰化钾。

"第三，席间他有一个机会——也是唯一的机会——
把毒药放进死者的药瓶，而当他与死者单独在一起时，红
酒洒了。

"第四，被告这次到'城壕'的拜访毫无道理，只有
调换药丸可以解释。

"第五，他在第二天上午就开始着手准备第一趟可订
到的乘船旅行。

"我认为这些事实是被告把毒药丸放进了死者药瓶的
压倒性证据。陪审团成员们，这要由你们来判断我的意见

是否正确。

"总结一下我的发言，那就是被告有极强的动机实施犯罪；他有一个合适的机会；他的数项行为只能以他有罪的假设来解释；对于死者的死亡无法提出其他解释。"

理查德爵士以一个简短的结语指出人们要想安全地生活"在这片古老而伟大的英格兰土地上"，陪审团毫无畏惧和偏袒之心地完成自己使命是十分必要的，说完便立即坐下了。

法庭上再次有了动静，这部可怕戏剧的又一幕结束了，查尔斯再度陷入迷茫和恐惧的极度痛苦中。案子现在要看法官在总结中给出何种导向了，而法官赫里奥特先生尽管公正，也尽人皆知的严苛……

这位老绅士动了动，稍微侧过身子，为了更好地同陪审团说话。他不紧不慢地开始说话，低沉而清晰的声音传到了屋子的每个角落。

"陪审团成员们，"他说，"本案起诉此人蓄意谋杀。在谈证据的具体细节前，我希望就你们在审理中的职责问题和你们说几句。

"实际上你们有两项职责，给有罪的人定罪和宣布无辜的人无罪，这两项职责同等重要。我不需要告诉你们这点有多么重要，如果这个人是无辜的，应该让他摆脱这可怕的指控，毫无污点地离开法庭。不过我必须提醒你们，如果他有罪就应因罪行而承受刑罚，因为如果有罪的人不能被发现并惩罚，犯罪就会盛行，生命和财产就不会安全了，这点同样重要。因此，正如辩方律师所说，你们要对被告负责，也要对这个国家负责。我相信那你们会非常认真仔细地考虑证据，从而不辜负你们的责任。

"我现在要讲到案情了，此人，查尔斯·哈格雷夫·斯温伯恩——"乏味的要点又被完整地总结了一遍；克劳瑟家族和工厂的历史；查尔斯的资金困境；可能的摆脱困境的方式；毒药的购买；药丸的推测；查尔斯的度假……

幸运的是，查尔斯已经开始麻木了，对他来说不过是恐惧的堆叠。他吃惊于心中所想的无关细节，有时甚至将那个关乎他生死判决的低沉声音排除在外。他座前的护栏挡板上有一条裂缝，他沿着裂缝从木板的一端看到另一端，事实上他已经这样看了两天了。下方几厘米处还有一条裂缝，再低点的裂缝围绕着一处节疤胡乱弯曲，查尔斯清楚那些裂缝的每一处弯曲和不规则。有一只小蜘蛛正在这块木板上爬，对他来说这似乎变得比案件本身更加重要。他观察着蜘蛛接近裂缝。它会越过去吗？他屏气凝神地看着。它成功了！当来到裂缝处它犹豫了一下，不过还是越过去了，然后继续往前爬，在这块木板和下一块木板之间消失了……

那个低沉的声音还在喋喋不休地说着，他讲的一切都十分公正，不偏不倚，他没有给陪审团任何导向，他们不得不在没有任何人帮助的情况下自己做出决定。希望和绝望在查尔斯心中交替出现。

"控辩双方，"那个镇定而低沉的声音继续说道，"均已理由充分地强调了皮博迪先生证据的重要。你们是接受皮博迪先生的陈述，即买那份毒药的男人就是被告，还是认为买毒药者另有其人，将会对你们的裁决产生重大影响。现在，要解决这个问题，你们更应该根据你们自己的常识和对店、人及生活经历的了解，而不是根据你们听到的双方代表提出的论点。根据所描述的情况你们每个人都想象自己身处皮博迪先生的店中，仔细考虑你们是否能在将近10个星期后认出那位顾客。这是一个常识和经验问题，不是争论出来的。

"如果你们确信被告的确购买了那份毒药，你们也许会发现你们将被迫做出有罪裁决，因为如果被告买毒药打算用于其他目的，辩方肯定就提出来了。另外，如果你们不确定被告是否真的买了那份毒药，那你们就不得不考虑其他全部事实，决定它们是否足以使你们得出结论。

"你们现在可以退庭，仔细考虑做出裁决，如果你们有哪点法律上的问题需要进一步指导，我会很愿意为你们提供帮助。"

　　陪审员陆续退出，查尔斯再次被带下那段不祥的楼梯。

　　他从法官的陈词中得到一丝丝宽慰。并没有对他不利的地方，所有可能对他有利的关键点都已经被指出了，他感觉这份总结没什么好抱怨的。但法官同样也没有任何偏袒，所有对他不利的核心问题也都被无情地指出。没有一方被强调——不管是对他有利还是不利的。

　　从陪审员的脸上他也没了解到太多信息。陪审团团长看起来还是要给出他的有罪决定，但其他人就不太容易看出来了。若陪审团团长是个强势的人，情况看起来就有些糟糕了，而思想僵化的人通常都会为他们认准的道理据理力争。

　　自从查尔斯想出谋杀他叔叔的主意开始，他就一次又一次地领略到时间可以怎样令人发指地缓慢前进，不过那些都不如他在县法庭楼下的这间等候室中经历的时间来得漫长。他一次又一次地发现自己几乎希望得到随便哪种裁决，即使是不利裁决，只要这可怕的焦虑能够结束。这时他会再次意识到不利裁决究竟意味着什么，内心又充满了惶恐、厌恶和恐惧。

　　监狱看守们以一种略显粗鲁的方式对他表示着善意，他如饥似渴地喝干了他们给他的茶。他们让他打起精神，告诉他一切还都没完呢：即使裁决对他不利，他还可以上诉。

时间缓慢前进，并没有任何事发生，查尔斯陷入一种神志不清的状态。他再次有了那种脱离自己身体的奇特感觉——仿佛在从远处俯视着自己，仿佛他的经历都是别人的。他回忆起了生命中的一些特定事件，现在如果他能以不同的方式再活一次，他愿意放弃他拥有的一切。现在如果他能问心无愧，如果能拥有自由和贫穷，他将不胜感激！还有尤娜！他为尤娜牺牲了自己，而刚有了点麻烦她就辜负了他！想尤娜只会徒增他的痛苦。

趋近于无限的两个小时已经过去，依然没有进展。看守们讨论了陪审团被关一整夜宣判推迟到第二天的可能性，查尔斯感觉这种事如果真会发生他一定会发疯，他不认为自己的内心还能承受这样的焦虑一整夜。

这时他突然再次登上了那段楼梯，陪审团回来了。

朝他们脸上瞥了一眼查尔斯就知道了真相！他完了！

幸好他早已完全麻木。他感觉自己对正在发生的事只还有部分意识，那个关乎命运的问题被问到，陪审员们一致同意裁决他有罪。

仿佛在梦里一般，查尔斯听到有人问他——或许站在被告席的是另外一个人？——他有什么理由让法庭不对他做出有罪判决吗？他们是在和他本人说话吗？他根本不知道：他根本不在乎了。他没有回答，那又有什么关系呢？反正他们要绞死他了，他说的任何话都不重要了。此处有一阵停顿，他听到了那个可怕的宣判。一切都结束了！看守们指向那段楼梯，他们扶着他，将处于半昏迷状态的他捯了下去。

第二十三章

法兰奇开始讲故事

在这次庭审结束几周后的一个晚上，一场小型聚会在伦敦一家酒店的包间中举行。包间里共有5个人：朱利安·赫彭斯托尔，埃弗拉德·宾，亚历山大·奎尔特，卢卡斯警司和法兰奇督察。这不是一次单纯的社交聚会，事实上发起聚会的宾有他自己的目的。

寇德匹克拜一案很快走向了它早已注定的结局。的确有过上诉，不过被驳回了，查尔斯·斯温伯恩终究还是没能逃脱他想极力避免的命运。

对这个案子的兴趣，除了纯粹的学术关切，还因为宾有任务在身。宾是一位兼职作家，以一个笔名创作犯罪学方面的作品，"著名庭审系列"中有4本由他执笔。他的出版商委托他写一个和这次寇德匹克拜的案子相似的故事，他现在非常希望为这本书收集素材。

　　他产生的一个灵感得到了出版商的热烈支持。他提议，如果他能设法办到，会给这本书加一个章节，这章会包含一个简短的案件侦破过程，整件案子会以警方的视角来叙述。它将会从最初引起谋杀怀疑的事实入手，进而给出调查方向，以及最终由此得出结论。也许由于多方面的原因，警方出于自身考量不可能将所有事实公之于众，不过案件从怀疑到定论的大致演化过程肯定是能讲的。事实上，这将成为一部来源于真实生活的侦探故事书。宾不知道这件事是否有可能办到，不过他想看看自己能否采取一些行动。

　　这件事首先要得到官方许可，为此宾去见了苏格兰场的助理警察总监莫蒂梅尔·埃利森爵士，莫蒂梅尔爵士已经同意了这个提议，条件是得到修改所有证据的权利。然后就是要接洽卢卡斯和法兰奇，当讲明这些胜诉的警官的名字会被写进书里时，他们就都不再反对了。向他寻求过帮助的奎尔特对这件事产生了兴趣，借来伦敦看望他和卢卡斯的机会邀请这几个人到他住的酒店聚会，要宴请众人。同样感兴趣的赫彭斯托尔经过一番恳求也得到了邀请。

　　关键时刻终于到来了。晚宴已经结束，美酒佳肴自不必说，关键客人酒足饭饱之后感觉这个世界其实也并非一无是处，如果有人想得到消息肯定要告诉人家。包间十分舒适，安乐椅很放松，火烧得也很旺。威士忌和波尔图红酒都早已准备好，任君取用，奎尔特拿出一盒极好的花冠牌雪茄。其实，他是在尽全力帮助宾，或许这帮助并非完全无缘无故。

"好了，"当奎尔特确信每个人都坐得很舒服，也都抽上烟喝着酒了，他机智地对卢卡斯和法兰奇说道，"你们两个人在寇德匹克拜把我们赢了，不要紧，下次我们会反败为胜。我承认我对你们要告诉我们的事非常感兴趣，因为在我看来，你们发现他所做的事绝对是个奇迹。即便是现在我也没想明白你们即将要讲的事。你觉得呢，赫彭斯托尔？"

那个大块头的男人一本正经地点点头。"干得真是漂亮，"他表示，显然很希望帮到宾，"是我所知道的案子里办得最好的。警司，我祝贺你做出了正确的决策，你为时未晚地向苏格兰场寻求帮助，全力协助法兰奇督察，而说到这儿你无疑又使我把阿普尔比督察的名字联系起来。我也要祝贺法兰奇督察，他显然是游刃有余。没错，真是干得漂亮，就我来说我非常希望听到这是怎样做到的。"

"同意，同意，"宾说道，同时千方百计地继续保持着神秘，"此时我恐怕要提到一件事。"他朝法兰奇笑了笑，神秘地看向其他人。"这已经不再是个秘密，不过我们这里的所有人可能都还没听说。赫彭斯托尔，你提到了法兰奇督察，一个月后就不能这样叫了。我们大家都会为此高兴，到那时你就必须称呼他法兰奇高级督察了！"

"太棒了！"奎尔特喊道，"听到这儿我真是太高兴了。都满上，先生们，让我们为法兰奇高级督察干杯，愿他长命百岁，好好享受他应得的晋升！"

尽管有些尴尬，不过法兰奇显然非常高兴。他解释说3周后米切尔高级督察就退休了，他是接他的班。他非常感谢他们所有人的溢美之词，大家鼓了掌。一切都友好融洽，这种氛围正是宾所需要的。

"你还有书这个噱头没说吧，宾先生？"过了一会儿卢卡斯说道，"你需要我们做什么？"

宾打了个手势，似乎表示不再装傻，要直奔主题了。

"如果你们愿意的话，希望你们告诉我是怎样取得成功的。首先我想请问警司，是什么引起了你的怀疑，你为什么决定给苏格兰场打电话，然后我想请问法兰奇，他刚到那里时对案子有怎样的想法，还有你们都做了什么使本案直指庭审。"

"好啊，"卢卡斯回应道，"这样的事能够公之于众我还有点惊讶。不过，警察局长已经同意了，我本人也不反对把能说的都告诉你。据我了解你已经从莫蒂梅尔爵士那里得到授权了，法兰奇？"

"是的，他完全同意。"

"这个新噱头可以宣传刑侦部门，让公众知道它能做什么，"赫彭斯托尔说道，"至少我是这样理解的。这是对警察机关一直以来受到的愚蠢批评的有力回答，当局终于意识到只要民众知道政府做了什么，他们就不会再妄做批评这个事实了。"

"没必要表扬当局的这些观念改变。"卢卡斯说道，这显示出屋子里的气氛有多么放松。

"我也没有，"赫彭斯托尔表示赞同，"好了，宾，这里的一切虽然惬意，可我们不可能在这儿坐上一两个多月，要我说就开始吧。"

宾打开笔记本，他曾是一名专业的速记员。"警司，要不你先说，告诉我们你为什么会起疑，还有为什么给苏格兰场打电话？"

在这种情况下，卢卡斯理所当然地做了个小小的准备。他将雪茄的烟头吸得通红，喝了一小口威士忌，清了清嗓子，再次惬意地坐进椅子里，然后开始了讲述。

"这非常好讲。首先，这是一个富人死亡，被叫来的法国医生没有发现自然原因造成死亡。除了他和法国警方给出的意见，显然还需要尸检。尸检告诉我们一个事实，那就是死者服下了毒药，这时一个同样明显的问题摆在面前，死亡是由于意外、自杀还是谋杀。

"从表面上看，意外似乎不可能。相同的午餐被提供

给大约30个人，剩下的人没有一个投诉生病。因此这个
案子肯定与死者本人有关，并非是与其他乘客共有的。然
后氰化钾是一种有点少见的毒药，并不常用，相对很难得
到，只可能是以一种巧妙的方式带上飞机的。总的来说，
此案看起来要么是自杀、要么是谋杀，不过不可否认的
是，当时还证据不足。

　　"先说自杀，这个理论显然有3点漏洞——实际上有
两点是小问题，最后一个漏洞很严重。说到小问题，首先
是死者没有自杀的实际动机。他是情绪沮丧，但没有人觉
得他的情绪沮丧严重到会导致自杀。恰恰相反，他有一个
活下去的动力，就是特别希望看到自己的女儿。他为此不
惜长途跋涉，而且这段旅程就快要结束了，因此至少他不
愿意完成这段旅程是不太可能的。然后是第二点，死者的
态度并没有使人想到他会自杀；既没有情绪低落或激动，
也没有紧张感，如果他打算做如此极端的事，肯定会表现
出这类情绪。

　　"不过第三点才是真正严重的漏洞。如果死者带了毒
药，他肯定要放进什么东西里带着，瓶子或盒子之类的，
而并没有找到这样的容器。看起来像是谋杀。"

　　"那如何看待那位验尸法官的意见呢？也许是尸体被
抬下飞机时容器被弄丢了呢？"奎尔特问道。

　　警司耸耸肩。"当然有可能，"他承认，"可法国警方

当时没闲着，你觉得这可能吗？那些法国伙计可是相当精明强干的。"

"我猜你是对的，警司。"

"与此同时，"卢卡斯继续说道，"我让阿普尔比去'城壕'调查，除了其他事，他还告诉我那位老人是一位内行的摄影师，我大概知道摄影中要用到氰化钾，所以派人到他的暗室中去查。那位化验员格兰特先生证实那种东西会被用到，我们进行了搜查，正如你们所知道的，那里有氰化钾。"

"这正是死因调查时那位验尸法官继续的方向。"宾说道。

"是的，"卢卡斯回答，"但仅限于你们和我之间，那位验尸法官——"他十分迟缓地使了个眼色；一种不置可否的轻蔑表情，"好吧，肚子里没什么东西，不过我们认为验尸法官的观点可以帮我们使凶手轻哼入眠，所以我们指出他的错误。"

"稍等，警司，对我来说你讲得太快了，"宾抱怨道，"我没完全跟上。请你讲得再清楚点，请用一点简单明了的话来叙述。"

"你不可能跟得上，因为我没告诉你阿普尔比发现了什么。那瓶毒药上面落满了厚厚的灰尘，上面也没有指纹，已经很长时间没被碰过了。"

"很好，"宾大声称赞道，"这就说得通了。不过你们怎么不告诉那位验尸法官？"

"他没问。一个人肯定会想到的第一个问题就应该是'这个瓶子上有指纹吗'？但是他没问这个问题。如果不是一个如此重要的错误，我们肯定就告诉他了，但告诉他不会对我们有任何好处。而且这样我们可以在凶手毫无防备的情况下继续调查。"

"这样就很清楚了。那么，在调查开始时你们就知道是谋杀了吗？"

"我们是这样认为的，但并非绝对肯定，因为尽管难以相信，但死者带了一些氰化物固体而装固体的纸丢了依然是有可能的。不过，我们了解的情况足以让我们继续调查。然后当遗嘱被宣读后，我们知道已经得到动机了。"

"没错。你们是怎样知道遗嘱的条款的？"

"从那些遗产继承人那里。这是在延期的死因审理之前，你能理解，我们依然打算对此案进行调查。那些遗产继承人都不敢敷衍我们，因为当遗嘱公布后这看起来会十分可疑。"

宾没有说话，点了点头，卢卡斯警司稍微停顿了一下继续讲述。

"我承认此时我们还没把药丸当成装毒药的一个载体，因此我们可能的怀疑对象只有彼得·默里和约翰·威瑟亚柏。我本人倾向于相信是默里，认为他探身向前使死者转过头，将威瑟亚柏的注意力吸引到别处，把毒药放进食物，不过这当然没有证据。然后我们想到了那些药丸，发现它们将本案的范围扩大到了几乎包括任何人。

"事情发展到给苏格兰场打电话问题的阶段了。这并不是根据本案的是非曲直确定的，而是由于我们缺人手这个事实。阿普尔比正忙着查齐瑟菲尔德的那些入室盗窃案，其他人我都不愿意委以重任，所以我们让法兰奇下来帮忙了，我很庆幸我们这样做了。他查清了这个案子，同时阿普尔比查清了那个入室盗窃的案子。闯入齐瑟菲尔德住宅行窃的霍恩比和希明顿依照相同的法令被处刑。"

"这的确十分有趣，警司，"奎尔特表示，"那就是说，你请法兰奇来调查一个你认为是谋杀而公众认为是自杀的案子？对你来说这种表述应该够清楚了吧，宾？"

"这正是我需要的。"宾拍马屁地说道，"现在，"他看向法兰奇，"督察，请你以同样的方式继续，这样我就能整理出一篇好故事了。"

这回轮到法兰奇做发言的准备工作了，一切就绪后他开始了他的故事。

"我来到这里做的第一件事就是核实我被告知的所有事。"他朝卢卡斯咧嘴一笑，"宾先生，你要知道，那时我并不认识警司和阿普尔比，所以我完全没拿他们的话当真，我自己全部核实了一遍。”

“那是自然，”宾喃喃地说道，“了解警方，我肯定也会做同样的事，嗯，警司？”

“生活不就是这样吗？”卢卡斯仰天长叹，“我们把全部底牌都告诉他了；实际配合他的工作；而这就是我们得到的！继续吧，法兰奇，你核实了信息？”

“核实了。”法兰奇再次咧开嘴笑了，“我是从什么样的案子多半会是谋杀案这个问题开始的，要做的第一件事就是弄清这是不是谋杀案。

“我认为最好的方法就是假定是谋杀，看看会往哪里发展，我开始考虑的不是谁实施了谋杀，而是谋杀是怎样实施的。

“此时，在我看来只有3个可能；要么是威瑟亚柏或者默里偷偷把毒药放进老人的食物当中，要么就是被装进了一粒药丸。

“把毒药放进食物显然会很危险，应该很容易被看到，即使不被第三个人看到，也可能会被死者看到。从另一方面来看，如果一粒毒药丸能被放进死者的药瓶，凶手肯定会认为自己绝对安全。经过盖然性权衡——我没有再提高它的可能性——我更支持药丸。”

“还有另外一点。我知道氰化钾是一种起效非常快的毒药，我在‘泰勒’法医书里查了查，发现它甚至比想象得还要快。服毒者一分钟内就会完全不省人事，一般来说就是几秒钟的事。这表明毒药是在午餐最后时刻被服下的，这再次指向了药丸。"

"妙啊！"赫彭斯托尔评论道。

"接下来，"法兰奇继续说道，"我去见了那位化验员。他告诉了我一些十分有趣的事实。

"首先，他同意药丸是毒药的一个合适载体。此外，尸体里发现的毒药含量恰好能被装进一粒药丸。再有，这个含量几乎足以毒死一个正常人，要杀死一个心脏不好的人绰绰有余。因此到这里一切顺利。

"不过还有一个更有说服力的事实。他提醒我，氰化钾通常都是固体。因此药丸绝对是服毒的理想方法，而在普通食物中多半会被当作骨头或小石子从嘴里吐出去。"

"很好，"宾大声称赞道，"我就没想到过这点。"

"我觉得这个观点相当有说服力。我几乎无法想象默里或威瑟亚柏在那种公共场合会从瓶子里往那位老人的食物里倒液体。如果他们没倒，多半用的是固体，如果用的是固体，他们几乎不会把毒药放进食物，因此多半是药丸。这当然不是最终定论，因为存在固体粉末的可能，但是药丸似乎是最简单的方法。

"这时我突然想到另一件事，使用药丸能使凶手确立一个在他看来无懈可击的不在场证明。如果那粒毒药丸能被放进药瓶，当受害者死亡时凶手就可以远在千里之外了。"

"这个不在场证明其实并不像它看上去那样不容置疑。"奎尔特评论道。

"当然是这样没错，先生，但这还是会对一个凡夫俗子很有吸引力。人会这样想，他不在案发现场怎么可能被怀疑呢？而且离得越远，他就会感觉越安全。这是人的本性，尽管这并不明智。"

"的确是这样，"赫彭斯托尔表示赞同，"在相同情况下我应该也会这样想。"

"那么，这就是给你的一个教训，不能这样去想。"宾建议道，"这点说得真是好极了，督察。请继续？"

"还有另外一件事也是相同的情况，"法兰奇继续说道，"由于死者有自己保管药瓶的习惯，放毒药丸就会成为一个难题。这个难题也会对凶手也很有吸引力——他会认为做这样几乎不可能的事不会被怀疑。我不知道我是否已经讲清楚了？"

其他几个人打消了他的疑虑。

"那么在我看来，一个人如果足够有心机能想出整个计划，他肯定会遇到这个小难题。无论正确与否，此时我已经得出了暂定结论，下毒的方法就是通过药丸。

"我也已经做了记录，寻找在死者死亡时拥有好得出奇的不在场证明的人作为嫌疑对象。"

"天啊,"奎尔特惊叹道,"你的意思是,罪犯最为依靠的保障竟成了引导你找到他的线索?"

"这是常有的事,先生,聪明反被聪明误。我的经验是,如果罪犯没那么聪明反而更难抓住。你觉得呢,警司?"

卢卡斯点点头:"同意。从他们自身的角度,会不可避免地画蛇添足。不管怎么说,我们都很走运。"

"接着我放下了那方面的调查,"法兰奇继续说道,"开始列出所有我认为可能有罪的人的名单。这是一项冗长的工作,并非十分有趣,因此我只需要告诉你们我的结论。这份名单包括彼得·默里先生、默里夫人、查尔斯·斯温伯恩先生、波利费克斯夫人、波利费克斯小姐、威瑟亚柏、两名女佣、克罗斯比先生以及某个可能的不认识的人。这些名字通过全面调查获得,调查告诉我哪些人会从遗嘱中获益,还有哪些能够接触到那些药丸。

"根据一般概率,我暂时排除了女士们和克罗斯比先生,留下默里、斯温伯恩和威瑟亚柏作为最有可能的嫌疑人。这份名单当然不是不可改变的,可以随时修改。我还饶有兴趣地注意到斯温伯恩在死亡发生时正在地中海乘船旅行,我在想,这是否就是我一直期待的不在场证明?"

"网开始收紧了?"赫彭斯托尔评论道。

"很难那样讲，先生，应该说是调查路线制定出来了。下一步我去询问了威瑟亚柏，尽可能地得到了一份完整陈述。他告诉我，默里和斯温伯恩近来都比之前更加频繁地拜访了死者，他认为'他们之间有一些事'。当然，两个人都已经承认了是什么事。斯温伯恩在出发旅行前来吃过午餐和晚餐，默里也来吃过午餐和晚餐，那顿晚餐就在克劳瑟先生死亡前的那个晚上。我追问威瑟亚柏，这两个人是否单独和死者待过，了解到斯温伯恩午餐和晚餐后都和死者单独待了相当长的时间，默里只在午餐后单独和他长时间待过，他来吃晚餐的那个晚上克罗斯比先生在场。不过我从克罗斯比先生那里得知，当克罗斯比先生离开房间从他的大衣里拿文件时默里和他单独待了三四分钟。

"在询问期间威瑟亚柏说了一句话，我当时觉得没什么，但是后来在我看来这句话极为重要。我问他怎么确定斯温伯恩是哪天晚上来吃饭的，他说是因为那天晚上桌布沾上污渍了，他不得不比平时早一天换桌布。我问他桌布是怎样沾上污渍的，他告诉我是红酒洒了。

"那天夜里我正躺在床上，突然想到这句话可能意义重大。我当时正在为毒药丸怎样能被放进死者的药瓶这个问题苦思冥想，从我了解到的情况来看，克劳瑟先生一直把那个药瓶放在他的西服背心口袋里，因此药瓶从未脱离他的控制。此外，他夜里睡眠一直不好，如果有人进入他的房间对药瓶做手脚他肯定会醒；当然除非他事先被下了药。但是并没有他被下药的迹象，由于是一位年老的病人，我不相信这样一件事能瞒得住。这时我想到，如果酒是在死者吃药时洒的，他的注意力极有可能被分散，毒药丸也就能被偷偷放进药瓶了。对于这件事我并不是十分确定，因为如果毒药丸只是被扔了进去，老人在一两天内肯定就会服下药丸，这粒药丸似乎被放进了药瓶底部。这时我突然明白这也许是怎样做到的了，如果有第二瓶药，而毒药丸事先已经被放了进去，药瓶肯定很容易被更换。一瞬间就能完成，洒红酒足以在换药瓶的同时分散老人的注意。当然，这纯粹是猜测，但这一切都趋向于同一个方向。"

法兰奇停顿了一下。他的讲述已经吸引了听众们的注意，大家对于故事的完整性不存在任何疑问。所有人都津津有味地听着；不过，奎尔特还没有到忘记尽地主之谊的地步。

"斟满酒杯吧，督察，"他对法兰奇说道，"说话是个费嗓子的活儿。还有你，宾，你该再倒点威士忌了。警司，雪茄就在你身后。"他往火里扔了一块松木，对其他人露出了微笑。

"你对我们的招待真是太周到了，奎尔特，"赫彭斯托尔表示，说着又拿了一支雪茄，并把烟盒递给卢卡斯，

"希望我们在每个案子之后都能有这种聚会。"

"我也一样。"宾表示赞同。

"好了，督察，关于酒红酒的事你查清自己是否正确了吗？"

"没有，"法兰奇回答道，"恐怕那依然是个推测，我把它记录下来然后继续调查。从和威瑟亚柏的交谈中我逐渐得出一个结论，威瑟亚柏是无辜的。对于这点我没有明确的理由，因此我没有采纳，只是作为一个想法记录了下来。不过这已经足以影响我的想法，使我先考虑默里和斯温伯恩了。

"先生，正如你在庭审时指出的，我充分认识到默里有比斯温伯恩更强的犯罪动机。理由很简单，他叔叔已经满足了斯温伯恩的一部分请求，反过来默里什么也没得到。因此我先考虑了默里，设法查清他是否买过氰化物。

"显然他不会试图在本地购买，会去某个远处的大市镇。不过，在老人死前的4个星期内，我没发现他出过门。

"然后我问了斯温伯恩相同的问题，立刻发现我找对方向了。事实上，他对整件事十分坦诚——坦诚得令人起疑，毫不隐瞒他的行踪。我猜他感觉自己十分安全。他告诉我他在8月17日之前已经和他叔叔进行过商谈，那天是个周四，他和老人吃了午餐，而我已经得知午餐后他单独和老人待在一起的事了。然后在接下来的周一，也就是21日，他去了伦敦，为参观雷丁的一家机床厂住了两夜，23日星期三返回。两天后，在25日星期五，他在'城壕'吃了晚餐，晚餐后他再次单独和他叔叔待在一起。我要提一句，红酒就是在这个时候洒的。

"当斯温伯恩告诉我这一切时，他并不清楚自己泄露了什么。这时我的想法开始成形。在我看来，在17日星期四，当他在'城壕'吃完午餐并得到了那张1000英镑的支票时，他一定已经得出结论，他叔叔不会拿出足够对他有所帮助的钱了。我认为他在这时决定要谋杀他叔叔。毫无疑问，在那次吃午餐时他看到了服药，大概是在这时或不久之后想到了这个方法。获取毒药会是他的一个难题，他也会意识到我所说的不可能在本地获取，那么还能有比伦敦更好的地方吗？所以他去了伦敦。我推测他在伦敦成功买到了材料，回来做好了药丸，把它放进他买来的一瓶药中，两天后在'城壕'吃了晚餐，弄洒红酒，趁乱交换了药瓶。

"这就是我的新想法。这显然还只是一个想法，不过我确定，在我取得其他进展前这个想法值得一试。"

法兰奇再次停顿，其他人适时地小声表示自己的关注。

第二十四章

法兰奇讲完了故事

"在询问斯温伯恩时，我尽可能地消除他的疑虑，让他不认为我在怀疑他。"法兰奇继续说道，"我当时还没为逮捕做好准备，不想耗费人力物力盯着他。我相信在那次询问后他感觉自己很安全；事实上，我猜他觉得我有点傻，不会给他找任何麻烦。

"显然下一步是在伦敦调查，第二天我就回到了苏格兰场，首先核实他的陈述，不过我无疑会发现它准确无误。事实也的确如此。8月21日和22日，斯温伯恩在诺森伯兰大街的康沃尔公爵领地酒店过夜，22日他去了雷丁，和恩迪科特兄弟公司的经理面谈，商量关于为他的工厂购买3台机床的事———一切都和他所说得完全一致。

"不过我在酒店调查时有一个事实映入眼帘，几乎可以确定，除了到雷丁参观，他在伦敦应该还做了许多事。

例如，在第二天，也就是22日，他早早吃完早餐就离开了酒店，直到晚餐时间才回来，门房是这样告诉我的。他只在雷丁的工厂待了半个小时，因此整个参观应该不超过3个小时。那天其余时间他都在哪里？当然，他说不定极为合情合理地去赴了约会，但话又说回来，他说不定没去。无论如何，我的发现还是切中要害了。

"此时我一鼓作气，开始考虑他是怎样得到毒药的。这里存在多种可能。他可能用了他自己的名字凭借一些托辞在任何一家认识他的药店公开购买，理由可能是想将它用于摄影或镀金镀银，或者用于化学实验或研究，或者为了消灭黄蜂及某些不得不除掉的动物。我觉得这太不可能了，不值得考虑。不过通过冒充某个真实或虚构的人，去一个不认识他的地方，他说不定能凭借类似的借口得到毒药。或者也许他是从一家医生诊所或药店偷来的。常有从医生的车里偷走毒药的事发生，通过一些把戏让医生把毒药放进车里，使其因故离开，汽车无人看管，这也不是不可能的。

"然而并没有失窃案上报，和我想的一样，在剩下的所有方法里，冒充他人是最可能的，我决定先根据这种假设进行调查。这项计划意味着要在某家药店买毒药，包括要签毒药册。我觉得可以通过毒药册查到我想要的东西。

"我在苏格兰场起草了一份通告，将其发往伦敦的所有药店，内容是要求他们提供所有在 8 月 21、22、23 日购买氰化钾记录的副本。全伦敦只有 17 份这样的记录，我开始给所有这 17 位购买者打电话核实。16 位证实了记录，有一位否认知晓整件事。

“这第 17 位就是瑟比顿的卡斯韦尔先生，而提供记录的药剂师就是皮博迪。我去见了皮博迪，当我发现他没有按规定办事私下里又不认识购买者时，我感觉我走对路了。”

“谨慎起见，我安排了卡斯韦尔和皮博迪见面，皮博迪证实卡斯韦尔不是那个买毒药的人。在我看来，此时剩下的唯一问题就是这个人是不是斯温伯恩了。”

“为解决这个问题，我让皮博迪来到了寇德匹克拜。尽管你冷嘲热讽，先生，”法兰奇朝赫彭斯托尔咧嘴笑道，“我想尽量小心在这件事上不给皮博迪引导。我——”

“那只是套话，督察，”赫彭斯托尔打断了他，“我从未觉得你们会做任何不公平的事。事实上，我是明确说过这点的。”

“你的确说过，先生，你处理得非常巧妙。”法兰奇又笑了，“不过，正如我所说，我不希望引导他，因此我是这样安排的。我从电厂借了一顶帆布帐篷，把它放在了俱乐部附近街上的一个检查井上。午餐时间前我和皮博迪进到帐篷里，我让他告诉我是否看到买药的人从街上经过。

在斯温伯恩进入俱乐部时，皮博迪立刻认出了他。我并没有将其采信为身份辨认，而是待在那里直到斯温伯恩再次出来。这次斯温伯恩面向帐篷，经过时距离在1.5米内，皮博迪发誓说他绝对肯定。"

"没错，那就肯定跑不了了。你当时确定他有罪了吗？"

"十分确定。不过——结果证明我错了——因为我为了掌握进一步的证据而推迟了逮捕。"

"为什么说是你错了？"宾打断道，"我认为你这样做很明智，相当肯定。"

"我冒了个险……这是我早该想到的，不过可惜我并没有。如果我立即行动，应该能避免另一起谋杀。"

那四个人全都愣住了。"另一起谋杀？"奎尔特重复道，"啊，你是指威瑟亚柏啊。说良心话，我现在都忘了斯温伯恩也被指控这起谋杀了，克劳瑟的案子我们听得太多了，另一个我都忘了。你确定第二起谋杀他有罪？"

"绝对肯定，证据比他被定罪的这个案子更加确凿。如果他真能侥幸在第一个案子中脱罪，我们也会在威瑟亚柏的案子上击败他。"

"那么我洗耳恭听。"奎尔特说。

"还有我，"宾补充道，"你会告诉我们的吧，督察？"

"当然了，先生。不过还没讲到那儿。"

"那么，看在上帝的分儿上，接着刚才的讲吧。我正想听这个故事。"

"没错，这会写成一个好故事，"赫彭斯托尔表示赞同，"我很爱听。"

"好了，先生们，正如我所说，我犯了一个错误，没有立即逮捕斯温伯恩。不过，我觉得他的证据确凿，一切都进展顺利，想继续设法得到验证性的证据。我先从笔迹开始，这点果然没错，看来我们的专家确信毒药册的记录出自斯温伯恩之手。接着我又去调查乘船旅行，如果斯温伯恩有罪，克劳瑟先生死前他肯定会一直如坐针毡，反过来如果他是无辜的，他肯定会以放松的心态享受旅行。我觉得我应该设法查清此事。

"我找到皇家之星航线的人，得知'朱庇特号'正在地中海航行，预计3日后抵达巴塞罗那。因此我听从了他们主管的建议到了巴塞罗那，询问了船上的一些工作人员。我查出当斯温伯恩从短途旅行回到船上时，他的首要关切就是询问信件，还发现当有电报或无线电报被送到甲板上时，他总会凑到附近以确认那些不是给他的。我记录了他在船上的朋友，找他们进行后续调查，这使我找到了希尔曼夫人，你们也记得她关于他在旅行期间不安心态的证据。所有这些信息都有助于证实我心中的想法，接着我又问到斯温伯恩订票的日期，这就更有价值了。

"票是通过库克公司预订的，从他们那里我得到了日期。你们还记得这点吗？斯温伯恩刚一决定谋杀就发现他需要不在场证明，因此他获取了旅行信息。接着，他刚把毒药丸放进他叔叔的药瓶就立即给库克公司打了电话，预订了第一趟可以订到的乘船旅行。"

"其中并没有太大联系，督察，"赫彭斯托尔表示反对，"如果他真是无辜的，也完全有可能这样行事。"

"你说得没错，先生。另外，这也是调查的进展，证据逐渐积累。"

"我明白你的意思了。"

"好了，先生们，当我从巴塞罗那回来时听说威瑟亚柏失踪了。这件事显然和这起谋杀之间存在联系，因此，经过商议，警司让我将其视为本案的一部分同时进行调查。"

法兰奇顿了顿；由于这次没有人说话，他又继续开讲。

"还有一件与克劳瑟谋杀案相关的事，或许我应该在这个阶段讲出来，不过，这件事其实是在我逮捕斯温伯恩后才接触到的。你介意这里我不按时间顺序说吗？"

"现在说当然可以了。"宾表示欢迎。

"很好。斯温伯恩被捕后我搜查了他家里的书房，我按照常规程序拿走了他桌上的吸墨纸，给上面的墨迹拍了照。我在其中发现了一些地址，继续追查并没有得到任何重要消息。不过有一个地址我没看懂，它以中西二区结尾，表明是与本案有关的事，我觉得应该设法查清。我尽可能地将其复原，完整地址是这样的。"

法兰奇从口袋里掏出一张纸递了过来，其他人都围过来看。上面写道：

J　　　　　　　公司，

街，

d，

伦敦，中西二区。

"字迹单独出现的地方十分清楚，"法兰奇继续说道，"被其他墨迹覆盖的地方就变得难以辨认了。首先要做的是得知每行的长度，当然这只是近似长度，我是用如下方法做到的。"

"'J公司'是清楚的，后面名字的长度是清楚的，不过字看不清。其他字的长度就看不到了，不过我按如下方法进行了估计："

"最后一行显然是以'伦敦'开头，我写上了'伦'，尽可能准确地空出字母间距。然后我从'J'到'伦敦'的'L'画了一条直线，我认为这样就能大致得到第2和第3行的起始位置了。这样我就得到了第3行的长度，这个长度刚好可以写下'斯特兰德'，因为在第3行我能想到的这个长度以'd'结尾的就只有'斯特兰德'了，我认为到目前为止我是正确的。"

"非常好。"奎尔特评论道。

"不，先生，这并不容易，"法兰奇表示，"这时，复原工作给了我一个新难题：补全如下内容。"他递过来的第二张纸是这样写的：

Jxxxxxxxxxxxxxxxxx公司，

xxxxxxxxxxxxxxxxxxxxxxxxx街，

斯特兰德，

伦敦，中西二区。

"我花了相当长的时间试图找到一个大约12个字母的街名，这说明人真的会做傻事。幸好我没找到，因为如果找到了，肯定就搞错了。"

"忘记数字了吗？"赫彭斯托尔提出疑问。

"正是如此。"法兰奇承认，"当我考虑到数字，剩下内容的长度被削减到了6~8个字母。这就包括很多条街了——贝德福德街、萨里街、诺福克街、阿伦德尔街，符合条件的街道还有许多。这里没有别的办法，只能拿来一本公司名录，仔细搜索所有这些可能的街道，记下所有'J'开头的公司名。这项工作花费的时间并没有像你们想得那么久，而且只查到了7种可能。你们看，我不仅有了'J公司'，还有了近似字母长度的名字。"

"很好，"宾说，"我记下来了。"

"我接着向下看这7家公司的信息，希望从它们不同的业务中得到些什么。有一家出版社、一家艺术用品商店、两家律所、一家收上等抵押品的典当行、一家药店和一家制鞋店。典当行似乎是最有可能的，我从他家开始尝试。这家公司叫贾米森-楚勒弗，我不费吹灰之力就得到了问题的答案。我真是捡到宝了；斯温伯恩就是和这家公司打了交道，看来他买毒药的同时还当了14幅画，他说希望借钱期限是6个月。这些画价值大约3000英镑，贾米森-楚勒弗公司借给他2100英镑。克劳瑟的死因审理后不久，在10月6日，斯温伯恩赎回了那些画。我从他办公桌里的一页文件中发现，在前一天也就是10月5日，他接洽了贝德福德街的斯皮勒-摩根公司，一家放债公司，基于对他的预期，他借到了5000英镑。他显然已经用一部分钱赎回了那些画，原因也是显而易见的。他不想让家里少了那些画，因为那会说明他手头更加拮据，而他并不希望这事让别人知道。

"你们也就了解整件事的来龙去脉了。他在谋杀前已

经走投无路了，认为谋杀是他想要维持生计的唯一机会
了。一旦他叔叔的遗嘱被公开他就会好起来了，可他连维
持到他叔叔死的现款都不够，因此抵押了那些画。这给了
他2000英镑现金，这笔钱使他坚持到了死亡发生。出于
对他前景的合理确认，他借到了5000英镑，从而赎回了
那些画。"

"这就是你向王国政府提出的案件陈述吗？"宾说道，
"难怪他们赢了，根本没给我们留任何机会。你觉得呢，
赫彭斯托尔？"

"我从未觉得我们有过任何机会。"赫彭斯托尔表示。

"巧妇难为无柴之炊啊。"奎尔特乐不可支地说道。

"不妨说无米难为炊，"赫彭斯托尔回应道，"好了，
督察，克劳瑟的案子非常有趣。现在我们不想让你就此打
住，也都想听听威瑟亚柏的案子，你意下如何？"

"显然要歇一会儿恢复一下精神了，"奎尔特建议，他
劝法兰奇喝点威士忌，"别客气，督察，讲得口干舌燥了，
润润喉咙吧。"

众人闲聊了一阵，然后法兰奇继续了他的故事。

"听到威瑟亚柏失踪，我们首先想到的就是怀疑失踪
是否与克劳瑟的谋杀案有关。警司，你还记得这是你所想
的吗？"

卢卡斯深吸了一口雪茄。"记得，"他回答，"这似乎

不是不可能。我这样认为不是说我有明确的理由，但事有蹊跷，两件案子发生在同时同地的同一群人中，它们之间肯定有联系。"

"这是显而易见的事。"赫彭斯托尔表示，宾也同意他的看法。

"由于有可能存在联系，卢卡斯警司让我调查一下此事。我听布雷警长讲了他的发现，然后便开始调查。"

"先生们，你们还记得他报告了什么吗？威瑟亚柏失踪了，书房的写字台被撬开，超过100英镑现金被盗，书房落地窗的钥匙也不见了，还记得吗？"

"记得非常清楚。"

"我考虑的第一个问题，"法兰奇继续说道，"是个显而易见的问题，威瑟亚柏是不是主动失踪的，由此想到了第二个问题，他是否撬窃了写字台。存在两种可能：要么是他撬开写字台带着那笔钱消失了，要么是一个窃贼撬窃了写字台，他试图抓住他却没能成功，多半被杀害了。

"这时，在警司和他下属的帮助下，我开始了在这种情况下的常规调查。我很快得到了似乎能解决第一个问题的信息，事实上一共有3条。

"第一条是威瑟亚柏没带走他的手提箱和属于他的东西。这些东西尽管可能不是特别值钱，但以威瑟亚柏所处的地位，它们对他还是很重要的，他留下这些东西说明他没打算永远离开。

　　"然而我们发现了比这更加确凿的证据，在他手提箱里一个上锁的钱箱中有一点积蓄：53英镑纸币。那么，这就很明显了，如果他打算消失，肯定不会留下这笔钱。这就是第二条。

　　"第三条并不是那样确凿，但也很有分量。经过对路边和车站及公交售票员等的逐一询问并没有发现他的踪迹。当然他说不定已经在没有被看到的情况下偷偷离开了这里，但不太可能。

　　"由于这三条原因，尤其是第二条，我断定他是打算返回的。那他是否偷了钱呢？

　　"他偷走了钱，打算说他发现一个窃贼在书房写字台，他前去追赶而窃贼逃走了，这当然是有可能的。但在我看来，这更可能就是真相。事实上，这是我能想出的符合事实的唯一推测。

　　"不可否认，这种推测不符合我们认为威瑟亚柏与克劳瑟案件相关的最初想法。但这并不重要，案子已经交由我来处理，我的责任就是无论如何都要查清真相。

　　"我反复考虑威瑟亚柏追赶窃贼的这个想法，越想越确定如果他的确这样做了，那他一定已经被杀害了。若他去追了窃贼，肯定不会主动失踪，也几乎不可能被绑架。谋杀似乎是唯一的答案。

"你们要明白这个谋杀的想法很大程度上还只是猜测，与此同时还需要充分调查。"

"我想不出除了调查还能做什么。"赫彭斯托尔表示赞同。

"我也是这样想的。"奎尔特补充道，"在威瑟亚柏房间里发现的钱在我看来已经证明了这点。"

"如果是谋杀，"法兰奇继续讲道，"凶手会遇到的难题显然肯定是如何处理尸体。我能通过这点抓到他吗？

"我考虑了所有可能藏尸体的地方。首先，他很可能已经被掩埋了，'城壕'周围的树林有许多经年累月不会有人进入的地方。这意味着需要搜寻，我们也这样做了，不过并没有发现坟墓，也没有石洞、水井、矿井、深坑，或其他任何我能想到的隐匿地点。

"我的想法自然转到了那片湖。如果尸体能够用重物固定沉入水中，藏尸体的难题自然迎刃而解。

"沿湖走了一圈，我发现湖边水太浅了，尸体不可能在湖岸隐藏。一只小船似乎是有必要的，于是我去船屋看了一下。

"我立即发现自己找对了方向。船屋里有两艘小船和两副桨，有一只船和一副桨上有一层相当厚的灰尘，另一只船上的很多地方最近已经被擦干净了，另一副桨也是如此。此外，第二副桨略微有些潮湿。"

法兰奇的听众们又是一番赞赏。

"十分确凿了。"赫彭斯托尔热情地说道。

"的确如此，先生，因为询问证明没有哪艘船以正当理由被开出去过。看来只能打捞尸体了，警司安排了行动，正如你们所知，我们发现了尸体。

"关于尸体我们了解到3个有趣的事实。第一，失窃的现金并不在尸体身上；第二，书房窗户的钥匙不在尸体身上；第三，威瑟亚柏的手表停在了2:24。

"在我看来，这些事实耐人寻味。从现金和钥匙不在尸体上似乎足以得出结论，第一，威瑟亚柏不是那个窃贼，第二，那个窃贼也就是凶手。如果不是，意味着还要引入第三个人，至少目前看来是不合理的。而那块手表停止的时间就更耐人寻味了，它表明了谋杀案发生的时间，更确切地说，是尸体被抛入水中的时间——大概要再稍后一点。不过默里夫人听见写字台被撬开的时间大约是3:00，因此凶手在行窃前已经杀了人，不是在之后。所以我所想的威瑟亚柏听到了窃贼的声音并实施跟踪的想法并非事实，我不得不构思其他想法。"

"非常好，"宾认可道，"这的确十分耐人寻味，督察。这也就证明威瑟亚柏绝对没有犯盗窃罪了吧？"

"是的，先生，十分肯定。这时我开始感觉似乎威瑟亚柏出来是为了和人见面：我想不出他离开这所房子的其他原因。我在反复考虑这件事的时候，突然想到了钥匙的问题。如果威瑟亚柏是出来赴约，他肯定打算回去，因此他肯定会把书房窗户的钥匙放进口袋里。凶手为了能让自己进入房子，显然从他身上拿走了钥匙。这时我开始进一步思考一个必然的推论，他让威瑟亚柏出来是否就是为了得到钥匙。

"从整体上看，我认为最后这个想法站不住脚，没人会单纯为了得到一把钥匙杀人。不，其中肯定还有别的原因。

"这时我突然想起一件非常重要的事，凶手是怎样进入通常一直上锁的船屋的？这也很容易猜到，见面被安排在船屋，因此威瑟亚柏带出了钥匙。这个理由目前来说已经足够充分了。"

"在我看来这极有可能。"在法兰奇稍做停顿时奎尔特评论道。

"是的，先生，不过请看这之后发生的事，凶手到'城壕'行窃，带回了船屋的钥匙。他为了转移警方对船屋和那片湖的注意自然会这样做。可他接下来做了什么，如果到目前为止我都是正确的话？他把船屋钥匙挂在了门厅的钉子上，也就是存放这把钥匙的正确位置。"

其他人正满意地留心倾听，见没人开口，法兰奇继续道：

"如果注意力没有被转移到船屋上，那这真会是一步好棋。但既然被发现了，也就表示凶手的计划彻底暴露了。凶手是怎样知道存放那把钥匙的位置的？立刻——前提还是我想得没错的话——我立刻想到凶手本人十分熟悉'城壕'。"

法兰奇的听众们又是一番赞叹。这点他们都能理解，因此并不存在任何疑问。法兰奇稍事休息，奎尔特再次斟满了酒杯，宾从口袋里拿出一支新铅笔。

"正如我之前解释过的，"法兰奇继续说道，"这时我十分确定斯温伯恩谋杀了老克劳瑟先生，不过在当时还没得到全部证据。同时我很自然地想到：难道我们一开始就是对的，威瑟亚柏的这起谋杀与克劳瑟的谋杀案有关，难道这起案子也是斯温伯恩所为？毕竟我已经从不经意的询问中得知，他知道放船屋钥匙的位置。

"接着是威瑟亚柏的死因审理，通过和我事先商量，验尸法官提出了威瑟亚柏听到并跟踪一个窃贼并被他谋杀的观点。这是为了防止斯温伯恩认为我们已经怀疑他了，看来的确取得了这样的效果。"

"老油条。"赫彭斯托尔评论道。

"你斗不过他的。"宾表示赞同。

法兰奇笑着接着说："斯温伯恩有罪的假设使我对那天晚上可能发生的事形成了一个初步的想法。斯温伯恩和威瑟亚柏之间有一些秘密的事，他们决定在夜里商量，斯温伯恩选择将船屋作为见面地点。或许要谈的事需要灯光，于是他就可以建议在一座建筑内见面以免引起怀疑。他们正在船屋见了面——能找到的唯一建筑——斯温伯恩在那里谋杀了管家。接着，他从他身上拿走了书房窗户的钥匙，将尸体沉入湖中，到'城壕'撬窃了写字台，并将船屋钥匙放回原处。我暂时没有考虑动机，只考虑可能发生的事。"

"这的确非常有说服力。"

"我是这样想的，先生。我知道这条路走对了，下一步想看看是否能找到些证据。

"我有3条线索：我不会告诉你们我考虑过和不予考虑的所有东西：只提引出结果的东西。我有写字台里软质木上相当深的撬棍后部的压痕，两截铅管，还有绑在尸体上的那些细绳。

"我打听了一下，发现斯温伯恩要去纽卡斯尔，当他离开后我以询问一些日期为借口去了他家，并和他的仆人在房子周围转了转，这时我发现斯温伯恩有一个工作间。我马上离开了，但当那名仆人离开后我偷偷回到工作间查看了一番，立刻就得到了想找的东西。有那根撬棍，就算没有放大的照片我也能看出它后部不规则的部分与写字台上的压痕吻合。我发现了一团细绳，它与用来绑尸体和铅管的细绳是同一种，我还得到了与铅管有关的有力证据。

"我之前应该说明一下，那两截铅管中短的那截是从长的上面锯下来的。末端的轮廓显然是锯出来的，而那一小段不平滑的弧形边缘极像是折断的。此时我在斯温伯恩的工作间里发现了锯齿上有铅的弓锯，台钳下面也有一些铅锯末。"

"你不需要更多证据了，"赫彭斯托尔说道，"不费吹灰之力就能定罪了。"

"我是这样认为的，先生。不过，我可能还是要提一下，当我在实施逮捕后仔细查看斯温伯恩的文件时注意到一张账单，来自一名在他家干完活的铅管工。我找到了铅管工，他能认出铅管是他在斯温伯恩家干完活儿剩下的，有一端的切口正是他锯的。"

"太妙了！我从没听过比这更有说服力的阐述，"赫彭斯托尔表示，"现在只有一件事你还没解释。"

法兰奇耸耸肩："我知道，先生：动机。嗯，这里恐怕我做得太不够了，我无法证明动机。我可以给出一个推测，但我无法证明。"

"让我们听听这个推测。"

"你们还记得威瑟亚柏向我报告过，斯温伯恩在'城壕'吃晚饭的那天晚上弄洒红酒的事吗？现在，我认为威瑟亚柏可能看到了比他告诉我的更多的事情。假如他真的看到斯温伯恩在换药瓶，或是其他同样事关重大的事，假如他认为能从中获利而开始敲诈斯温伯恩。如果真发生了这种事，那其他事就都能解释通了。斯温伯恩会发现杀了他是能真正保证自己安全的唯一方法，他能轻而易举地要威瑟亚柏去船屋拿这笔钱，可以解释说数钱会用到灯光，在船屋不会被看到。"

"但这并没有解释盗窃现金的事。"

"遗憾的是，我知道原因。"法兰奇微微一笑，"我说这话还是没有任何证据，我认为斯温伯恩在找一样东西——一样他觉得可能会使他露出马脚的东西。我认为他无意间发现了那些现金，想到如果他拿走它们也许会有助于将嫌疑安在威瑟亚柏身上。我认为这是他后来的想法，并不是原计划的一部分。"

"这很有可能，督察。可斯温伯恩能在找什么呢？"

法兰奇耸了耸肩膀："这还是我的猜测——还是无法证明。我觉得威瑟亚柏知道斯温伯恩是杀人犯，不会没有任何防范措施就冒险和他交涉。无论真假我来说说看，我认为这一防范措施采用了某种密封文件的形式，威瑟亚柏告诉斯温伯恩他已经把文件交给默里保管，会在他威瑟亚柏死亡时被打开。他从未做过这种事；我问过默里。但我认为他唬住了斯温伯恩，让他以为他真这样做了，斯温伯恩撬开写字台正是为了找到这份文件证据。"

"有可能，但是未经证明？"赫彭斯托尔微微一笑。

"是的，先生，不过我要提醒你，我们不必证明写字台被撬开的原因。我们只需要证明斯温伯恩杀了威瑟亚柏，而这点无疑已经被证实了。"

"千真万确，"赫彭斯托尔承认，"好了，督察，留给我们的就只有向你和警司以及阿普尔比督察祝贺了。我从来没听过比这更合乎逻辑的案件推理了。你觉得呢，宾？"

宾也恰到好处地恭维了一番。"对了，法兰奇，"他补充道，"有一个重要的问题：在我的书里，是叫你法兰奇督察呢，还是法兰奇高级督察？"

法兰奇极为高兴，解释说如果总拿他取笑，说不定高级督察就当不成了。众人尽欢而散。

图书在版编目（CIP）数据

飞行疑案 / (爱尔兰) 弗里曼·威尔斯·克罗夫茨著；张天宇译. — 北京：中国青年出版社，2019.7

书名原文：The 12.30 From Croydon

ISBN 978-7-5153-5708-9

Ⅰ.①飞… Ⅱ.①弗… ②张… Ⅲ.①推理小说-爱尔兰-现代 Ⅳ.①I562.45

中国版本图书馆CIP数据核字（2019）第148445号

责任编辑：彭岩　刘晓宇

*

中国青年出版社 出版 发行

社址：北京东四十二条21号　邮政编码：100708

网址：www.cyp.com.cn

编辑部电话：（010）57350407　门市部电话：（010）57350370

北京中科印刷有限公司印刷　新华书店经销

*

889×1194　1/32　13.25印张　234千字

2019年9月北京第1版　2019年9月北京第1次印刷

定价：42.00元

本书如有印装质量问题，请凭购书发票与质检部联系调换

联系电话：（010）57350337